KB236032

^{팝스타} ^{죤의}
수상한 휴가

팝스타 죤의
수상한 휴가

오쿠다 히데오 지음 | 이영미 옮김

북스토리

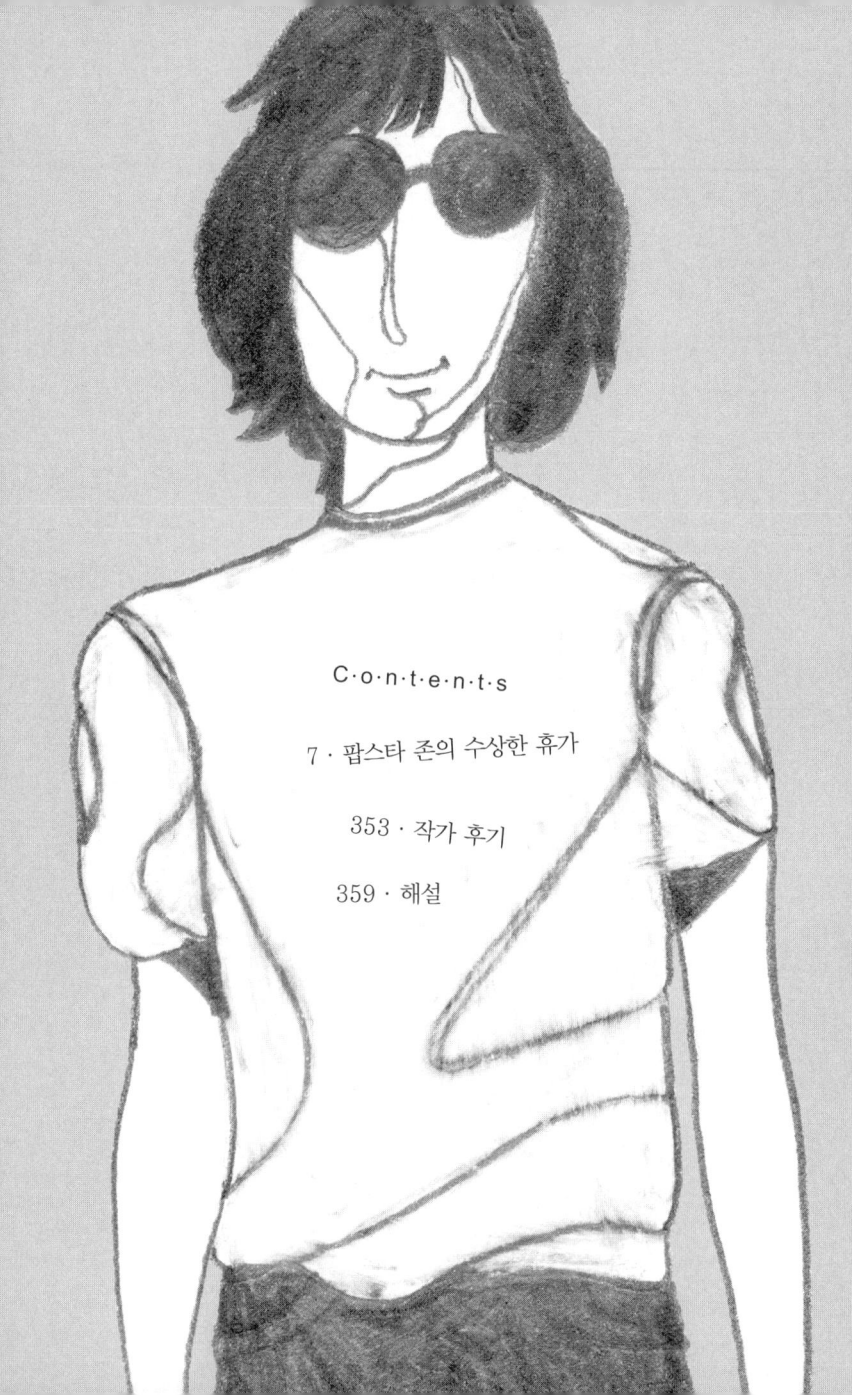

C·o·n·t·e·n·t·s

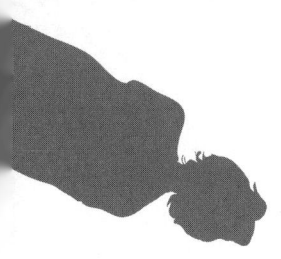

　그해 여름도 존은 가루이자와에서 휴가를 보내고 있었
다.

　1976년부터 4년 연속인 셈이다. 정확히 말해 휴가는
아내 게이코의 휴가를 뜻하며, 최근 몇 년간 스케줄이 없
는 존은 평화운동, 강연, 집필 등 수많은 일을 끌어안은
게이코의 상황에 맞춰 세계 방방곡곡을 돌아다니고 있
다. 가루이자와라는 장소도 그녀의 상황에 따른 것이다.
가루이자와에는 처갓집의 여름 별장이 있어서 게이코에
게는 어릴 적부터 친숙하고 정이 든 땅이었다.

　존은 대부분의 시간을 아내와 아들하고만 지낸다. 업
무를 들고 찾아오는 사람들은 많았지만, 뉴욕 사무실에
서 모두 거절하면서 이윽고 세상도 존을 조용히 놔주었

다. 일말의 외로움이 없는 건 아니지만 해방감이 더 컸다. 욕심으로 가득 찬 사람들의 얼굴을 보는 게 진절머리가 났고, 비위를 맞춰주는 것도 불편할 뿐이었다. 그렇게 사람들을 멀리하는 사이, 대인공포증까지는 아니지만, 이제는 누군가를 만나는 게 긴장되어서 점점 더 사교적인 만남을 꺼리게 되었다. 설령 친구가 여는 파티라 해도 사람과 접촉하는 일은 당분간 피하고 싶은 심정이었다.

그래서 가루이자와긴자 빵집에서 "존"이라고 부르는, 귀에 익숙한 목소리를 들은 순간, 심장이 멎을 것만 같았다.

그날 존은 롤빵을 사기 위해 오래전부터 이 고장에 있었다는 프랑스 빵집에 혼자 있었다. 몽실몽실하고 부드러워서 손으로 찢으면 버터 향이 코끝을 간질이는, 존이 매우 좋아하는 빵이었다.

평소에는 가족 셋이서 산책 삼아 어슬렁어슬렁 나오는데, 아들 주니어가 나가기 싫다고 칭얼거려서 하는 수 없이 혼자 나온 것이다.

슬슬 낯을 익히기 시작한 카운터 소녀와 미소를 주고받으며 롤빵이 담긴 쟁반을 올려놓고 주머니에서 지갑을 꺼내려는 순간, 그 목소리가 귀에 파고들었던 것이다.

"존."

존은 가슴이 철렁 내려앉아 핏기가 가셨다. 머뭇머뭇 뒤를 돌아보니 다섯 살쯤 되어 보이는 사내아이가 엄마 뒤를 쫓아 출입문으로 향하는 중이었다. 물론 그것은 존의 착각일 뿐이었고, 영어권에서는 가장 흔한 이름을 가진 존에게 자주 있는 일이었지만, 귀에 익은 목소리라 쉽게 평정을 되찾을 수 없었다.

어머니의 목소리와 비슷했다. 살짝 목이 쉰, 그러면서도 톤이 높은 어머니의 목소리였다. 그 순간, 파묻혀 있던 기억의 상자를 단숨에 파헤치며 삽 끝으로 세차게 내리치는 느낌이 들었다.

존이 부인에게 시선을 던지자, 믿기지 않게도 뒷모습까지 어머니와 비슷했다.

"저어…… 삼백 엔입니다."

"아 참, 그렇지. ……자, 여기."

반쯤 정신이 나간 상태로 허둥지둥 지폐를 내밀고, 그 부인을 보기 위해 다시 상반신을 비틀었다.

"저어……."

"음, 왜?"

"이건…… 후후."

존은 자기가 내민 것이 슈퍼마켓 쿠폰이라는 걸 알아차리고 얼굴이 후끈 달아올랐다. 급하게 서둘다 보니 손가락까지 떨려서 바닥에 동전을 쏟고 말았다.

"어머, 저런."

소녀가 재빨리 카운터에서 뛰어나오더니 웅크려 앉아 동전을 주웠다. 존도 그녀를 따라 동전을 주웠지만 손가락이 맘대로 움직여주질 않았다.

소녀가 존을 바라보며 뭐라고 말을 건넸다. 그것을 알아차릴 때까지 시간이 걸렸다.

"어? 뭐, 뭐라고?"

"저기, 어디 아프세요? 땀을 너무 많이 흘리셨어요."

"아프냐고? 아니, 괜찮아. 아무것도 아니야."

땀 한 줄기가 콧잔등을 지나 바닥으로 떨어져 내렸다. 얼굴은 점점 더 달아올랐다.

존은 간신히 계산을 마치고 큰길로 뛰어나와 목소리의 주인공을 찾았다.

일본인들 사이에 섞인 백인 모자(母子)는 금방 눈에 띄었다. 20미터쯤 앞에서 니테 다리 방향으로 걸어가고 있었다.

그 모습을 다시 확인한 존의 심장은 거세게 요동쳤다. 뒷모습뿐인가, 웨이브가 있는 빨간 머리, 귀부인인 체하는 걸음걸이까지 어머니와 똑같았다.

존은 침을 삼키고 천천히 뒤를 쫓았다. 끈적끈적한 여름 공기가 살갗에 휘감기고, 고원 지대인데도 이상하게 습도가 높은 느낌이었다. 한낮으로 향해 가는 여름 햇살도 인정사정없이 뜨거웠다.

아이가 이따금 달음박질을 쳐서 부인의 걸음도 일정하지 않았다. 존도 그때마다 보폭을 조절하며 신중하게 그들과의 거리를 유지했다. 대체 자기가 뭘 어쩌려는 건지 이해할 수 없었다. 뭔가에 조종을 받는 것 같은 행동이었다.

백인 모자는 번화한 거리를 여유롭게 걸어갔다. 딱히 목적지는 없어 보였다. 이따금 행인들의 그늘에 가려졌다가 아지랑이가 흔들리듯 다시금 가볍게 모습을 드러냈다. 갑자기 뒤를 돌아보면 어쩌나 하는 생각에 허겁지겁 손을 들어 시선을 가렸다. 존은 부인의 발밑을 보면서 미행을 계속했다.

마음속에는 정체 모를 공포가 가득 차고, 손발 관절이 딱딱하게 굳었다. 존은 옛날부터 그랬다는 게 떠올랐다.

마음이 동요되면 곧바로 몸으로 나타났다.

그렇게 주뼛거리며 미행하는 자기 자신에게 현실감이 느껴지지 않았다.

츠루야 여관을 지날 때쯤 사내아이의 옆얼굴을 또렷하게 확인할 수 있었다. 앞서 걸어가던 아이가 멈춰 서서 엄마에게 빨리 오라고 손짓을 했던 것이다. 존은 아이의 얼굴이 낯설다는 걸 확인하고 나자 조금은 제정신으로 돌아왔다.

그것은 당연한 일이었다. 존이라는 이름만 같을 뿐, 다른 공통점이 있을 리 없었다. 부인이 어머니와 닮았다는 것뿐이다. 자기 어깨가 살며시 내려가는 게 느껴졌다.

"깜짝 놀랐네."

마음이 조금 가라앉자 존은 그렇게 중얼거리며 나지막이 한숨을 내쉬었다.

"닮은 사람도 있겠지."

스스로에게 그 말을 들려주려는 의미도 있었다. 앞서 걸어가는 부인은 존보다도 젊었기 때문이다. 저만한 아이가 있는 걸 보면 30대 중반이다. 어머니일 리가 없다. 존의 어머니는 존이 열일곱 살 때 세상을 떠났다. 너무나 빤한 일인데 제대로 생각도 해보지 않고 허둥거린 자신이 우스꽝스러웠다.

하하, 내가 어떻게 된 모양이군.

그러나 가까이 다가서는 건 여전히 망설여졌다. 그 이상 기억을 되살리고 싶지 않았기 때문이다. 어떤 계기로 기억의 뚜껑이 열리면 오랜 세월 자기 안에 억눌려 있던 것들이 한꺼번에 쏟아져 나와 감정을 제어할 수 없게 될 염려가 있었다.

차곡차곡 쌓아둔 것들이 소리를 내며 무너지면 남의 눈도 개의치 않고 어린애처럼 울음을 터뜨려버릴 것 같았다.

존은 다시 한 번 심호흡을 크게 한 후, 부인을 쳐다보았다.

냉정하게 살펴보니 다른 점도 눈에 띄었다. 빨간 머리이긴 하지만, 어머니의 머리칼은 블론드에 살짝 가까웠다. 다른 무엇보다 패션 취향이 달랐다. 눈앞의 부인은 고상한 원피스를 입고 있는데, 어머니는 훨씬 화려했다. 가슴을 풀어헤친 블라우스를 보면서 어린 나이에도 쑥스러워했던 기억이 있다.

후후.

마음은 빠르게 안정을 되찾아갔고, 조금 전까지의 자

기 자신이 점점 더 이상하게 느껴졌다.

"하하하."

소리를 내어 크게 웃어보았다.

정말 자기가 어떻게 된 게 아닐까 하는 생각이 들었다. 돌아가신 어머니의 목소리를 들은 것 같은 기분에 사로잡혀 나잇값도 못하고 허둥지둥 정신을 못 차리다니.

존은 안경을 벗고 티셔츠 자락으로 땀을 닦아낸 후, 내친김에 앞가슴 자락을 잡아당겨 렌즈를 닦았다. 메마른 바람이 뺨을 어루만졌다. 자기 자신뿐 아니라 주위 상황도 평상시의 가루이자와로 되돌아간 기분이 들었다.

마음에 여유가 생기자, 부인이 어머니와 그다지 닮지 않았다는 생각이 들었다. 키는 비슷하지만 세세한 부분, 예를 들면 허리선이나 민틋하게 내려온 어깨선에서 차이가 엿보였다.

불과 몇 분 사이에 일어난 마음의 변화였다. 인간을 지배하는 착각이란 때때로 이런 것일지도 모른다. 어머니와 비슷해 보이기도 하고, 다르게 보이기도 하고. 애당초 자신이 어머니에 대해 얼마나 정확한 기억을 가지고 있단 말인가.

마음이 차츰 다부진 쪽으로 기울어가자, 존에게 한 가

지 생각이 떠올랐다.

얼굴을 확인하자.

불과 조금 전까지와는 정반대였다. 이대로 물러나 묘한 상상을 남길 바에는 차라리 부인의 얼굴을 보고 현실을 손에 넣고 싶었다.

아마도 부인의 얼굴은 어머니와 전혀 다를 것이다. 그렇다면 한시라도 빨리 확인하고 오늘 일을 잊고 싶었다.

좋아, 확인해보자.

존은 마음속으로 조용히 기합을 넣고, 단숨에 보폭을 넓히며 성큼성큼 앞으로 걸어갔다. 부인과 사내아이의 등이 가까워오자, 살며시 심장이 두근거렸다. 니테 다리에 이르렀을 즈음, 부자연스럽지 않게 고개를 살짝 돌리며 옆을 바라보았다. 부인이 인기척을 느끼고 존을 쳐다봤다.

어머니와는 전혀 다른 얼굴이 거기에 있었다.

이렇다 할 특징이 없는 평범한 얼굴이었다.

안도감이 한꺼번에 밀려들고 존의 얼굴에는 자연스레 미소가 번졌다. 속으로 보길 잘했다고 생각했다.

부인이 의아한 표정으로 미소를 건네서 존은 기침을 하며 서둘러 말을 건넸다.

"날씨가 아주 좋습니다."

"아, 네에, 그렇군요, 후후후."

부인이 환하게 웃었다. 놀랍게도 목소리는 역시 비슷했다. 그러니 깜짝 놀랄 만도 하다는 생각이 들었다.

그 순간, 돌연 눈앞의 경치가 흐릿하게 일그러지는 느낌이 들었다. 뱃속에서 뭔가가 꿈틀대며 강한 구토감이 솟구쳤다. 시야가 흐려지고 현기증이 났다.

존은 허리를 꺾으며 그 자리에 웅크려 앉았다. 손으로 얼굴을 감쌌다.

"어머, 왜 그러세요?"

부인의 목소리가 위에서 떨어져 내렸다.

"존! 존!"

어머니의 목소리였다. 어머니가 이름을 불렀다. 누구의 입에서 나온 게 아니라, 허공에 불쑥 나타난 것 같은 음성이었다.

존은 가물가물해지는 의식 속에서도 안간힘을 다해 그 소리를 떨쳐내려 애썼다.

이게 대체 어떻게 된 일이란 말인가.

이어서 웃음소리가 들려왔다. 다리가 웃고 있었다. 어찌 된 영문인지 지금 자기가 서 있는 다리가 깔깔 웃고 있는 느낌에 사로잡혔다. 아무 생각도 할 수 없고 머릿속이 하얘졌다.

다리가 조소했다. 기억과 당당히 마주 서지 못하는 겁쟁이를 비웃듯이.

착각은 기껏해야 몇 초에 불과했다. 아니, 어쩌면 일 초도 안 됐을지도 모른다.

그러나 한참 동안 온몸에 마비된 감각이 남아 있어서 다시 일어서기까지는 시간이 걸렸다.

부인이 걱정스러운 듯 존을 들여다보았다.

"괜찮으세요?"

목소리가 안 나와서 고개를 끄덕였다.

"빈혈인가요?"

다시 고개를 끄덕이며 대답을 대신했다.

스스로도 그렇게 납득할 수밖에 없었다. 다리가 웃을 리가 없다. 물론 어머니의 목소리도 마찬가지고. 이것은 단순한 빈혈일 뿐이다.

손발에 서서히 체온이 돌아와서 존은 등을 곧게 펴며 숨을 크게 내쉬었다.

"죄송합니다. 갑자기 현기증이 나서요."

"아, 네에. 전 깜짝 놀랐어요. 후후후."

눈앞의 부인을 보니 분명 생판 모르는 타인이었다. 그 여자와 어머니를 동시에 떠올린 자기 자신을 질책하고 싶은 심정이었다.

부인과 사내아이는 아무 일도 없었다는 듯 멀어져갔다.

존은 두 사람의 뒷모습을 바라보며 멍하니 그 자리에 우뚝 서 있었다.

잊어버릴 수 있을지 없을지, 살짝 자신이 없었다.

그로부터 사흘 후, 막 잠이 들려는 순간 오랫동안 잊고 지냈던 패닉 장애가 갑자기 엄습해왔다. 4년 만의 일이었다.

생각해보면 전에도 이런 징후가 있었을지도 모른다. 니테 다리 사건 후, 끊어질 듯 이어지는 원인 불명의 하복부 위화감. 장에서 맹수가 으르렁거리는 것 같은 소리가 나서 아내가 왜 그러냐고 묻기도 했다. 밤에 잠자리에 들면 이상하게도 어릴 때 보호자를 놓쳤을 때와 비슷한 격렬한 불안감이 스며들었다.

마음속에 어수선한 잔물결이 술렁이고, 갑자기 암흑 속으로 끌려들어갈 것 같은 느낌이 들어서 숨을 깊게 들이마시며 버려냈다.

그것은 커다란 덩어리가 되어 막 침대에서 잠이 드는 존을 불시에 공격했다.

처음에는 빗장뼈 언저리가 따끔따끔 저리다 양어깨로 번졌고, 큰일이다 싶어 마음이 불안해졌을 때는 이미 턱에 경련이 일기 시작했고, 나중에는 목 안 깊숙한 곳에 마개가 가로막혔다.

당황하지 말자고 스스로를 타이르며 상체를 비틀어 몸을 일으키고, 옆구리를 조이며 어떻게든 힘을 넣을 수 있는 자세로 저항해봤다. 그러나 위 언저리에서 치밀어오르는 설명할 수 없는 초조감은 물에 쏟아부은 잉크처럼 눈 깜짝할 사이에 온몸을 거무죽죽하게 지배해갔다.

물고기처럼 뻐끔뻐끔 입을 벌리고 턱을 앞으로 내밀며 정신없이 숨을 들이마셨다. 가까스로 호흡을 확보하고 베개에 얼굴을 반쯤 파묻었다. 차츰 기억이 되살아났다. 옛날에도 그랬다. 그 다음은 심장이라는 생각이 들자, 정말로 심장 박동이 빨라지며 공포에 박차를 가했다. 머릿속에서 정체를 알 수 없는 중력이 좌우로 이동하고, 강렬한 구토와 함께 의식이 멀어져갔다. 양팔로 몸을 끌어안고 불안신경증이라는 악마의 습격을 견뎌냈다. 아니, 그것은 견뎌낼 수 있는 게 아니다. 이대로 정신이 돌아버리는 건 아닐까 하는 생각이 들었다. 제정신과 광기의 경계선에서 아슬아슬 줄타기를 하는 자신, 광기 쪽에서는 암흑이 입을 쩍 벌리고 기다리고 있다. 그쪽에 떨어지면 다시는 돌아올 수 없다.

뭘 그리 당혹스러워하는가. 지금까지도 잘 돌아오지 않았던가. 단순한 플래시백이다. 대수로운 일도 아니다.

무력감을 느끼면서도 필사적으로 자신에게 명령을 내리며 광기의 침략을 막아내기 위해 맞서 싸웠다.

천장에서는 끈질기게 어둠이 쏟아져 내렸다. 그 어둠에는 무게감이 있어서 두꺼운 이불을 몇 개나 덮은 것처럼 온몸을 짓눌렀다. 꼼짝할 수 없었다. 제압한 상대를 가지고 놀듯 중력이 이곳저곳을 짓밟았다. 불현듯 누군가가 자기 위에 올라타 있는 것 같은 공포에 사로잡혔다. 아니, 정말로 누가 있는 게 아닐까?

게이코는 옆에 있을까. 있으면 얼른 도망쳐!

도와줄 사람을 불러줘. 의사가 필요해. 신부님이라도 좋아. 어쨌든…… 빨리!

심장은 더욱 거세게 뛰고 불안은 최고조에 달했다. 침대에서 있는 힘을 다해 몸부림을 치고 목소리를 쥐어짜

내며 소리쳤다. 실제로 소리가 나왔는지 안 나왔는지도 분간할 수 없었다.

그 순간 광기와 초조의 혼돈 속에서 불현듯 함부르크 부둣가의 밤이 뇌리의 스크린에 되살아났다.

제기랄, 또 시작이군. 제발 그만 좀 해.

머릿기름을 잔뜩 발라 머리를 세운 젊은이 두 명이 벽돌 창고 그늘에 숨어 있는 모습이 가로등 불빛에 비쳤다. 한 사람은 피터이고 다른 한 사람은 자신이었다.

한 영국인 선원이 거나하게 취한 발걸음으로 눈앞을 스쳐 지나갔다. 주위에는 인기척이 없고 어슴푸레 안개가 끼어 있었다.

피터와 눈짓을 주고받은 후 살며시 뒤로 다가갔다. 침착하게 행동할 수 있는 것은 약효 때문이다.

발걸음 소리를 알아차린 선원이 뒤를 돌아본 순간, 늘하던 대로 자기가 먼저 펀치를 내질렀다. 주먹에는 브래스 너클을 끼고 있었다. 그것이면 일격에 끝난다. 일부러 영국인 선원을 노리는 이유는 그 지역 불량배들의 소행으로 보이게 하기 위해서다. 때려눕히고 나면 주머니에서 지갑을 슬쩍해 술값으로 써버렸다. 늘 그런 식이었다.

그런데 그날 밤의 사내는 일격에 넘어가지 않았다. 틀

21

림없이 턱 언저리를 명중시켰는데 사내는 살짝 비틀거릴 뿐, 곧바로 자세를 바로잡고 반격해왔다. 부릅뜬 상대의 눈빛에 기세가 꺾여 온몸에 전율이 훑고 지나갔다. 도망칠까? 아니, 피터는 맞붙어볼 기세였다. 사내가 통나무 같은 팔을 뻗어 목덜미를 움켜쥐었다. 허공에 발길질을 해댔다. 패닉 상태에 빠져 무아지경으로 주먹을 휘둘렀다. 상대에게서 튄 피가 눈으로 들어가 한쪽 눈을 감은 채 무작정 펀치를 날렸다. 사내의 셔츠 단추가 튕겨나갔고, 탄탄한 가슴팍에 드러난 용 문신이 섬뜩하게 꿈틀거리며 춤을 추었다. 그것은 지옥으로 유인하는 것 같은 무시무시한 춤이었다.

얼마나 시간이 흘렀을까. 정신을 차려보니 사내가 발 밑에 쓰러져 있었다.

사내의 얼굴은 온통 피범벅이었고, 돌바닥 위에 참치처럼 나뒹굴고 있었다. 피터가 발로 슬쩍 밀자 밀린 만큼만 움직였고, 발을 떼자마자 원래 자리로 쿵 떨어졌다. 기절이나 졸도 상태와는 확연히 달랐다. 단순한 물체였다.

자기의 격렬한 숨결이 귓전에 소용돌이치고, 심장의 고동 소리가 고막 속에서 높게 울려 퍼졌다.

피터는 얼굴이 퍼렇게 질려 있었다. 이가 캐스터네츠처럼 따닥따닥 소리를 내며 울렸다.

두 사람은 시선이 마주치자마자 달아나기 시작했다.

죽을힘을 다해 함부르크 부둣가를 내달렸다.

이걸로 자기 인생은 끝이라는 생각이 들었다.

"나는 옛날에 사람을 죽였어."

힘없이 목소리를 내보자 자기 귀에도 그 소리가 들렸다. 허겁지겁 입을 틀어막았지만, 이미 늦었다. 가슴속에서 봇물이 터진 듯 흘러넘친 감정이 자신의 공포에 결정적인 타격을 입혔다. 이제는 몸 구석구석 어디를 살펴봐도 정상적인 자신의 모습은 찾아볼 수 없었다. 불안이 솜털 한 터럭까지 다 침식해버려 이 세상 어디에도 몸을 둘 곳이 없는 것 같았다.

"존! 존!"

그때 또다시 어머니의 목소리가 들렸다. 육감적인 여자를 떠올리게 하는 허스키한 그 목소리.

이게 무슨 일인가. 정말로 정신이 이상해진 걸까. 약물에 중독되어 미쳐 날뛰고 공허한 날들에 몸을 내맡겼던 그 옛날처럼.

마지막으로 맹렬한 복통이 습격해왔다. 지금까지 체험해본 적 없는 혹독한 통증이었다.

　사슴 새끼처럼 벌벌 떨며 일본 피서지의 별장 침실에서 이리저리 나뒹굴었다. 과연 누가 이런 모습을 상상이나 할까 하고 존은 생각했다.

　존의 은둔 생활도 4년째 여름을 맞고 있었다.

의사는 우쭐거리며 미국식 영어로 떠들어댔다.

혀를 요란하게 말아가며 신이 난 듯 R 발음을 했다. 초췌한 얼굴로 '어라?' 하는 표정을 짓자, "학교 다닐 때 영어회화 동아리 활동을 했죠"라며 묻지도 않은 말을 하더니 잇몸을 드러내며 매너 있는 신사인 양 포즈를 취했다. 아무래도 외국인과 영어로 대화를 나누는 상황에 들떠 있는 것 같았다. 기껏해야 외국어 전문학원에서 일본어 6주 코스를 대충 마쳤을 뿐인 존에게는 영어를 하는 의사가 큰 도움이 된다. 나이는 자기와 비슷할 것 같다고 존은 추측했다. 30대 후반쯤 되어 보였다.

존은 최근 며칠 동안 최악의 나날을 보냈다. 정신적 공포는 일시적이었지만, 그 후에도 잠 못 이루는 밤이 이어지고 복통은 나아지질 않았다. 하복부 전체가 부은 것처럼 더부룩하고 답답했다. 부패하기 시작한 육류나 야채가 뱃속에서 부글부글 끓어오르는 느낌이었다. 포토푀*의 심정을 헤아릴 수 있을 것 같았다. 그러다 불현듯 암이라는 글자가 떠올랐고, 존은 끝없는 불안에 빠져들었다. 이제야 간신히 평온한 삶과 사랑하는 아들을 얻은 상황이다 보니 그런 생각만으로도 졸도할 것 같았다.

예전에 존은 마음 한구석에 자기가 오래 살지 못할 거란 예감이 있었다. 그것은 설명할 수 없는 강박관념이었다. 자신의 미래를 상상할 수 없고, 장기적인 계획을 세울 수도 없었다. 젊을 때는 그런 게 두렵지 않았다. 약이나 술에 절어 살 때에도 느릿느릿 사선을 향해 가는 자신을 객관적으로 직시할 수 있었고, 죽음을 서두르는 동료도 냉정하게 바라볼 수 있었다. 사람의 생사 때문에 센티멘털해지는 일은 없었다. 그런데 아들이 태어나면서 완전히 바뀌었다. 미래에 희망을 가지게 되었지만, 동시에 공포에도 민감해졌다. 죽음에 대한 공포는 삶에 대한 집착에서 파생된다는 걸 깨달았다. '주니어가 학교에 들어

● 쇠고기와 채소를 섞은 수프.

갈 때쯤에는 롱아일랜드에 별장을 사자' 라는 아내의 제안을 듣고 난생처음 그때까지 살아야겠다는 생각이 들었고, 순식간에 긴장해버렸던 것이다.

복부의 이상은 그때의 긴장을 다시 떠올리게 하기에 충분했다. 이틀 전까지는 못 참을 정도는 아니었는데, 어젯밤에는 짓누르는 듯한 갑갑함이 하복부 전체로 퍼졌다. 따끔따끔한 것도, 쿡쿡 찌르는 것도 아니었다. 뱃속에 작은 화로를 집어넣은 것처럼 뜨거운 열기로 변해갔다. 손가락 끝으로 누르면, 대장에서 꾸륵꾸륵 소리가 났다. 다리를 쭉 펴면 아랫배가 심하게 당기고 고통스러워서 밤새도록 무릎을 세운 채 꼼짝 못했고, 그렇게 꾸벅꾸벅 얕은 잠의 세계를 들락거릴 뿐이었다. 의식이 흐릿해지면 하복부의 갑갑함이 한층 또렷해졌다. 그래서 얼른 정신을 차리면, 이번에는 통증이 구체적인 모습을 잃고 두루뭉술해졌다. 정말이지 희한한 복통이었다.

"그러니까 일주일 전부터 하복부에 묵직한 통증이 있었다는 말이죠, 미스터⋯⋯."

"존이라고 불러주시오, 닥터. 다들 그렇게 부르니까."

머리를 쓸어 올리고 안경의 위치를 가볍게 바로잡으며

존이 대답했다.

"알겠습니다, 존. 그런데 어젯밤부터 참을 수 없는 통증으로 변했다는 얘긴데…… 뭔가 짚이는 바는 없나요? 원인이 될 만한 증상이라거나."

"얼마 전에 빈혈 증상이 있긴 했소. 아주 미세하긴 했지만."

"그 밖에는?"

"글쎄요. 최근 몇 년간 난 아주 건강한 생활을 했어요. 술도 끊고 고기도 되도록 안 먹고."

"일본 음식은 입에 맞습니까?"

"음, 아주 잘 맞아요. 오늘 아침에도 밥에 버터와 낫토*를 올려서 먹었으니까."

피곤한 듯 그렇게 말하며 반응을 살피자, 의사는 어깨를 움찔하는 포즈를 취하더니 진료카드에 뭔가를 적어넣었다. 농담으로 이해했는지 내심 불안해졌다.

"존, 생년월일은?"

"1940년 10월 9일."

"그렇다면……."

• 푹 삶은 메주콩을 볏짚 꾸러미 등에 넣고 띄운 식품.

"쇼와 몇 년이냐는 뜻이오? 영국인에게 그런 질문은 좀."

"아니, 나이 말입니다."

"아아, ……만 서른여덟이오."

"키와 몸무게는?"

"5피트 10인치…… 아차, 이 나라는 미터법이지. 178 센티미터에 몸무게는 대략 62킬로그램쯤 될까."

"무슨 일을 하시죠?"

"주부."

"주부?"

"하우스 허즈번드란 뜻이오. 일본어로는 '주부(主夫)'라고 한다더군. 4년 전에 아들이 태어났소. 그래서 일은 한동안 아내에게 맡기고 아이 키우는 일에 전념하고 있소, 닥터."

"아하, 그렇군요……. 그럼 진찰을 할 테니 잠시 여기 누워주시겠습니까?"

존은 시키는 대로 진찰대로 올라가 청바지 지퍼를 내리고 티셔츠를 가슴까지 걷어올리고 드러누웠다. 몹시 두꺼운 의사의 손가락이 복부에 닿았다.

"아임 쏘리"라는 말을 듣고 존은 각오를 다졌다. 틀림없이 아픈 모양이다.

"과거에 맹장염 경험은?"

"……내 눈엔 수술 흔적이 안 보입니다만."

사실은 입도 뻥긋하기 귀찮았지만, 평소 버릇 때문인지 무심코 농담이 튀어나왔다.

"약으로 가라앉히는 방법도 있으니까요."

"……아, 실례했소. 닥터."

"자, 숨을 들이마시면서 배를 부풀려보세요."

의사가 손가락으로 배를 눌렀다.

"숨을 내쉬고."

존은 의사가 시키는 대로 했다.

"……아프지 않습니까?"

의사가 의외라는 듯 물었다.

"으음, 별로."

"자, 다시 한 번 배를 부풀리세요."

이번에는 손가락으로 다른 곳을 눌렀다.

"여기는?"

"아니, 별로."

그런 과정을 두세 번 되풀이했다.

"네, 다 됐습니다. 내려오시죠."

의사는 의자로 돌아가 진료카드에 뭔가를 적어넣기 시작했다.

"존."

볼펜을 내려놓고 존에게 방향을 틀며 말했다.

"특별한 이상은 없어 보입니다."

"네……?"

기쁘다기보다 한 방 먹은 기분이었다.

아니, 그럴 리가 없다. 그토록 격렬한 통증이 있는데 '이상 없음'이란 진단이 나올 리 없다.

"몹시 고통스럽단 말이오. 어젯밤엔 제대로 잠도 못 잤다니까."

의사는 손목시계로 슬쩍 시선을 던지더니 몸을 내밀며 말했다.

"존, 당신의 경우, 어떤 긴급한, 예를 들면 급성충수염, 이른바 맹장을 의심할 수 있는데, 일단 청진과 촉진 결과로 보면 그런 염려는 없다고 여겨집니다. 맹장이라면 살짝 스치기만 해도 엄청난 통증을 느끼니까요. 체온도 37도가 조금 넘는 정도예요. 그리고 담석 발작의 경우도 몸부림을 칠 정도로 통증이 심해서 이렇게 대화를 나눌 수가 없습니다. 그러니 우선 약을 처방해드릴 테니 상황을 지켜봐주세요. 그렇게 합시다."

순간 며칠 전의 플래시백을 털어놓을까 하는 생각이
들었지만, 복통과는 관계없을 것 같아 그만두었다. 게다
가 이 사람은 단순한 내과 의사였다.

"닥터, 약으로 상황을 살펴보자는 말은 좀 불안합니
다. 이대로는 오늘 밤을 잘 넘길 자신이 없단 말이오."

그대로 돌아갈 생각을 하니 갑자기 불안해져서 존이
애원하는 시선으로 의사를 쳐다봤다. 어젯밤에는 뒤끓는
하복부를 부둥켜안은 채 제대로 잠도 잘 수 없었다. 아침
에는 온몸에 묵직한 피로감만 남았다. 그것을 되풀이할
생각을 하니 우울해서 죽어버릴 것 같았다.

"흐-음." 의사가 팔짱을 끼었다.

"어쨌든 여기서는 정밀검사는 못합니다. 마을 진료소
니까요. 게다가 이 근방에는 내시경이나 CT 스캐너 장치
가 있는 병원도 없고……."

의사는 천장을 올려다보며 한동안 사색에 잠겨 혼잣말
을 중얼거리더니 "그럼 엑스레이와 혈액검사라도 해봅시
다"라고 말했다.

'참 나, 진즉에 그렇게 나올 것이지.' 존은 속으로 몹
시 못마땅했다. 그것이 바로 존이 기대했던 본격적인 검

사였다.

존은 진료실 한구석의 커튼으로 나뉘져 있는 곳으로 들어가서 간호사에게 혈압 측정을 받고 피를 뽑았다. 존은 오른쪽 어깨에 턱을 올리고 주사기 찌르는 모습을 보지 않았다. 옛날에도 각성제만은 피했던 것은 어릴 때부터 주사기를 싫어한 덕분이었다. 그 후 간호사의 지시에 따라 복도를 지나 엑스레이실로 들어갔다. 그런 상황에서도 제대로 환자 대접을 받는 게 왠지 모르게 기뻤다.

엑스레이 촬영 후, 대기실에서 10분쯤 기다리다 이름을 부르는 소리에 다시 진찰실로 들어갔다. 의사의 새된 목소리가 울려 퍼졌다.

의사는 자기 일인 양 얼굴 가득 미소를 머금고, 영수증 비슷하게 생긴 종잇조각을 뚫어져라 쳐다보고 있었다. 혈액검사 결과인 듯했다.

"저, 그가 지금 뭐라고 하는 거요?"

존이 옆에 있는 간호사에게 묻자, 그녀는 영어를 알아듣지 못한 듯 애매하게 웃으며 존에게 자리에 앉으라고 권했다.

"아, 실례, 실례." 의사가 영어로 말을 바꿨다. "백혈구 수는 정상이에요, 존. 염증 반응도 없고요. 빈혈 증상이 있었다고 했는데 혈압도 정상입니다."

이어서 의사는 어느새 현상이 끝난 엑스레이 사진을 끼운 라이트박스 스위치를 켜더니 존에게 설명하기 시작했다.

"음, 이게 대장입니다."

그래머스쿨의 생물 수업 시간 이후 실로 오랜만에 보는 인체도였다.

"부분 부분이 검습니다."

"으음."

"이게 바로 가스죠. 그러나 이건 정도의 차이가 있을 뿐, 누구에게나 있는 것이니 문제 될 건 없습니다."

"……."

"폴립 같은 것도 발견되지 않았습니다."

"네."

"하얗게 보이는 부분은 변입니다. 조금 많다고 해야 할까요. 배변은 매일 합니까?"

"흠, 그러고 보니 최근 이삼일간 없었군요."

"뭐, 신경 쓰실 일은 아닙니다. 백혈구 숫자도 정상이고, 혈압도 문제없어요. 체온도 우리가 볼 땐 미열에 속합니다."

"아 참, 내 평균 체온은 35.9도니까 그건 미열이 아니
오."

"어쨌든 염증이 생겼다면 이 정도로는 끝나지 않습니
다."

"흠, 그렇군."

"역시 약으로 상황을 지켜볼 수밖에 없겠습니다."

존은 낙담했다. 그러나 그대로 순순히 물러날 수는 없
었다. 복통을 안은 채 그냥 돌아가라는 말은 그에게 너무
가혹했다.

"닥터, 난 어떻게든 이 복통을 잠재워주길 기대하오.
아까도 말했지만, 아무래도 이대로 돌아가는 건 너무 불
안해서……."

"흐─음."

의사가 또다시 시계를 내려다봤다. 손목시계의 유리를
가볍게 문지르더니 존을 바라보며 불쑥 물었다.

"그럼 항생물질 주사로 대장 활동을 잠시 멈추게 해보
시겠습니까?"

일반인은 대답할 수 없는 제안이었다. 존은 고개를 끄
덕이며 의사 얼굴을 바라볼 수밖에 없었다.

"그럼, 그렇게 해보죠. 부작용으로 눈이 조금 따끔거

릴 순 있는데, 그건 큰 문제는 아니니까요."

존은 의사가 시키는 대로 커튼 안쪽으로 들어가서 주사를 맞았다. 무척 오랫동안 맞았다. 아무래도 시간이 걸리는 정맥주사인 것 같았다.

통증이 심했다. 그리고 잠시 시간이 흐르자 숨이 가빠졌다.

백 미터 달리기를 한 개처럼 거칠게 숨을 헐떡였다.

존의 숨소리를 듣고 간호사가 존의 손목을 잡았다. 옆으로 누우라는 몸짓을 하며 주사기를 꽂은 존을 침대에 눕히려 했다. 간호사들이 옆에서 허둥거리는 게 느껴졌다.

(선생님은?)

(지금 잠깐 자리를 비우셨어요.)

심장이 몹시 빨리 뛰었다. 이봐, 잠깐만. 대체 무슨 일이야?

(지금 몇 cc지?)

(15cc요.)

(일단 멈추는 게 좋겠어.)

나이가 들어 보이는 간호사가 뭐라고 지시를 내리는 것 같았다.

"하우 도 유 휘르 나우?"

뭐? 그냥 일본어로 말해.

"돈뜨 워리. 브레스 스로리."

(뭐더라, 천천히 호흡하라는 말, 영어로 어떻게 하지?)

대체 뭐 하자는 거야. 일본어로 해도 되는데, 정말 답답하게 구는군.

마치 눈앞에 가루이자와의 안개가 피어오르는 것처럼 존의 시야가 흐릿하게 탁해졌다. 존은 눈을 감고 침대에 누워 가슴에 오른손을 올리고 돌리듯 문질렀다. 세 번 숨을 들이마셔야 한 번 쉬는 공기밖에 안 들어오는 것 같았다. 간호사가 존의 왼쪽 손목을 잡고 맥박을 재는 것 같았다.

(자극이 너무 강했나?)

어느새 나타난 의사가 가물가물한 목소리로 뭐라고 중얼거렸다.

(맥박은?)

(95회입니다.)

(흐음.)

"존." 의사가 영어로 말했다. "괜찮아요. 걱정할 건 없습니다. 심장이 조금 놀랐을 뿐입니다. 이렇게 과민반응이 나타나는 걸 보니 아무래도 자율신경계가 좀 약해진 상태일지도 모르겠군요. 약은 자극이 적은 걸로 준비했으니 그걸 드십시오. 당신은 불안해하지만, 오늘 밤 무슨 이변이 일어날 가능성은 1퍼센트도 안 됩니다. 그러니 너무 신경 쓰지 마세요. 소화 잘되는 음식을 드시고 안정을 취하시고요. 아무 문제 없습니다."

의사는 존을 내려다보며 미소 띤 얼굴로 말했다.

"일단은 심전도 측정을 해두죠."

그렇게 말하더니 흰 가운을 벗어 간호사에게 건네주고 늘어져라 하품을 하며 밖으로 나갔다.

존은 그 후 심전도 측정을 받았고, 맥박이 정상으로 돌아올 때까지 안정을 취하라는 간호사의 지시에 따라 침대에 누워 있었다. 그리고 간호사가 깨울 때까지 한 시간 정도 잠이 들어버렸다. 어제부터 쌓인 피로가 한꺼번에 밀려든 모양이었다.

눈을 뜨자 존이 누워 있는 진료실 한 모퉁이만 빼고 로비와 복도 전체가 불이 꺼져 있었다. 접수처에서 계산을 마치고 종이 봉지에 든 약을 받아든 존은 누군가 잠금장치를 열어줘서 현관 밖으로 나올 수 있었다. 하늘을 올려다보니 태양은 이미 머리 꼭대기에 올라와 있었고, 시간은 어느새 정오를 지나고 있었다. 떠들썩한 웃음소리가 귓전에 울려 퍼졌다. 소리가 나는 쪽으로 고개를 돌려보니 옆 주차장 셔터가 올라가 있고, 의사의 가족으로 보이는 육감적인 30대 중반 여자와 아이들이 메르세데스 스테이션 왜건에 짐을 싣고 있었다. 커다란 셰퍼드도 보였다. 여행이라도 떠나는 모양이었다. 혼자 어깨를 실룩하고는 진료소 유리문을 닫는데, 올 때는 없었던 안내문이 붙어 있었다.

'8일 오후부터 16일까지 휴진합니다.'

한자는 못 읽어도 의미는 대략 이해가 갔다. 숫자는 아마도 날짜일 것이다. 오늘이 8일이니 분위기로 봐서는 오늘부터 16일까지 바캉스라도 떠나는 것 같았다. 오봉*에 일본 사람들이 일제히 쉰다는 말은 게이코에게 들어서 알고 있었다. 가족들이 조상의 묘가 있는 곳으로 돌아가는 것이다.

그런 생각이 들자, 마음속에 또다시 암운이 드리워졌다. 어이 잠깐, 이 주변에 다른 의사는 없는 거야? 저자가 돌아올 때까지 내가 기댈 건 약뿐이란 소리야?

---

* お盆, 조상의 혼을 맞아들이고 공양드리는 일본의 명절. 원래는 음력 7월 보름인데 현재는 양력 8월 15일로 정착됨.

존은 진료소에서 나와 무거운 발걸음으로 샌들을 끌며 자갈길을 걸었다. 낙엽송 숲의 나뭇잎 사이로 비쳐든 햇살이 존의 안경을 하얗게 비추었다. 가까이에 테니스코트라도 있는지 공을 퉁기는 라켓 소리가 일정한 간격으로 숲 속에 울려 퍼졌고, 이따금 그 소리는 젊은 여자의 아리따운 목소리와 함께 끊어졌다. 숨을 크게 내쉬었다. 문득 들끓는 것 같았던 하복부 상태가 얼마간 부드러워진 느낌이 들었다. 그 주사가 역시 효과는 있나? 열도 내려간 것 같았다. 개를 데리고 샛길을 스쳐 지나던 남자가 '앗' 하고 놀란 표정으로 존을 뚫어져라 바라보더니 '설마' 하고 스스로를 타이르는 표정으로 바꾸고 멀어져갔다.

어찌 됐든 일단은 게이코에게 보고부터 해야겠다.

"그래, 병명이 뭐래?"

게이코가 부엌에서 등을 돌린 채 물었다.

"몰라."

"모른다니, 본인이 모르면 어떡해."

"혈액검사 하고 엑스레이를 찍어도 이상이 없다는데, 낸들 알아."

"어머, 그럼 잘됐네."

게이코가 뒤를 돌아보며 미소를 지었다.

"그렇지만 아직도 배에 위화감이 남아 있어."

"괜찮을 거야. 환경이 바뀌면 컨디션까지 이상해지는 일이 자주 있잖아."

"가루이자와는 매년 오는 곳이야. 새삼스레 환경 변화는 무슨."

"지나치게 신경 쓰면 오히려 안 좋아."

게이코는 밝은 표정으로 말하더니 평상시처럼 유리그릇에 담긴 냉국수를 다다미 거실로 들고 와서 테이블 맞은편에 털썩 주저앉았다. 낙천적인 게 그녀의 장점이다. 웬만한 일이 아니면 심각한 표정을 짓지 않는 그녀의 성격이 지금껏 부부생활을 해오는 동안 존에게는 큰 위안이 되었다.

"주니어는?"

"낮잠. 기다릴 수 없어서 점심은 먼저 먹었어. 일어나면 기분전환 삼아 데리고 나가."

"으음, 오늘은 좀……. 컨디션도 안 좋고."

"가벼운 운동은 하는 게 좋아요."

자전거 타는 정도는 힘든 일이 아니었지만, 어젯밤에

잠을 제대로 못 자서 몸이 무거웠다. 면을 후룩거리며 아무 대답도 하지 않자, 게이코가 "알았어. 그럼 다오 씨에게 부탁하지 뭐"라며 여름 동안 고용한 가사도우미 겸 아이 돌봐주는 사람의 이름을 꺼냈다.

"당신은?"

"일해야지."

게이코는 이번 여름에 소설을 완성할 계획인 듯했다. 듣자 하니 반생의 기록을 써보지 않겠냐는 뉴욕 출판사의 권유를 거절하자, 그 대신 호러 소설이라도 써달라고 밀어붙여서 하는 수 없이 승낙한 모양이었다. 게이코는 원고도 안 보여주고, 요즘은 2층 서재에 틀어박혀 살다시피 했다.

게이코가 존을 방치하기 시작한 것은 5년 전쯤부터다. 그때까지는 어디를 가든 함께였는데, 어느 순간 존이 한 사람의 성인으로는 상식이 너무 부족하다는 사실에 놀라 거친 치료법을 선택한 셈이다.

계기는 이러했다. 사소한 일로 요란하게 부부싸움을 했다. 심한 말들이 오가던 중에 존이 "난 로스앤젤레스 친구 집으로 갈 테니 그리 알아"라고 가출을 선언하며 기세 좋게 뉴욕 아파트를 박차고 나갔다. 그런데 존은 비행기 탑승 방법을 몰랐다. 자기 손으로 티켓을 사본 적조차 없었기 때문이다. 존은 라과디아 공항에서 그 사실을 알 아차렸고, 그때쯤에는 화도 어느 정도 가라앉아서 게이 코에게 전화를 걸었다. 그러자 그녀는 기가 막혀 했다. 그런데 그녀는 집으로 돌아오라는 말 대신 차분한 목소 리로 "우선 델타항공 카운터로 가……"라고 가르쳐주었 다. 예상이 빗나간 대답에 존이 할 말을 잃고 가만히 있 자, 그녀는 아이에게 심부름이라도 보내는 말투로 차근 차근 설명하더니, 마지막에는 살짝 울먹이는 목소리로 "힘내"라고 격려해주었다. 게이코는 지금까지의 과보호 를 반성하고, 존을 한 사람의 남자로 단련시킬 각오를 한 것이었다.

생각해보면 10대 무렵을 제외하면 존이 혼자 병원에 간 것도 오늘이 처음일지도 모른다. 박정한 여자라는 생 각이 전혀 없는 건 아니지만, 한편으로는 무관심한 척하 는 아내의 태도가 고맙기도 했다. 옆에서 걱정을 했다면 자기는 훨씬 더 우울했을 것이다.

안쪽 방에 이불을 깔고 눕자, 정말 약효가 있는지 존은 몸을 동그랗게 말고 깊은 잠에 빠져들었다. 꿈도 꾸지 않 았고, 게이코가 깨우러 올 때까지 한 번도 안 깨고 푹 잤다. 빛이 없는 암흑의 세계는 불안하다는 의식만 없으면 무척이나 안락한 장소였다. 햇볕 냄새가 나는 시트에 푹 싸여 세포와 신경 하나하나까지 평온하게 눈을 감고 있었던 것 같은 느낌이 들었다. 시간이 흐르는 감각이 없었다. 이것이 완벽한 잠이라는 걸까, 그렇다면 이런 잠을 맛본 게 대체 몇 년 만인가 하는 생각이 들었다.

게이코가 흔들어 깨워서 벽시계를 보니 어느새 저녁 9시를 가리키고 있었다. 여덟 시간이나 깊은 잠을 잤다는 걸 알았다. "너무 곤하게 자서"라며 게이코가 저녁식사 시간에도 깨우지 않은 이유를 나지막한 목소리로 속삭였다. 잠을 많이 잤을 때 흔히 나타나는 가벼운 허리 피로감까지 느껴졌다. 정신을 차리고 하복부에 의식을 집중하니 비교적 양호한 상태 같았다. 막연한 무게감은 있지만 뜨겁진 않았다. 일어서서 화장실로 향하는데 몸을 앞으로 굽히지 않고 평상시처럼 꼿꼿이 걸을 수 있었다. 괜한 걱정을 했나 생각하며 소변을 보고 나자 왠지 마음까지 한결 가벼워졌다.

그러나 아직 환자라는 사실에는 변화가 없어서 다오 씨가 끓여준 달걀죽을 먹고, 병원에서 준 식후 복용약을 먹은 후 마루방 소파에 드러누웠다. 그러고 나서 존은 조금 전 숙면의 여운에 빠져들었다. 불면증은 없었지만, 그렇게 깊은 잠을 체험하고 나니 평상시의 잠이 얼마나 질이 떨어지는 것인가를 깨닫고 새삼 놀랄 수밖에 없었다. 약에 안정제도 들어 있을 거란 생각이 들었다. 어쨌든 병원 약이 극적인 효과를 발휘했다는 건 최근 몇 년간 존이 약을 가까이하지 않았다는 증거이기도 하니 기뻐할 만한 일이었다. 예전 같았으면 약에 내성이 생겨서 그리 효과가 없었을지도 모른다.

테이블 위에 있던 리모컨 스위치를 눌러 텔레비전을 켰다. 책을 읽을 만한 집중력은 없으니 텔레비전을 보며 시간을 보낼 수밖에 없었다. 무슨 말인지 알아들을 수는 없지만, 지금의 존에게는 오히려 그편이 더 나았다. 어디서 누가 살해당했다는 뉴스 같은 건 알고 싶지도 않았고, 심각한 인간관계 드라마 같은 건 잠깐이라도 보고 싶지 않았다. 남의 일 같지 않게 측은해지는 얘기는 일절 귀에 담고 싶지 않았다.

이리저리 채널을 돌리는데, 무슨 프로그램인지 몰라도 기괴한 복장을 한 일본 소년 소녀들이 원을 만들며 희한한 안무로 춤을 추고 있었다. 내레이션에서 쉴 새 없이

'하라주쿠'라고 떠드는 걸 보니 장소는 틀림없이 하라주쿠 보행자천국일 거라고 존은 추측했다. 그곳이라면 2년 전쯤 걸어본 기억이 있다. 요즘은 저런 스타일과 춤이 일본에서 유행하는 모양이라고 생각하며 보고 있는데 마침 다오 씨가 그릇을 치우러 와서 물어보았다.

"다오 씨, 저게 뭐야?"

"어머, 사장님. 이제 얼굴색도 좋아진 것 같네요."

다오 씨는 존이 알아듣든 말든 늘 일방적으로 일본어로 말을 건넸다. 처갓집에서 고용한 가사도우미인데, 일 잘하고 명랑한 쉰 살쯤 된 부인이었다.

"다오 씨, 저게 뭐냐니까?"

"아하, 저거요? 요즘 젊은것들이란 정말……. 우후후. 대체 무슨 생각을 하는지 모르겠어요."

다오 씨는 품위 있게 눈썹을 찡그리더니 한심하다는 말투로 "죽순족*이에요"라고 말했다.

"매주 일요일마다 하라주쿠에 모여서 봉오도리** 같은 손짓을 하며 저렇게 춤을 추죠. 대체 어디서 저런 걸 배

●竹の子族, 내 인생은 나의 것이라 외치며 청춘을 만끽하는 히피풍 젊은이를 지칭함. 거리에서 원색 옷을 입고 춤을 추거나 노래를 부름.
●● 盆踊り, 밤에 많은 남녀들이 모여서 추는 윤무(輪舞).

웠을까? 어구, 저 머리 좀 보라지. 일부러 흑인처럼 만들 질 않나……. 머리요, 헤어스타일. 세상에, 사장님, 저것 좀 보세요, 핑크색으로 물들인 애도 있어요. 부모들은 대체 뭘 하는 건지, 원……. 아 참, 요즘에는 가루이자와 역 앞에도 저런 애들이 웅크리고 앉아 있다니까요. 사장님도 보셨죠? 어린것들이 담배를 피워대질 않나. 이젠 여기도 변해버렸어요. 옛날에는 참 조용한 피서지였는데. 쇼다 댁의 미치코* 님이 '쏘리'라고 외치면서 테니스를 하던 시절도 있었는데……. 에고고, 이를 어째, 사장님, 혹시 매실 장아찌 씨까지 삼킨 거예요?"

다오 씨가 눈을 휘둥그레 뜨고 그릇과 얼굴을 번갈아 쳐다봤다. 존은 그제야 무슨 뜻인지 알아채고 입 안에 굴리고 있던 매실 장아찌 씨를 손바닥에 뱉어 다오 씨에게 내밀었다.

"아이 참, 이럴 땐 영락없는 일본 사람이라니까. 우후후후."

다오 씨는 몸을 젖히며 유쾌하게 웃어대더니 부엌으로 물러났다.

---

* 美智子, 현재 일본의 황후.

텔레비전에 나온 소년 소녀들은 죽순족이라는 젊은이 그룹이고, 그들이 현대 일본의 테디 보이즈 앤 걸즈라는 건 이해할 수 있었다.

텔레비전에서는 그중 한 젊은이가 자못 강경한 태도로 마이크에 대고 뭐라고 떠들어대고 있었다. 들어보나마나 '어른들은 상관 말라'는 말일 것이다.

'훗, 귀엽군.' 존은 살며시 미소가 번지는 기분이 들었다. 어느 시대든 반항을 시도하는 젊은이는 있게 마련이지만, 적어도 이 나라의 틴에이저는 모두 유복해 보였고, 궁지에 내몰린 상황은 아니었다. 불량놀이인 셈이다. 그렇다, 자신의 열다섯 살 때와 비교하면 귀여운 반항기 아닌가. 존은 문득 자신의 과거를 떠올리며 조소하듯 웃었다.

영국의 위대한 시대착오라 일컬어지는 열한 살 시험에 통과한 후, 존은 마치 판도라의 상자를 뒤엎은 것처럼 급속하게 거칠어졌다. 입학 허가가 난 리버풀의 학교는 퍼블릭스쿨처럼 엄격한 그래머스쿨이었고, 교감은 감리교도를 탄압하던 교회 첩자처럼 무슨 일이 있을 때마다 학생들에게 매질을 했다. 그때 존이 생각한 것은 한 가지뿐이었다.

　여긴 나 같은 분이 계실 곳이 못 되는군.

　존은 이미 중학생 때부터 소문난 거리의 불량배였다. 변덕스러운 폭력배인데다 영국 북부 사람처럼 고풍스럽지도 우직하지도 않았다. 맨손으로 싸우고, 끝난 후 서로의 어깨를 두드리며 격려하고, 새로운 우정이 싹트는 따위의 멋진 체하는 사내들 세계를 존은 마음속 깊이 경멸했다. 존의 싸움은 이러했다. 먼저 약한 놈을 찾아낸다. 이어서 극단적인 언어폭력을 퍼붓고, 상대의 얼굴에 경련이 일어날 때쯤 본때 삼아 결정적인 펀치를 먹인다. 존에게 그 이상의 쾌락은 없다는 듯한 태도였다. 존은 집단 속에서 약자를 발견해내는 후각이 이상하리만치 발달해서 늘 두리번거리며 봉을 찾아다녔다. 코 파기 대장 로빈 같은 녀석은 코를 후빌 때마다 존에게 큰 소리로 놀림을 받았고, 울음을 터뜨리기 직전에 흠씬 두들겨 맞았다. 집으로 도망친 로빈에게 쐐기를 박듯 전화를 걸어 "코 파기 대장 더러운 새끼야!"라고 욕설을 퍼붓는 세심한 주의까지 기울였다. 특히 부모가 실업을 하거나 어머니가 젊은 남자와 눈이 맞아 증발하거나 누나가 사생아를 낳은 반친구들의 불행의 원천을 들춰내는 데에는 이상할 정도로

열을 올리며 친구들과 놀려대곤 했다. 다른 사람의 상처에 소금을 뿌리고 그 고통을 즐겼다. 당연히 주위 친구들은 존이 가까이 있으면 늘 긴장했고, 도가 지나친 농담에 적응할 수가 없었다. 그런데도 추종자가 끊이지 않았던 까닭은 존이 언변의 달인이라 부를 만한 소년이었기 때문일 것이다. 멍청한 선인보다 화술이 뛰어난 악한을 좋아하는 것은 아이들 세계에서는 자연스러운 일이었다. 다만 존은 모든 일에 참견을 했지만, 그것은 토론에 참여하고 싶어서가 아니라 반 친구들에게 자기 머리가 더 좋다는 것을 알리기 위해서였다.

열다섯 살의 존에게는 남을 혼란시키는 게 삶의 보람이었다. 어느 날 있었던 일은 아직까지도 이따금 꿈에 나타나 흥건히 식은땀을 흘리게 만든다.

섹스에 갓 눈을 뜨기 시작했을 무렵, 그래머스쿨의 상급생인 헬렌의 집에 티타임 초대를 받아 갔을 때의 일이다. 아니, 정확히 말하면 초대를 받은 건 아니다. 가족이 없는 틈을 타서 그녀의 방으로 올라가 알몸으로 부둥켜안고 있는데 갑자기 헬렌의 어머니가 돌아와서 두 사람은 허겁지겁 옷을 입고 아래층으로 내려갔다. 두 사람을 본 헬렌의 어머니는 아무렇지도 않게 "어머나, 친구가 와

있었구나. 그럼 우리 하이눈 티라도 한 잔 할까?"라는 말
을 꺼냈다. 존은 예상치도 못한 그녀의 호의에 당황했다.
나에 대한 평판을 못 들었단 말인가?

"아니, 전 이만 돌아가겠습니다."

존이 눈을 아래로 내리깔며 말하자, 헬렌의 어머니는
"아이, 그러면 안 되지. 어려워할 거 없어"라며 지나칠
정도로 자연스러운 미소를 띤 표정으로 앞장서서 안으로
들어가 버렸다. 하는 수 없이 뒤를 쫓아 들어가자 거기에
는 햇볕이 잘 드는 다이닝룸이 있었고, 꽃무늬 벽지를 붙
인 방 안 가득 달콤한 밀크 향이 떠다녔다.

존은 그 향기만으로도 도망치고 싶어졌다. 숨이 막힐
것 같은 온화한 가정의 향기에 공포감까지 느꼈다. 존은
순수한 것을 접하면 극도로 긴장하는 체질이었다.

존은 티타임 내내 설명할 수 없는 분노에 휩싸였다. 말
끔하게 다림질된 식탁보, 한가운데 장식해놓은 아름답고
싱싱한 유채꽃, 집에서 구운 스콘과 작은 접시에 담긴 마
멀레이드. 그런 아기자기한 모습들이 존에게는 참을 수
없는 스트레스였다. 맑은 물 위에 뜬 더러운 기름 같은
심정이었다. 그러자 숨쉬기가 힘들어졌다. 트림을 하지
않으면 제대로 공기를 빨아들일 수 없을 것 같은 느낌이

들어서 목구멍에서 솟구치는 트림을 힘겹게 참아내야 했다. 존은 한시라도 빨리 우울한 그 시간이 지나가기를 간절히 기원했다.

그런데 헬렌과 그녀의 어머니는 그런 존의 마음은 짐작도 못하는지 마냥 친절하고 사교적이었다.

"존은 무슨 운동을 하니?"

"아니, 딱히……."

"엄마, 존은 악기를 잘 다뤄. 기타 치거든. 학교에서 제일 잘 쳐."

"어머, 멋져라. 어떤 곡을 치니?"

"뭐……. 그냥 버디 홀리 같은 거죠."

"어머, 미국에서 유행하는 음악이잖아. 나도 아주 좋아해. 조금만 젊었으면 프레슬리에게 푹 빠졌을지도 모르지. 후후후."

헬렌의 어머니는 의자에 앉은 채 허리를 흔들며 익살을 부렸다.

"아, 그러시군요. 하하하."

존은 예의상 경직된 미소를 지어 보였다.

존에게 사교는 고통이었다. 사람과 사귀는 게 싫은 게 아니라, 착한 사람들과 함께 있으면 주눅이 들고 도저히 녹아들 수 없었기 때문이다. 그리고 헬렌과 그녀 어머니의 태평스러움은 존의 마음에 자리 잡은 정체 모를 어둠을 한층 깊어지게 만들었다.

"이 마멀레이드 좀 먹어볼래?"라고 어머니가 말했다. 그것은 딸에게 보내는 신호나 재촉이었는지 헬렌이 곧바로 "이 마멀레이드, 엄마가 직접 만든 거야"라며 어머니의 뜻을 헤아리고 대신 전했다.

"우리 엄마는 사 먹는 마멀레이드는 설탕을 아낀다고 싫어하거든."

"헬렌, 그런 말까지 할 건 없잖니."

어머니는 그 말을 해주길 바랐으면서도 헬렌의 말을 막으며 겸손한 척했다. 보나마나 찾아오는 손님에게 마멀레이드를 대접할 때마다 모녀는 이렇게 호흡이 척척 맞는 행동을 해댈 것이다. 마멀레이드는 유리 밀폐 용기에 담겨져 식탁 위에 올라 있었다. 라벨에는 오렌지 그림이 그려져 있었고, 정성 들여 물감으로 색칠까지 해놓았다.

존의 눈에는 스스럼없는 부모 자식 관계가 부럽다기보다 너는 전혀 알지 못하는 또 다른 세계가 존재한다고 과시하는 것처럼 느껴졌다. 쉽게 믿을 순 없겠지만, 세상에는 분명 즐거운 곳도 있을 거란 생각이 들었다. 그리고 그런 생각이 들자, 자신이 초라하게 느껴지고 모든 게 거추장스러워지며 순식간에 땀이 솟구쳤다. 몸 둘 바를 몰라 견딜 수가 없었다. 정체를 알 수 없는 강박관념이 정점에 치달은 순간, 존은 경련이라도 난 듯 입술 끝을 일그러뜨리며 이렇게 말했다.

"그런데 아줌마, 이거 말고 좀 먹을 만한 마멀레이드는 없나요?"

존은 부들거리는 몸을 진정시키며 자리에서 일어나 사태를 파악하지 못해 입을 떡 벌리고 있는 여자친구와 그녀의 어머니를 내려다본 후, 천천히 그 집을 나왔다. 집을 나서는 순간, 바닥에 침을 뱉었다. 죄의식도 없고 쾌감도 없었다. 그저 무언가로부터 도망쳐 나왔다는 안도감뿐이었다. 존 자신도 불안정한 자기 성격에 휘둘렸다. 존은 늘 어딘가 다른 곳으로 떠나고 싶었다.

혹시 누군가 자기 전기를 쓴다면, 이 이야기가 실릴까? 존은 심각하게 걱정이 되었다. 약이나 미쳐 날뛴 일들은 얼마든지 폭로해도 되지만, 이 에피소드는 현재의 자신에게는 조금 고통스러웠다. 전처와의 사이에 태어난

아들은 슬슬 어려운 책을 읽을 나이가 되었다. 지금 함께 있는 아들 주니어도 언젠가는 그 책을 손에 들게 될지 모른다. 그런 생각을 하면 도저히 마음이 편하질 않았다.

한편으로는 자의식이 넘치는 불량소년들에게 친근감을 느끼면서도, 존은 아들들만은 자기가 누리지 못한 청춘을 만끽해주길 바라는 마음이 있었다. 그것은 축구에 열중하고 책에 감동하고, 여름이면 친구들과 해수욕을 가는 평범하고 달콤한 청춘의 날들이다. 행복에서 스스로 등을 돌리는 세월은 이미 자기가 아이들 몫까지 소비해버린 것 같은 생각이 들었다.

존은 소파에서 몸을 뒤척이고, 리모컨으로 텔레비전을 끈 후 멍하니 천장을 올려다봤다. 매끈하게 깎인 들보가 보석처럼 검은 광택을 쏟아내고, 부드러운 곡선은 살아 있는 생명체처럼 약동감을 뽐내며 예전 소유주가 유수의 재벌이었다는 이 집의 역사를 말해주었다. 벽시계가 낮게 울리기 시작했고, 그 소리가 울려 퍼지는 구석구석에서 이 집의 정령들이 조용히 귀를 기울이고 있을 것 같은 느낌이 들었다. 작년과 재작년에는 근처 만페이 호텔을 숙소로 이용했지만, 올여름은 처갓집에서 별장을 빌려준다고 해서 존과 게이코와 주니어는 오래된 일본 전통 가옥에서 지내고 있었다. 예전에는 다다미에 책상다리를 하고 앉을 수가 없었는데, 요즘에는 완전히 특기가 되었다. 일본의 재래식 화장실은 여전히 익숙지 않지만, 못 참을 정도는 아니었다.

존은 앞으로 일본에 사는 것도 나쁘지 않다고 생각했다. 자기 인생에서는 더 이상 바랄 수 없다고 포기했던 자유로운 생활이 이곳에는 있었다. 번화가를 걸어다녀도 자기 존재를 알아보는 사람이 없다는 걸 알았을 때는 그런 홀가분한 자유를 20년이나 만끽하지 못했다는 사실이 떠올라 다소 요란한 감개까지 끓어올랐다. 모르긴 해도 백인 얼굴은 거의 다 비슷비슷해 보이는 모양이다. 장난삼아 'WORKING CLASS HEROES'라고 프린트된 티셔츠를 입고 거리를 나다닐 정도였다. 그런데도 말을 걸어오는 일이 없었다. 1979년의 가루이자와는 존의 은둔 생활에는 안성맞춤인 장소였다.

벽시계 소리를 들으며 눈을 감고 있자, 얼마 후 자연스레 수마가 덮쳐왔다.

그렇게 잤는데 또 잠이 오나 생각하면서도 존은 은근히 기뻤다.

존은 두 가지 사실을 알아차렸다. 하복부 통증이 무지근하게 확산되어간다는 것이다. 어제까지는 아픈 부분을 구체적으로 짚을 수 있었는데, 오늘 아침에는 전체적으로 납덩이가 들러붙은 듯한 무게감으로 변해 있었고 추상적인 느낌이었다. 절박감이 없는 건 다행이지만, 오히려 불안한 분위기가 감돌았다.

그리고 또 하나, 그것보다 신경이 더 쓰이는 것은 아무래도 자기가 변비인 것 같다는 느낌이었다. 머릿속 기억의 실을 더듬어보면 최소한 이삼일 동안은 배변을 한 기억이 없다. 어제 의사는 엑스레이 사진을 보여주면서 변이 조금 많은 편이라고 했다. 그렇다면 변비 증상은 훨씬 길다는 뜻이다.

존은 달력을 봤다.

확실하진 않지만, 8월 4일에는 변을 본 것 같았다. 아마 맞을 것이다. 배에서 자꾸 소리가 나서 게이코가 왜 그러냐고 물었고, 화장실에 가서 설사가 아니라는 걸 확인한 게 분명 4일이었다. 맞다, 게이코의 친구가 놀러 왔던 날이니 틀림없다. 그렇다면 5, 6, 7, 8, 9. 이럴 수가, 무려 닷새 동안이나 대변을 못 봤단 말인가. 뱃속이 더부룩하고 먹는 양도 줄어든 건 분명하지만, 닷새나 변을 못

보다니 말도 안 되는 일이었다.

재래식 화장실에 쭈그려 앉은 존은 간절한 심정으로 힘을 주었다.

허흑흐흐흐흡. 끄응끄그그끙.

변의조차 느껴지지 않았다.

오른손으로 아랫배를 문지르며 꾸륵꾸륵 소리를 내봤다. 항문 부근에 '어' 하는 감촉과 기대감이 스쳐갔지만 그건 방귀였고, 장난감 기관총 소리를 내며 변기 속으로 사라져버렸다.

팔짱을 꼈다. 변비는 한 번도 경험한 적 없는 존은 고민에 빠졌다. 오랫동안 불규칙한 생활을 했기 때문에 출퇴근하는 사람처럼 매일 아침 7시 15분 정각에 일본의 우수한 열차 운행표처럼 정확하게 변의가 찾아와 화장실로 뛰어드는 자동 배설은 아니었지만, 그래도 매일 한 번씩은 어디서든 볼일을 봤다. 변의와 궁합이 잘 맞았는지 애비 로드(Abbey Road) 스튜디오에서는 늘 화장실을 썼다. 참지 않는 성격이라, 아니 그보다 변의의 내습을 견뎌낼 만한 근성이 없었기 때문에 백화점이나 공공 기관의 쾌적한 화장실 위치도 잘 알고 있었다. 여행을 해도 변비는 없었다. 홍콩 노점가에서 엉덩이에 잔뜩 힘을 주고 어기적어기적 화장실을 찾아 헤맨 일도 있었다. 뉴욕 지하철에서는 목적한 역까지 참지 못해 식은땀을 흘리며 낯선 역에서 주뼛주뼛 내린 일도 있었고, 런던 로얄 알버트 홀에서는 〈I FEEL SO FINE〉을 연주하던 중 난데없이 변의가 들이닥쳐 퍼렇게 질린 얼굴로 열창한 일도 있었다. 갑작스러운 변의에 얽힌 이야기는 얼마든지 있다. 그러나 나오지 않아서 곤란을 겪은 일은 단 한 번도 없었다.

존은 화장실에서 다시 한 번 힘을 썼다. 뭐든 손으로 붙잡을 만한 게 필요해서 탱크에 연결된 배수관을 양손으로 움켜잡았다.

후웁흐흐흐흡. 웁흐흐흐흐흡.

소용없었다. 안 나왔다.

가벼운 현기증이 나고 이마는 땀으로 흥건히 젖었다. 기미조차 보이지 않았다. 힘을 너무 줘서 다리가 저렸다. 항문도 얼얼했다.

불안한 걸음걸이로 소파까지 걸어와서 티셔츠를 걷어 올리고 아랫배를 내려다봤다. 기분 탓인지 불룩하게 부풀어오른 것 같았다.

어쨌든 약부터 챙겨 먹자.

존은 냉장고에서 꺼낸 바나나 두 개를 먹기로 했다. 아침 생각은 없었지만, 게이코가 빈속에 약을 먹으면 안 좋다고 해서 다오 씨에게 바나나를 사다 달라고 부탁했다.

모든 게 성가시고 짜증이 났다. 하복부가 호전될 조짐은 보이지 않았다. 급격한 변화는 없지만 묵직하고 갑갑했다.

"남자도 변비 걸리나?"

어느 틈에 부엌에 들어왔는지 게이코가 신기하다는 듯 물었다.

"여자들 병이야?"

바나나 껍질을 벗기고 한 입을 베어 물었다.

"글쎄, 남자 변비는 들어본 적이 없어서."

"실제로 지금 내 상황이 그렇잖아."

"으음······. 변비약 먹어보는 건 어때?"

"집에 있나?"

"집에는 없지만 사오면 되지."

"그거 먹으면 금방 뿌지직뿌지직?"

그럴 기운도 없으면서 버릇이 되어 익살을 떨자, 게이코가 얼굴을 찡그리며 허리에 손을 얹더니 엄마처럼 말했다.

"그렇게 천박한 말을 하는 걸 보니 큰 이상은 없군. 주니어 데리고 산책이라도 다녀오시지."

"움직이기 귀찮아."

"그러면 안 돼, 병은 마음에서 온다잖아. 그렇게 몸 걱정이나 하면서 빈둥빈둥하는 게 제일 나빠."

일리 있는 말 같았다. 걷지 못할 정도도 아니고, 하루 종일 누워서 뒹구는 게 더 우울해진다는 말이었다.

"게이코는?"

"난 안 돼. 낮에는 소설 집필에 전념해야지."

"쳇, 대단한 작가 나셨네."

"어쨌든 바람 좀 쐬고 와. ……아 참, 나간 김에 사와야에서 마멀레이드 좀 사다 주면 고맙겠는데."

"……마멀레이드?" 존의 얼굴에 어렴풋이 그늘이 드리워졌다.

"왜 그래? 귀찮다는 목소리네."

"사와야는 역 반대편이야. 그것보다 먹을 사람도 없잖아. 아침은 늘 밥에 된장국인데."

"내가 간식으로 먹을 거야. 크래커에 발라서."

"흠, 알았어." 존이 나지막하게 한숨을 내쉬자, 게이코가 얼굴을 들여다봤다.

"표정이 왜 그렇게 우울해?"

"아냐, 좀 안 좋은 기억이 떠올랐을 뿐이야."

"흐음……."

존은 게이코의 권유에 따라 주니어를 데리고 밖으로 나갔다. 유서 깊은 일본의 피서지인 가루이자와도 최근 몇 년간 대중화 물결에 휩쓸려 사람이 아주 많아졌다. 그러나 다행스럽게도 처갓집 별장이 있는 언저리는 전쟁 전부터 대부분 부유층이 소유한 지역이라 차분한 고요함을 유지했다. 한적한 숲 속에 서 있는 별장들은 옛날에 지어서 그런지 취향도 대체로 괜찮았고, 교회 같은 위엄과 모태 같은 부드러움을 동시에 풍기고 있었다. 주변에는 수차 길, 마음 길, 속삭임 오솔길 등등 다양한 이름이 붙은 산책 길이 있고, 이따금 난입하는 뜨내기만 못 본 체 눈감으면 흡사 노르웨이의 숲 같았다. 기분 탓인지 매미 울음소리까지 품위 있게 들렸다.

2개월 후면 네 살이 되는 주니어는 서서히 제1반항기에 접어들 무렵이라 요즘 들어 건방진 태도를 보일 때가 있다. 최근에는 '내 탓이 아니야'라는 말까지 배워서 밉살스러운 프랑스 꼬마 같았다. 다오 씨가 지난번 비가 오던 날에 "웬 비가 이렇게 온담"이라고 투덜거리자, 옆에서 낼름 그 말을 해서 다오 씨가 큰 소리로 웃기도 했다. 존은 대체 누굴 닮아서 저럴까 하는 생각까지 들었다. 작년까지는 주니어와 산책을 나갈 때, 말 끄는 줄처럼 생긴 유아용 하니스를 몸에 채워 엉뚱한 방향으로 못 가게 끈으로 연결해뒀는데, 아무래도 올해부터는 나름 자존심이 싹트기 시작했는지 그걸 거부했다. 그 덕분에 주니어와의 산책은 여간 힘든 일이 아니었다. 제멋대로 내달려서 존은 그 뒤를 쫓아다니기에 급급했다.

"대디?"

앞에서 걸어가던 주니어가 문득 생각이 떠오른 듯 말했다.

"왜 그러니, 주니어?"

"입 찢어진 여자 본 적 있어?"

"입 찢어진 여자? 그게 뭐야?" 존이 의아한 표정을 지었다.

"으응, 늘 마스크를 쓰고 다녀. 그리고 훌쩍훌쩍 울어."

"왜 우는데?"

"몰라. 근데 '왜 그래요?' 라고 물어보면, '나 예뻐?' 라면서 마스크를 휙 풀어버려."

"그런데?"

"그러면 입이 귀까지 찢어져 있는 거야. 대디 본 적 있어?"

"주니어, 그 얘기 누구한테 들었니?"

"다오 아줌마. 여기서 누가 봤대."

"허어."

존은 다오 씨에게 주의를 줘야겠다고 생각했다. 아이들은 뭐든 쉽게 믿어버리니 이런 소문은 교육에 좋지 않다. 무서워서 화장실에도 못 간다고 하면 어쩔 것인가.

"응? 대디는 봤어?"

"못 봤지. 거짓말이야, 그런 얘기는."

"어어, 난 봤는걸."

이래서 아이들에게 괴담을 들려주면 곤란한 것이다.

"호오, 그래? 어디서?"

"어제 우리 집 정원에 왔었어. 그 사람은 아저씨였지만."

"거봐, 입 찢어진 여자는 아니잖아."

"근데 마스크 썼단 말이야. 정원에서 도라에몽 인형이랑 놀고 있는데 그 아저씨가 오더니 아빠 있냐고 물어봤어. 없다고 하니까 그러냐면서 그냥 가던걸."

"주니어, 그게 정말이니?"

"정말이야. 거짓말 아니야."

존은 그 말을 듣고 은근히 기분이 나빠졌다. 주니어가 한 말이 사실이라면 어제 병원에 간 사이 누군가가 집 정원까지 함부로 들어왔다는 것이다. 다오 씨에게 확실하게 주의를 줘야 할 것 같다. 아무리 치안이 잘된 나라의 피서지라 해도 대문을 열어둔 채 어린아이를 정원에 혼자 두는 건 너무 무방비한 일이다.

그 남자는 아마 팬일 것이다. 그 별장에서 지낸다는 얘기를 주워듣고 사인이라도 받아볼 요량으로 왔을 것이다. '당신의 열렬한 팬입니다, 레코드 재킷에 사인을 부탁드립니다, 함께 기념 촬영을 해주십시오' 라고. 정말이지 열혈팬만큼 부담스러운 존재는 없다.

깊은 생각에 빠져 있자 주니어가 얼굴을 들여다보며 말했다.

"대디, 내 탓이 아니야."

"응, 알아."

존과 주니어는 역 남쪽에 펼쳐진 몇몇 골프장을 이리저리 빠져나가며 한 시간쯤 산책한 후, 사와야에서 마멀레이드를 사들고 수목의 향기와 매미 소리를 즐기며 집으로 돌아왔다.

밖에 있을 때는 신기하게도 잊고 있었는데 집으로 돌아오자 아랫배에 또다시 묵직한 통증이 느껴졌다. 늘 먹는 냉국수를 오늘은 깨소금 소스에 묻혀 후루룩거린 후 약을 먹었다. 오후에는 주니어를 다오 씨에게 맡기고 툇마루에 드러누웠다. 할 일이 하나도 없는 하루는 최근 몇 년간 익숙해졌지만, 몸 상태가 나빠지니 또 다른 느낌이었다. 좀처럼 시간이 흘러가지 않았다.

후흡흐흐흐흡. 후흐흡. 우그브브부붑.

피가 머리로 솟구쳐올라 어질어질했다.

하바바바바밥. 우웁브브부붑.

소용없었다. 더 이상 힘을 쓰면 치질에 걸릴지도 모른다.

그러는 사이 실제로 항문에 통증이 느껴졌다.

오늘 벌써 수차례나 시도해본 도전은 모두 헛수고로 끝났고, 아무래도 존의 변비는 엿새째로 돌입하려는 듯했다. 휴지로 엉덩이를 닦아내자, 아무것도 묻어나지 않는 백지였다.

변비에는 섬유질이 많은 음식이 효과가 좋다는 말이

떠올라서 그날은 다오 씨에게 아침 겸 점심으로 감자를 튀겨달라고 해서 먹었다. 그것은 고향의 스캘럽이라는 음식과 비슷해서 왠지 정겹게 느껴졌다. 스캘럽은 튀김옷을 두껍게 입힌 감자를 달군 기름 속에 푹 담가 튀겨낸 것이다. 리버풀 미술학교에 다닐 무렵, 점심시간마다 교문 앞 도로를 가로질러 포크너 스트리트에 있는 식당에 가서 늘 즐겨먹던 음식이다.

그 후 소파에 드러누워 오른손으로 배를 마사지했다. 그러자 곧바로 꾸륵꾸륵 요란한 소리가 나고 항문 부근이 근질근질해져서 기대를 품고 화장실로 뛰어들어가 쪼그려 앉았지만, 단속적인 방귀만 나왔다. 그것은 핵심이 되는 뭔가를 회피하고, 약간의 간격을 두고 그 주변을 어물쩍 빠져나가며 작렬하는 새된 소리였다.

어제와 비교하면 그나마 변의가 있는 편이었다. 뭔가가, 그야 당연히 대변이지만, 뱃속 가득 들어차 있어서 빨리 그걸 빼내고 편안해지고 싶다고 몸이 호소하는 것 같았다. 게다가 오늘은 아침부터 아랫배에서 번개라도 치는 것 같은 상태였다. '아, 혹시?' 하는 기대를 안고 화장실에 쪼그려 앉은 게 오전에만 너덧 번이었다. 그렇지만 나오는 건 매번 가스뿐이었다. 그것도 시원한 감탄 부호를 붙이고 나오면 그나마 조금 위안이 될 텐데 그 소리에 패기라곤 찾아볼 수 없었다.

존은 오후에 혼자서 약국에 갔다. 다오 씨에게 부탁할까 하다가 기분 전환 삼아 산책을 겸해 직접 나갔다. 이왕 할 바에는 관장약을 사고 싶었지만, '아냐, 아냐, 그건 최후 수단이야' 라고 스스로를 타이르고, 게이코가 권하는 변비약부터 먹어보기로 했다. 관장은 지금껏 한 번도 해본 적이 없었다. 항문에 직접 찔러넣는 방식이 왠지 내키질 않았다. 그러다 혹시 기분이라도 좋아지면 어쩌란 말인가 하고 속으로 농담을 떠올려보기도 했지만, 조금도 우습지 않았다.

통통한 점원이 유리 케이스 위에 핑크색 상자를 올리더니 신기한 표정으로 존을 응시하며 건성건성 설명을 했다.

"이 변비약은 잘 듣긴 하지만, 약에 너무 의존하면 나중에는 약 없이는 배변을 못 할 우려가 있습니다. 주의하셔야 합니다."

"일본어 이해하세요?"

"아아, 대충."

"다행이군요. 그런데 손님, 혹시 누구랑 닮았다는 말

들어본 적 없으세요?"

"아, 있죠. 믹 재거랑 비슷하다는 말을 자주 들어요."

점원은 외국인의 조크를 알아들은 듯했다.

집으로 돌아와 설명서를 펼쳐보니 고맙게도 영문으로
된 매뉴얼도 있었다.

설명 내용에 '어른은 1회 2정을 취침 전 또는 배변 기
대 시간 몇 시간 전에 복용해주세요'라는 문장이 있어서
용기가 났다. '배변 기대 시간 몇 시간 전'이라는 것은
몇 시간 만에 효과가 나타난다는 뜻이다. 파는 쪽에서도
몇 시간 만에 변을 보게 할 수 있다는 자신감을 드러내고
있는 것이다.

아아, 이걸로 변비에서 해방될 수 있을까. 그리고 하복
부의 이상과도 작별 인사를 고할 수 있을까.

존은 변비약을 손에 넣은 사실에 마음이 좀 느긋해져
서 오후에는 텔레비전을 보며 시간을 보냈다. 약은 자기
전에 먹는 게 좋다. 내일 아침이 되면 모든 게 해결될 것
이다.

게이코는 평상시처럼 2층에서 원고를 쓰고 있었다. 말
로는 의사 선생님을 찾아주겠다고 하는데 정말 찾아줄지
의심스럽다. 주니어는 다오 씨와 놀고 있었다. 조금은 자

기 걱정도 해주면 좋겠다는 생각도 들었지만, 실은 가족의 밝은 얼굴이 큰 위안이 되었다. 게이코는 "목숨이 달린 문제도 아니잖아"라며 웃었다. 그녀가 입버릇처럼 하는 말이다.

게이코가 매사에 그다지 흔들리지 않는 것은 틀림없이 성장 과정 덕분일 거라고 존은 생각했다. 게이코는 패전 후 연합군에 의해 재벌이 해체될 때까지 굴지의 부유한 가정에서 자란 듯했고, 신기할 정도로 침착했다. 부잣집 아이가 허약하다는 속설은 대중의 자기 위안 같은 것이며 실제는 다르다. 콤플렉스가 적고 매사를 긍정적으로 받아들여서 평균적으로는 강하다. 당연히 게이코도 나름 감수성 풍부한 시기가 있었던 것 같고, 대학을 중퇴하고 외국으로 뛰쳐나오는 것은 당시 일본 여성에게는 상당히 당돌한 행동이었을 게 틀림없다. "주위 사람들이 애처럼 보였어"라고 게이코가 속마음을 털어놓은 적이 있다. 그녀의 청춘도 존과 마찬가지로 자기가 머물 곳을 찾아 헤매는 여행이었을지도 모른다.

생각해보면 신기한 만남이었다. 그것은 1966년의 일이다.

런던의 소호를 걷고 있는데 도로변에 화랑이 보였다.

별생각 없이 유리창을 들여다보니 안에는 전시물이 하나도 없고, 마룻바닥 한가운데서 온통 검은 옷을 입은 여자 하나가 춤을 추고 있었다. 자기도 모르게 걸음을 멈추고 유리 너머로 그녀의 춤을 한동안 바라보았다. 그것은 여유가 느껴지는 편안한 몸짓이었고, 양발을 모으고 서 있어서 나무가 흔들리는 것처럼 보이기도 했다.

눈이 마주쳤다. 그러자 여자가 춤을 추면서 손짓을 했고, 존은 순간적으로 혐오감을 느꼈다. 전위 예술가인 체하는 사람들이 거리에 넘쳐날 때라 존은 눈에 띄기 좋아하는 그런 사람들을 고운 시선으로 볼 수 없었기 때문이다. 존은 흥 하고 콧방귀를 뀌며 웃었다. 그리고 경멸의 시선을 보내고 그 자리를 뜨려는 순간, 펑 하는 소리가 울리며 유리창 배경이 바뀌었다. 자기 모습이 보였다. 온기 없는 자신의 얼굴이 거기에 비치고 있었다. 순간 영문을 알 수 없어 당황해하고 있는데, 위에서 윙윙거리는 모터 소리가 들리더니 거울이 감기며 올라갔다. 존은 그때야 비로소 빛을 반사하는 막이 유리문에 설치되어 있었다는 걸 알았다. 다시 안을 쳐다보니 여자는 등을 돌리고 서서 춤을 추고 있었다. 그렇게 되니 그냥 지나칠 수가 없어서 존이 화랑 안으로 발길을 돌렸다. 곧장 그녀 앞으로 돌아가서 말을 건넸다.

"꽤 공들인 장난이로군."

"자신의 얼굴을 본 감상은?"

여자는 동작을 멈추고 고요한 시선으로 물었다.

"갑작스러운 일이라 놀랐지."

"그게 당신 얼굴이에요. 꾸미지 않은 진정한 얼굴."

"맘에 안 드는 얼굴이던데."

"그래요?"

"차가운 타인의 얼굴이었어."

"당신만 그렇게 느끼는 건 아니니 신경 쓸 거 없어요. 테마는…… '가면'이에요."

"무슨 뜻이지?"

"좋을 대로 해석하세요. 조금 전 얼굴이 가면인지, 아니면 지금 얼굴이 가면인지 당신 스스로 정하세요. 어차피 세상은 겉모습으로 이뤄지니까……."

존은 말할 수 없이 유쾌한 기분을 느꼈다. 놀림을 당하는 건 질색이지만, 된통 당하고 보니 그다지 기분 나쁜 일이 아니었다.

존이 자기소개를 하자 얼굴색 하나 변하지 않고 "난 게이코. 자칭 아티스트죠, 인기가 없으니까"라고 말하더니, 살며시 미소를 머금고 오른손을 내밀었다.

"당신 일본 사람인가?"

"네, 그래요."

"올여름에 일본에 갔었지."

"어머, 그래요. 어땠어요?"

"글쎄, 호텔 밖으로 안 나가서."

"오오, 저런, 안타깝군요."

놀랍게도 게이코는 존이 어떤 사람인지 모르는 것 같아서 존은 점점 더 유쾌해졌다. 자기 신분을 밝혀도 게이코는 눈썹 하나 까딱하지 않았다. 최근 몇 년간 만난 사람들은 너나없이 눈빛을 반짝이며 기분을 살피기에 급급했는데, 그에 비하면 게이코의 태도는 어린애처럼 무색투명했다. 타인과 만나 그렇게 신선한 기분을 맛보는 건 실로 오랜만이었다.

"흠, 당신에 관해 좀더 알고 싶군."

"아하, 그래요? 난 거부하지 않아요. 누구든."

주소를 교환하고 연락을 주고받게 된 후, 서로의 집을 드나드는 관계가 될 때까지 그다지 시간이 걸리지 않았다. 존은 뭔가 좋은 걸 발견해낸 것 같은 즐거운 기분이었다.

존은 당시 결혼해서 아이가 있었지만, 양심의 가책은 느끼지 않았다. 그것은 부부관계가 식어서 돌변한 태도가 아니라, 젊은 존을 지배하던 '평온 알레르기' 때문이었다. 어릴 때는 평범한 가정을 동경했지만, 막상 손에 넣고 보니 그 평온함에 익숙해질 수 없었던 것이다. 거실 소파에 앉아 아이를 어르며 차를 마셔도 진정한 마음의 안정은 찾을 수 없었다. 안정되지 않는 자신을 어떻게 해야 좋을지 몰랐다. 첫 번째 아내가 고풍스러운 여자였다는 것도, 처음엔 그것을 원했으면서도, 존의 생활에 끊임없는 위화감을 주었다. 집에서 남편의 귀가를 기다리는 아내는 영국 북부 사람에게는 이상적인 일임에 틀림없다. 그런데도 존에게는 그것이 무거운 짐이었다. 존은 책임지고 싶지 않았던 것이다.

게이코는 존에게 아무것도 바라지 않았다. 그런 점이 존에게 안도감을 주었다. 한 달씩이나 연락을 끊었다가 불쑥 만나러 가도 그동안 뭘 했는지 묻지도 않았다. 게이코는 자기 내키는 대로 살아가는 여자였다. 느닷없이 혼자 여행을 떠나는 일도 있었다. 그런 여자는 처음이었다. 그만큼 고집도 셌지만, 그런 점도 좋게 보였다. 아무렇지 않게 존에게 지시를 내렸다. 그런 경험은 이모 집을 나온 후로 한 번도 없었기 때문에 오히려 신선했다. '방위가 안 좋으니 이사해'라고 하면 이사했고, '당분간 채식하는 게 좋아'라고 하면 고기를 끊었다. 세상에는 시킨 대로 따르는 쾌감도 있다는 걸 깨달았다.

농담도 심했다. 비행기 퍼스트클래스에서 나란히 앉아 있을 때였다. 밤도 깊어 객실 조명도 낮춰지고, 둘이 소곤소곤 얘기를 나누고 있었다. 그러다 대화가 끊겼고 존이 슬슬 자자고 제안한 순간, 게이코가 눈을 가늘게 떴다. 게이코는 대담하게 웃으며 이렇게 말했다.

"아이, 그러지 마. 이런 데서."

억누르긴 했지만, 객실 안에 울려 퍼지는 목소리였다.

존은 순간 당혹스러웠다. 누가 봐도 원치 않는 여자에게 남자가 치근대는 장면이 떠오르는 상황이었기 때문이다. 예상대로 객실 안의 공기는 순식간에 바뀌고, 모두들 이쪽으로 귀를 쫑긋 세우고 있는 게 느껴졌다. 퍼렇게 질린 표정으로 게이코를 바라보자, 그녀가 혀를 쏙 내밀었다. 그 모습을 보자, 존도 대담한 기분이 들어 이렇게 말했다.

"뭐 어때. 닿는 것도 아닌데."

여기저기서 기침 소리가 들렸다. 존과 게이코는 이를

악물고 웃음을 참아냈다.

며칠 후 곧바로 석간신문 가십난에 그 기사가 실렸다. '존, 비행기 안에서 동반 여성에게 관계를 강요하다.' 존은 웃음이 멈추질 않았다.

그 무렵부터 존의 작풍도 변했다. 러브송 같은 좁은 세계를 노래하는 게 바보스럽게 느껴져서 좀더 깊은 사랑과 우주를 떠올리게 되었다. 사운드는 한층 사이키델릭해졌다. 게이코는 예술가로서는 좀처럼 싹을 틔우지 못했지만, 그녀가 자신에게 영향을 미치는 한 그것은 공동작업이라고 존은 생각했다.

그리하여 존은 전처와 이혼하고 게이코를 호적에 올렸다.

세간은 당장에 반발하고 나섰고, 매스컴은 '존은 동양의 마녀에게 홀렸다'고 써대기 시작했다. 밴드 멤버들도 게이코를 싫어했다. 전위예술로 기울어가는 존에게 정신차리라고 충고하는 사람까지 있었다.

존은 개의치 않았다. 게이코와 있으면 포근히 감싸인 것 같은 안도감이 있었다. 존에게 게이코는 연인인 동시에 새로운 '어머니' 같은 존재였다.

벽시계가 울렸다. 느긋하게 울리는 소리를 들으니 신경이 조금 누그러지는 느낌이 들었다. 소파에서 천장을 보고 드러누웠다. 재채기를 하자 천장에 반사된 소리가 귓전에 크게 울려 퍼졌다. 저택 전체가 '신의 가호가 있길'이라고 속삭이는 것 같았다. '그건 그렇고, 모처럼 맞는 오봉 휴가로군'이라고 혼잣말을 해봤지만, 딱히 예정도 없으니 아무 상관도 없었다. 존은 몇 년 동안이나 스케줄이라는 게 없었다. 돌이켜보면…… 1975년 봄에 부부 동반으로 그래미상 수상식에 참석한 것이 사람들 앞에 마지막으로 모습을 드러낸 거였나……. 아니, 1977년에 카터 대통령 취임식 전야제에 초대받아 턱시도를 입은 것도 같은데. 어쨌든 주니어가 태어난 후로는 거의 은둔 생활이었다. 덕분에 주니어는 아빠의 직업을 모른다. 이제 어렴풋하게나마 아빠의 일을 인식할 나이가 되었는데도, 여전히 놀이 친구로만 생각하는 것 같았다. 존은 슬슬 아버지의 위엄을 드러내야겠다고 생각했다. 우선 여왕 폐하에게 받은 MBE 훈장이라도 보여줄까. 아 참, 그건 돌려줬던가?

텔레비전 뉴스에서는 귀성 교통체증으로 고속도로가 밀리기 시작한다는 소식을 전하고 있었다. 잠시 고향의 이모를 떠올렸다. 건강히 잘 지낸다고 전화라도 해드려 야지. 물론 건강을 되찾은 후에.

　존은 11시가 넘어 잠자리에 들었는데도 잠이 오질 않 아 한 시간가량 이리저리 뒤척이고 있었다. 그런데 어쩐 지 숨쉬기 힘든 느낌이 들기 시작했다. 가슴에 손을 올려 보니 딱히 심장이 격렬하게 뛰는 것도 아닌데, 크게 들이 마시지 않으면 공기를 제대로 빨아들일 수가 없었다.

　그런 식으로 가슴에 이상이 오는 건 난생처음이라 존 은 조금 당혹스러웠다.

　'대체 왜 이러지?'

　존은 숨을 쉬는 틈틈이 의식적으로 트림을 했다. 그것 은 몸속의 공기를 억지로 토해내는 느낌이었다. 그러자 조금은 편안해진 기분이 들었다.

　대장에 쌓인 가스가 입으로 나오는 것 같았다. 그러고 보니 방귀 상태도 좋지 않았다. 전혀 말이 안 되는 소리 는 아닐 것이다.

　그건 그렇다 치고 숨쉬기가 힘든 건 무슨 까닭일까.

　존은 마음을 안정시키려고 침대에서 내려와 맥박을 재 보기로 했다. 전기스탠드를 켜고 오른손 엄지손가락으로

왼쪽 손목의 맥을 짚고 사이드테이블에 둔 손목시계 초
침이 한 바퀴 돌 동안 숫자를 세었다.

1분간 85회.

애당초 몇 개가 정상인지도 모르니 어찌해볼 도리도
없었다. 처음 찾은 병원에서 맥박을 쟀을 때 '95회'였고,
간호사가 일본어로 정상이 될 때까지 안정을 취하라고
말했던 것 같다. 그보다는 적지만, 아무래도 정상 맥박은
아닌 듯했다.

'내가 대체 왜 이러지?'

존은 복도 세면실로 들어가 불을 켜고 거울을 보았다.
런던의 하늘 같은 낯빛이었다. 게다가 땀까지 흘리고 있
었다. 식은땀이었다. 눈빛이 불안하게 흔들려서 똑바로
쳐다볼 수도 없었다. 진정이 되지 않아 계단을 내려가 부
엌으로 갔다. 냉장고에서 미네랄워터를 꺼내 단숨에 들
이켰다.

혹시 변비약 때문인가? 그 안에 포함된 성분 중에 몸
에 안 맞는 게 있었던 게 아닐까 하는 생각에 불안해졌
다.

끄윽, 끄윽, 존은 잇따라 트림을 했다. 구역질은 아니었
지만, 그렇게라도 하지 않으면 제대로 숨을 쉴 수 없었다.

어떻게 하지, 게이코를 깨울까? 구급차를 불러달라고 할까? 아무리 시골 마을이라고 해도 응급병원 정도는 있겠지? 어떤 의사에게든 진찰을 받지 않으면, 도저히는 아니지만, 견디기 힘들 것 같았다.

아니다, 침착하자. 심장이 거세게 요동치는 건 아니다. 손을 대봐도 빨리 뛰진 않았다. 심장보다 호흡이다. 그렇다, 트림을 하지 않으면 제대로 숨을 쉴 수 없다는 게 문제다. 보나마나 변비가 원흉일 테지.

대체 어떻게 해야 한단 말인가? 존은 초조해지는 마음을 억누르고 생각에 잠겼다.

답이 나올 리 없었다.

존은 다시 침실로 돌아가 자리에 누워 냉정을 찾아보자고 스스로를 타일렀다.

말도 안 돼, 내가 왜 이런 일을 당해야 하지? 옛날이면 몰라도 지금은 술도 약도 졸업한 지 오래라고.

불현듯 '죽음'이라는 말이 떠오르며 맹렬한 불안감이 엄습해왔다.

아냐, 괜찮아. 변비로 죽은 사람은 없어.

그런데 정말 없나?

자세히는 몰라도 그럴 것이다. 틀림없다.

그렇게 5분쯤 침대에서 몸을 웅크리고 있으니 차츰 안정되어가는 게 느껴졌다. 돌연 목 언저리가 뻥 하고 터지는 감촉이 느껴지더니 차가운 공기가 폐로 흘러들었다.

  '됐어!'

  그제야 안도의 숨을 내쉬었다. 증상은 가라앉은 듯했다. 눈을 뜨고 몸을 체크하듯 의식을 집중해봐도 호흡이나 가슴에 이상은 느껴지지 않았다.

  안심이 되자 한꺼번에 피곤이 몰려들었다. 자기도 모르게 눈물이 흘렀다. 천장을 향해 돌아눕고 눈을 감으니 이제는 잠이 들 것도 같았다.

  그렇게 방심하게 만들어놓고, 악몽은 찾아왔다.

2

저녁때가 되면 예외 없이 펜메트라진을 들여보냈다. 대개는 존이 출연하는 '인드라'라는 지하 클럽의 웨이터가 보내지만, 가끔은 팬이라 칭하는 창부가 넣어줄 때도 있었다. 존은 환각 작용이 있는 이 알약을 늘 맥주에 녹여 단숨에 들이켰다. 그것을 목 안으로 넘기면 12시간 후 약효가 사라질 때까지 몸속에 아드레날린이 흘러넘쳐서 뭐든 할 수 있을 것 같은 자신감이 솟구친다. 무서운 게 없어져서 무대에서 옅은 미소를 띠고 "하이 히틀러! 이봐, 이 안에 유대인 놈은 없나?"라고 죽음을 두려워하지 않는 말도 지껄일 수 있었다. 약에는 저항도 호기심도 없었다. 함부르크에서는 육체를 혹사시킬 수밖에 없었기 때문에 음악 이외에 뭔가가 필요했다. 계약 조건이 15분간 휴식을 끼워서 1회 45분짜리 연주를 저녁 8시부터 새벽 2시까지 여섯 세트를 해야만 보수를 주기로 되어 있었기 때문이다. 고맙게도 펜메트라진은 식욕을 억제시켜 주었다. 덕분에 식비는 절약됐고 그 돈은 대신 술값으로 나갔다.

슬슬 약기운이 돌 때쯤 무대로 뛰어올라간다. 관객들은 초저녁부터 살기등등하다. 편안히 쉬자고 쓰레기통을 뒤엎은 것 같은 장크트 파울리 지구를 찾아올 멍청이는 없으니 당연한 일이다. 대개는 하룻밤 상대를 찾거나 술에 취해 날뛸 속셈으로 모여드는 거리의 찌꺼기들이다.

"헤-이! 멍청한 독일 놈들아. 네놈들이 전쟁에서 무슨 짓을 저질렀는지 잘 알겠지! 여기도 가스실을 개조해서 만든 클럽이라던데, 우하하핫!"

정면에서 맥주병이 날아들고, 존은 웃으면서 그것들을 피한다. '왜, 열 받냐? 좋아, 미쳐 날뛰어보라고! 차라리 타이거 전차라도 끌고 와서 밀어버리지그래!' 존은 속으로 독설을 퍼부었다.

원, 투, 스리!

척 베리의 〈ROCK AND ROLL MUSIC〉이 어마어마한 음량으로 밀실에 울려 퍼진다. 음의 밸런스가 형편없다. 자기 기타 소리조차 들리지 않는다. 가까스로 드럼 소리에 의지해 노래를 시작한다. 이어지는 곡은 〈ROLL OVER BEETHOVEN〉. 함부르크의 스케줄은 밴드의 레퍼토리를 다 쏟아내게 만든다. 같은 노래를 매일 밤 수없이 불러대다니. 정말이지 진절머리가 났다.

너덧 곡을 연주하고 나면 정체를 알 수 없게 된다. 도대체 지금 몇 번째 무대에서 몇 번째 노래를 부르는 걸까. 그러나 약 덕분에 조금도 피곤하지 않다. 영원히 노래할 수 있을 것 같은 황홀감에 도취되어버린다. 덤빌 테면 다 덤벼보라는 식이다.

실제로 테이블 위의 스테이크 나이프 같은 게 날아올 때도 있다. 그때는 곤봉을 손에 쥔 힘 좋고 다부진 보디가드가 나설 차례다. 어이, 큰 걸로 한 방 부탁해. 느닷없이 싸움을 건 저 가죽 재킷 입은 놈부터 끌어내!

독일인 프로모터는 일이 벌어질 때마다 "쇼업시켜!"라고 소리친다. 그래서 존은 이따금 신체장애인 흉내를 냈다. 가죽 재킷 등에 수건을 쑤셔넣고 피테칸트로푸스*처럼 엉거주춤 걸어다니는 것이다. 불쌍한 저에게 은총을

• Pithecanthropus, 직립원인(直立猿人).

주소서. 자자, 어서 웃으란 말이다. 열아홉 살의 존에게 자제심 따위는 안중에도 없었다.

존은 늘 무대의 똑같은 지점만 쿵쿵 소리가 날 정도로 거세게 밟아댔다. 그곳이 망가져가는 걸 알고, 다른 출연 멤버들과 누가 먼저 구멍을 낼 것인지 내기를 했기 때문이다. 아무것도 모르는 프로모터는 존의 점프는 박력이 넘친다며 기뻐했다.

그렇게 전쟁 같은 무대를 끝내고 나면 이번에는 여자 상대다. 대기실에서 밴드 멤버 중 한 사람이 맥주잔에 자기 오줌을 받아 전구 불빛에 비춰 보고 있다. 성병에 걸렸는지 확인해보는 것이다. 웨이터가 가르쳐준 주술 의술인 듯한데 아무도 의심하지 않는다는 사실이 더 걸작이었다. 그래서 멤버 중 한 사람은 늘 매독에 걸려 있었다. 대개는 '인드라' 대기실 앞에 탐욕스러운 표정으로 진을 치고 있는 여자들 중에서 각자 만찬을 고르듯 부담 없이 픽업해 클럽을 떠난다. 어차피 유유상종이다. 피차 거리낄 게 없었다.

여자를 끌어들이는 둥지는 포르노 영화관 스크린 뒤편에 있는 반지하실, 통칭 바퀴벌레 하우스다. 용기를 내서 바닥에 떨어진 신문지를 들어올리면 십중팔구 바퀴벌레

85

가 드러누워 있는 모습을 보게 될 것이다. 자동차 한 대 분량의 차고 넓이 방에 2층 침대 세 개. 그곳에서 멤버들이 자고 일어난다. 인간 테린*이라도 만들 수 있을 것 같은 좁은 공간이다. 클럽 지배인이 "여기가 자네들이 묵을 곳이다"라고 말했을 때, 모두들 장난인 줄 알고 히죽히죽 웃었다. 스크린에서 헐떡이는 소리, 그 뒤에서도 헐떡이는 소리. 덧붙이자면 그들에게는 수치심 따위의 섬세함은 없었다.

볼일이 끝나면 여자들은 곧바로 내보낸다. 로맨틱한 감정이 솟아나는 일은 없다. 그렇게 하지 않으면 산소 결핍이 일어날 테고, 다른 무엇보다 침대가 비좁았다.

그것이 존의 하루 일과의 끝이었지만, 대개는 그대로 잠들 수 없었다. 펜메트라진이 뇌 속 어딘가에서 잠자긴 너무 이르지 않느냐고 속삭인다.

옆 침대에서 맥주를 마시는 피터와 눈이 마주친다. 한 판 할까? 드럼 연주자 피터는 조용한 사내지만, 세상 물정 모르는 촌놈은 아니다. 사교성도 좋다. 서로 뜻이 통

• Terrine, 가금류나 돼지의 간, 생선, 게살 등에 파테(Pate)라는 밀가루 반죽을 입혀 오븐에 구워낸 것을 파테라 부르고, 테린은 파테 없이 우묵한 그릇에 담아 형태를 만든 것을 말함. 그러나 지금은 혼용해서 사용함.

하면 빙그레 미소를 짓는다.

방을 빠져나가 둘이서 함부르크 부두를 걷는다. 어둑한 창고 거리에 구두 소리만 뚜벅뚜벅 울려 퍼진다. 새벽 3시가 지난 시각이다 보니 인기척은 전혀 없다. 그래도 이따금 매춘 거리에서 배로 돌아가는 갈지자걸음의 봉이 나타나곤 한다.

그날 밤에도 그럴듯한 봉이 보였다.

영국인 선원으로 보이는 머리숱이 적은 남자가 등을 구부리고 비척비척 걸어갔다.

상태를 보니 결과는 보나마나 뻔했다. 펀치 한 방이면 무너질 것이고, 그 다음은 1페니도 남김없이 지갑을 털면 끝이다.

존과 피터는 눈짓을 주고받은 후 선원 뒤로 다가갔다. 어차피 술주정뱅이다. 경계심은 이미 취침 중일 게 뻔했다. 존은 주머니 속에서 브래스 너클을 움켜쥐었다. 시내 총기류 판매점에서 슬쩍한 물건이다. 현지 조달이 존의 방침이었다.

술 취한 선원이 '어?' 하며 뒤를 돌아본 순간, 존은 오른손 주먹으로 안면을 강타했다.

주먹에 물컹물컹한 감촉이 느껴졌다. 제대로 명중시킨

증거다. 그럴 경우 봉들은 뒤로 밀려나지 않고 똑바로 낙하한다.

순식간에 흥분이 솟구쳐올랐다. 이봐, 형씨! 돈 좀 챙깁시다.

그런데 선원은 쓰러지지 않았다. 순간, 사태를 파악할 수 없는 공백을 맛보았다.

선원의 매 같은 눈빛이 존을 포착했다.

머리가 벗겨져서 나이 든 사람인 줄 알았는데. 게다가 멀리서 볼 때와는 달리 선원은 매우 덩치가 컸다.

선원이 팔을 앞으로 뻗더니 존의 멱살을 움켜쥐었다. 짐승처럼 으르렁거리는 소리를 내질렀다.

옆에 있던 피터가 허겁지겁 달려들었지만 선원은 기가 꺾이지 않았다. 럭비의 핸드오프˚처럼 피터를 밀쳐내더니 존에게 천천히 방향을 틀고 시뻘건 얼굴로 "이런 애송이 자식!"이라며 으름장을 놓았다. 그리고 굵직한 팔을 크레인처럼 끌어당기며 존을 허공에 띄웠다.

뭐야, 이 새끼. 괴물이야?

그렇게 생각한 찰나, 툭 하는 소리를 내며 약효가 사라

˚ 럭비에서 공을 가진 선수가 상대편의 태클을 손으로 막는 기술.

지고, 그 대신 공포심 미터기가 미친 듯 돌아가기 시작했다. 두려운 마음에 소름까지 돋았다.

존은 정신없이 주먹을 휘둘렀다. 현을 짚는 왼손을 보호하는 것도 잊은 채, 방향을 잃어버린 풍차처럼 양 주먹을 마구잡이로 휘두르며 선원의 팔에서 빠져나오려고 발버둥쳤다.

선원의 박치기가 존의 코에 명중했다. 눈앞이 캄캄해지며 의식이 멀어져갔다.

피터, 뭘 하고 있어. 얼른 이놈의 팔 좀 풀어달란 말이야.

다시 한 번 박치기를 했다. 계속해서 주먹을 휘둘러댔다. 제대로 맞는 건지 허공에 헛손질만 해대는 건지 전혀 의식할 수 없었다.

그런 긴박한 상황 속에서도 자기 자신이 싫어졌다. 이런 곳에 처박혀 있는 자신에게 연민을 느꼈다.

빌어먹을. 이대로 무너질 순 없어. 내게도 꿈이 있다고.

선원의 셔츠 단추가 튕겨져 나가며 가슴팍이 드러났다. 커다란 용이 꿈틀거리며 춤을 추고 있었다.

선원의 가슴에 새겨진 용 문신이 당장에라도 공격해올

것처럼 혀를 날름거렸다.

우어-억!

존은 소리쳤다. 견딜 수 없는 공포와 흥분이 뒤범벅된 부르짖음이었다.

문득 정신을 차려보니, 자신의 두 발이 돌바닥을 디디고 서 있었다. 거친 숨결이 안팎에서 고막을 흔들어댔다.

두 겹으로 보이던 풍경이 카메라 초점이 맞춰지듯 서서히 하나로 모아졌다.

피터를 찾으니 바로 옆에 서 있었다. 막대기를 손에 든 채 경직된 표정으로 아래를 내려다보고 있었다. 그 시선을 따라가자 선원이 쓰러져 있었다.

선원은 부두에 부린 참치 같은 형상으로 뻗어 있었다.

얼굴을 들여다볼 용기가 없었다. 가로등 불빛을 받은 뺨 주위가 피로 벌겋게 물들어 번쩍거렸다.

피터가 발로 선원을 찌르자, 아무런 반응도 없었다.

그 순간, 두 사람은 튕겨져 나가듯 도망치기 시작했다.

입을 굳게 다물고 구두 소리를 울리며 죽을힘을 다해 달렸다.

한밤중의 부두에서, 벽돌 창고와 가로등 기둥, 정박해 있는 화물선과 녹슨 컨테이너, 도둑고양이와 올빼미, 그 모든 것들이 다 봤다고 냉소하는 것만 같았다.

난 사람을 죽였다! 결국 일을 내고야 말았다!

달리면서 속으로 그렇게 외치자, 이루 말할 수 없는 절망감이 가슴 가득 흘러넘쳐서 그대로 죽어버리고 싶었다.

숙소로 돌아오자 사정없이 몸이 떨리기 시작했다. 피터와는 한 마디도 주고받지 않았다. 말없이 가만히 있다 보니 기억이 되살아났다. 피터가 몽둥이를 휘둘렀던 것이다. 그것이 선원의 후두부를 명중시켜서 존은 선원의 팔에서 해방될 수 있었다. 그 후, 존은 온 힘을 다해 브래스 너클을 찬 오른 주먹으로 선원의 관자놀이에 명중시켰다.

존은 머리 꼭대기까지 담요를 뒤집어쓰고 덜덜 떨었다.

이걸로 내 인생도 끝이다. 이제 겨우 열아홉 살인데.

존은 한숨도 못 자고 오후까지 침대에 틀어박혀 있다가 3시가 되자마자 지역 석간신문을 사러 근처 매점으로 나갔다. 두세 종류를 한꺼번에 샀다. 그리고 공원 벤치에 앉아 잔뜩 긴장한 마음으로 사회면 기사를 샅샅이 읽어나갔다. 도중에 피터가 나타나서 나눠서 읽었다.

살인사건 기사는 없었다.

몇 번을 확인해도 어젯밤 부두에서 시체가 발견되었다는 기사는 없었다.

온몸의 긴장이 한꺼번에 녹아내렸다. 둘이 얼굴을 마주 보았다. 피터가 목멘 소리로 "다행이다"라며 한숨을 내쉬었고, 존도 그에 이끌리듯 큰 숨을 내쉬었다.

사람 엄청 놀라게 하는군. 놈은 그저 기절했던 것뿐이다.

존은 눈물이 글썽이는 눈으로 크게 웃어젖혔다. 존과 피터는 어깨를 감싸 안으며 기뻐했다. 그들의 웃음소리는 그칠 줄 모르고 공원에 울려 퍼졌다.

그러나 그런 안도감도 오래가지 않았다.

생각해보니 함부르크의 장크트 파울리 지구는 폭력과 욕망의 유원지로 알려진 최악의 불야성이었다. 독기 어린 네온사인이 24시간 번쩍거리고, 블록마다 창녀나 여장한 호모가 서성거리고, 마약과 무기를 거래하는 자들이 활개치고, 갱단끼리 패싸움을 벌이는 일도 다반사였다. 기껏 외국인 선원 하나가 노상에서 맞아 죽은 소식은 기사가 안 될 가능성도 높았다.

무자비한 짓을 일삼는 클럽 보디가드의 한마디가 존의 마음에 지울 수 없는 암운을 드리웠다.

"호모 미하엘이 칼에 찔려 죽었을 때도 기사는 안 나왔어."

그래서 존은 자기가 사람을 죽였을지도 모른다는 강박 관념에 사로잡히게 된 것이다.

존은 남은 함부르크 체재기간 동안, 약 기운을 빌리지 않으면 한 번도 마음을 놓을 수 없었다. 언제 경찰이 들이닥칠지 몰라 불안에 떨었고, 작은 소리에도 과민하게 반응했다. 물론 노상강도질도 그것으로 끝났다. 그럴 만한 용기는 두 번 다시 생기지 않았다.

함부르크를 떠난 후에도 그 기억은 정기적으로 떠오르며 존을 괴롭혔다. 특히 유명해진 후에는 잃어버릴 게 너무 많아서 어쩔 줄을 몰랐고, 감당하기 힘든 초조감과 싸워야만 했다. 차라리 성당으로 뛰어들어가 모든 걸 고백해버릴까 하는 생각까지 했다.

그리고 오늘 밤에 또다시 불안 덩어리가 으스스한 소리를 내며 굴러들어왔다.

존은 시카고 호텔에서 기자회견을 하고 있었다. 다른 멤버는 없었다. 회견장의 기자회견석 뒤에는 검은 막이

처 있고, 정면에서 쏟아지는 스포트라이트가 존을 비추고 있었다.

왜 나 혼자지? 적어도 매니저 브라이언은 곁에 있어야 하잖아.

눈앞에는 리버풀 4인조 중 하나를 낚으려고 세계 각지의 기자들이 입맛을 다시며 기다리고 있었다.

존은 브라이언이 사전에 건네준 원고를 읽었다.

"3개월 전 제가 런던 칼럼니스트에게 했던 말은 전후 맥락에서 완전히 벗어나 인용되어 잘못 해석되었습니다. 요컨대 저는 우리가 그리스도보다 유명하다고 말한 게 아니라, 다만 우리 그룹이 많은 사람들과 가까워졌고, 전보다 더 알려졌다는 객관적 사실을 서술한 데 지나지 않습니다. 저는 경건한 그리스도교 신자는 아니지만, 그렇다고 해서 반그리스도적인 사상을 가지고 있지도 않습니다. 이 기회에 부디 여러분의 오해를 풀 수 있길 희망합니다."

그렇게 읽고 나서 고개를 들자, 7대3으로 가르마를 탄 라디오방송국 인터뷰어가 손을 들었다.

"당신은 콘서트 투어를 감행할 생각입니까?"

"물론 그럴 생각입니다. 취소하면 팬들이 슬퍼할 테니

까요. ……그리고 애당초 그것은 영국에 한해서 한 말이었어요. 미국이 왜 그렇게 요란한 반응을 보이는지 이해가 안 갑니다. 내가 그리스도보다 위대하다고 한 것도 아니고, 여러분의 신을 우롱할 생각도 없어요. 이해해주기 바랍니다."

"아이들에게 미칠 영향에 관해서는 어떻게 생각합니까?"

"아무 생각 없습니다. 전쟁터에 나가 서로 죽이는 인간이 될 바에는 팝 음악을 들으며 춤을 추는 쪽이 낫지 않을까요?"

순간 정적이 감돌았다.

"……미스터, 요컨대 당신은 사과할 의사가 없는 겁니까?"

존은 발끈 화가 치밀었다. 이래서 매스컴이 싫다. 놈들은 자기들에게 사회적 제재를 내릴 권리라도 있다고 생각하는 모양이다.

"……없군요."

회장이 들끓기 시작했다.

내가 왜 사과를 해.

이렇게 된 바엔 공연을 취소하면 그만이다. 투어 같은

건 이제 진절머리가 난다.

그 순간 인터뷰어의 눈빛이 심술궂게 반짝이더니 흥하고 콧방귀를 뀌었다.

"그럼, 미스터. 한 가지 꼭 묻고 싶은 게 있는데 괜찮겠습니까?"

"아, 네. 뭡니까?"

"당신은 1960년 함부르크에서 영국인 선원을 살해했죠?"

존의 몸에서 핏기가 가시고, 얼굴은 순식간에 창백해졌다.

오른손이 떨리기 시작해서 왼손으로 억누르자, 이번에는 온몸이 부들부들 흔들렸다. 존이 어쩔 줄 몰라 쩔쩔매자 회장의 웅성거림은 곧바로 정적으로 바뀌었고, 모두가 마치 가엾은 동물이라도 바라보는 시선으로 존을 응시했다.

눈 깜짝할 사이에 입 안이 바짝바짝 마르고, 존의 시선은 허공을 헤맸다.

문득 시선 한쪽에 브라이언이 서 있는 모습이 들어왔다.

부탁해, 브라이언. 도, 도와줘.

브라이언은 무리라고 대답하듯 조용히 고개를 저었다.

이봐, 그러고도 매니저야?

브라이언이 차가운 목소리로 말했다.

"존, 지금이야말로 속죄할 기회야."

등 뒤에서 펑 하는 소리가 울리며 검은 막이 걷혔다.

깜짝 놀라 돌아보니, 거기에는 경찰 여러 명이 서 있었다. 한가운데 양복을 입은 남자가 형사 신분증을 보여주며 지옥의 밑바닥에서 울려 퍼지는 듯한 바리톤으로 말했다.

"존, 함부르크 시경의 경위요. 이게 눈에 익을 테죠?"

비닐봉지에 든 브래스 너클을 내밀었다.

"아니, 어떻게 그걸……."

"당신 매니저한테서 밀고가 들어왔소."

존은 허둥거리며 브라이언을 쳐다봤다.

브라이언이 냉혹한 눈빛으로 웃었다.

"존, 무던히도 날 놀려댄 죄야. 호모 유대인이라고? 어떻게 그렇게 심한 말을……."

장면이 회전목마처럼 빙글빙글 돌아갔다.

갑자기 암흑의 세계로 내동댕이쳐지더니 끝도 없이 거꾸로 곤두박질쳤다.

눈을 뜨지 않았다면 아르헨티나까지 떨어졌을 것이다.

이 생생한 현실감은 대체 뭐란 말인가, 존은 참담한 기분으로 침대에 혼자 앉아 있었다.

꿈인데도 어째서 이렇게까지 세부에 걸쳐 생생한 뒷맛이 남는가.

존은 실제로 그 장소에 있었던 것처럼 쇠약해졌다.

이젠 한계에 다다랐다. 내가 죽었다고 인정해도 좋다. 그런데 어떻게 해야 하나. 함부르크 경찰에 자수라도 하라는 건가. 이미 20년 전의 일이 아닌가. 이제 곧 시효 만료다. 제발 용서해줘.

더 이상 악몽은 싫다. 그나마 이 꿈은 최악의 악몽은 아니다. 순위를 매긴다면 세 번째 정도다. 혹시 이건 더 나쁜 꿈이 찾아온다는 예고편이었을까?

몸을 뒤척이자 게이코는 옆 침대에서 숨소리도 없이 조용히 잠들어 있었다. 시계를 보니 새벽 4시가 지난 무렵이었다. 등에 피로감이 들러붙어 있었지만, 도저히 다시 잠을 청할 기분이 아니었다.

존은 침대에서 내려와 조용히 침실 밖으로 나와서 옆방 주니어의 침실을 들여다보았다. 여름 이불을 고쳐 덮어주고 천사처럼 잠든 아이의 얼굴을 내려다보니 치즈가 녹아내리듯 얼마간 안정이 되었다.

다가오는 아침의 기운이 커튼을 통해 방 안까지 전해졌다. 주니어의 침대로 파고들어 옆에 누워 있다 보니 존은 자기도 모르는 새에 꾸벅꾸벅 얕은 잠에 빠져들었다.

정신을 차리자 주니어가 침대 위에서 깡충거리고 있었다. 아침에 잠에서 깨니 옆에 놀 상대가 있어서 꽤나 흥분한 모양이었다.

"대디!" 주니어가 한껏 신이 나 떠들어대며 존 위에 올라탔다.

"하이, 주니어." 존이 주니어를 간지럼 태우자 자지러지는 웃음소리가 방 안 가득 울려 퍼졌다. 존도 얼굴 가득 미소를 머금었다. 악몽의 여운은 거의 사라졌다.

"대디, 왜 여기서 잤어?"

"응? 아하, 주니어가 쉬했나 보러 왔지."

"나, 쉬 안 해."

"그럼, 그럼."

주니어의 발에 하복부를 걷어차인 존이 으윽 하고 신음을 내뱉었다. 그제야 자기가 복통과 변비를 앓고 있다는 사실이 떠올랐다.

"대디 배에서 이상한 소리 나." 재미있다는 듯 깔깔거리는 주니어를 본 순간, 어젯밤에 변비약을 먹었다는 사실이 떠올랐다. 그러고 보니 다소 날카로운 통증을 동반하며 아랫배가 요란하게 울렸다.

"주니어, 노는 시간은 이걸로 끝이야. 아빠 좀 볼일이 있거든. 다오 아줌마 올 때까지 방에서 기다려라."

존은 입술을 삐죽 내미는 주니어를 남겨두고 계단을 내려와 거실 소파에 누워 복부 마사지를 시작했다. '좋아, 좋아' 존은 속으로 중얼거렸다. 변비가 시작된 후, 배에서 이렇게 요란한 소리가 난 건 처음이었다. 조금만 기다리면 본격적인 변의로 이어질 거란 예감이 들었다. 지금도 변의는 있지만, 이 정도로 화장실로 뛰어들면 애써 챙겨 먹은 변비약 효과가 물거품이 될 것 같았다. 그렇다, 이건 낚시 비법이다. 걸렸다고 생각하고 곧바로 있는 힘껏 낚싯대를 끌어올리는 놈은 어리석은 자다. 벼르고 별러서 바로 이때다 싶은 순간에 순식간에 쳐올려야 한다. 배설도 마찬가지다. 조금만 더 기다리자.

존은 양손으로 아랫배를 마사지하며 때를 기다렸다. 손가락을 세워서 배의 상하좌우를 누르며 대장의 움직임에 박차를 가했다. 양쪽 무릎을 세우고 배를 부드럽게 풀어주며 천천히 마사지했다.

그러나 변의는 고조되지 않았다.

아니, 전압이 착실히 올라가긴 하는데, 이거다 싶게 납득이 가는 지점에는 미치지 못했다. 30분이 지나도 6, 70퍼센트의 변의에만 머물러 있었다.

기다리다 지친 존은 화장실에 가기로 마음먹었다.

'분발해보자.'

설령 처음 배설이 소량이더라도 그게 마중물이 되어 나중엔 대량을 방출하게 될지도 모른다. 무엇보다 변의가 이대로 흐지부지 사라지는 게 더 두려웠다.

존은 팬티를 내리고 쪼그려 앉았다. 잠시 심호흡을 한후, 서서히 힘을 넣었다.

흐무릅. 오오오오호흡.

호흡을 가다듬었다.

양팔로 무릎을 감싸고 복부를 압박하듯 다시 한 번 힘을 썼다.

후그브브브브븝.

그 순간 치골 언저리에 간질간질한 느낌이 들었다.

존은 '이거다!' 라는 생각이 들었다. 그것이 바로 진정

한 변의였다. 거리에서 불시에 습격해와 수많은 선남선
녀를 퍼렇게 질리게 하는 급격한 변의. 순식간에 핏기가
가시는 인트로.

'지금이다!'

존은 혼신의 힘을 다해 힘을 넣었다.

우바바바바바-밥. 오오오오오-홉. 후그브브브-븝.

안 나왔다.

뭐야, 대체 어떻게 된 거야, 존은 고개를 갸웃거렸다.

후부바바바바-밥.

여전히 안 나왔다.

'어떻게 된 거지? 왜 안 나와!'

자문자답을 해본들 알 턱이 없었다.

존은 팬티를 내린 채 일어서서 벽에 손을 짚고 체중을
실었다. 다리가 저려서 무릎 아래로는 감각이 없었다.

'이게 말이 돼? 변비약을 먹어도 변이 안 나온다고?'

아랫배를 누르면 배에서는 여전히 꾸룩꾸룩 소리가 났
지만, 변의는 이미 저 멀리 사라져버렸다.

변비약도 효과가 없단 말인가. 대체 어떻게 된 영문인
가.

머리가 어질어질했다. 허망한 심정으로 창밖의 숲을

내다보았다.

이젠 아무것도 먹고 싶지 않았다. 약을 먹으려면 위에 뭔가를 채워넣어야 하지만, 다 귀찮았다. 존의 머릿속은 변비 문제로 가득 찼다.

모든 원흉은 변비에 있다.

변비가 해결되면 모든 게 해결된다.

존은 확고하게 그런 생각까지 품게 되었다.

존은 쇼핑가 상점이 문을 여는 시각까지 기다렸다 약국으로 향했다. 어제와는 다른 약국으로 들어가서 관장약을 주문했다.

"관장약 주세요."

카운터 앞의 약사는 야무진 눈썹을 가진 존이 좋아하는 타입의 젊은 여자였지만, 그런 데 신경 쓸 여유가 없었다.

"네. 어린이용인가요, 어른용인가요?"

"어른용입니다."

약사는 카운터 안으로 몸을 숙이더니 작은 상자를 꺼내 존 앞에 내밀었다.

"이걸로 괜찮으시겠어요?"

존도 들어본 적이 있는 이치지쿠* 관장약이었다. 그는 말없이 고개를 끄덕였다.

"백오십 엔입니다."

존은 관장약이 그렇게 싼가 하는 생각에 살짝 놀라며 천 엔짜리 지폐를 내밀었다.

"쿠폰, 모으세요?"

"네?"

"쿠폰, 우리 쇼핑가에서 나눠주고 있어요. 열 장 모으면 제비뽑기를 한 번 할 수 있는데, 1등은 하와이 여행이고…… 으음, 이해하시겠어요?"

존은 이해가 안 가서 고개를 젓고 밖으로 나왔다.

존은 집으로 돌아오자마자 상자를 열었다. 정말로 무화과 모양을 한 관장약 두 개가 들어 있었다.

'이걸로 편해질 수 있다, 대변이 나온다.' 마음속으로 기원이라도 하고 싶은 심정이었다.

영문 설명서가 없어서 2층에 있는 게이코를 부르려다 그만두었다. 어차피 관장약 사용법은 세계 공통이다.

존은 옅은 핑크색 비닐 소재로 만들어진 관장 기구를

• 상표명, 무화과라는 뜻.

손에 들고, 위아래로 돌려가며 살펴보았다.

이걸 거기 넣는다는 거지…….

에잇, 생각해본들 아무 소용도 없다. 직접 해보는 수밖에. 존은 각오를 다졌다.

정신을 차려보니 오봉 휴가도 정점에 다다라 세상 사람들은 가족과 함께 편안한 시간을 보내고 있었다. 그런데 왜 자기만 이런 하찮은 일로 고통을 받아야 하는가. 존은 부아가 치밀었다. 너무 불공평하고 말도 안 된다는 생각이 들었다.

이것도 안 되면 그때 가서 생각해도 늦지 않다. 설마하니 일본의 의사가 다 쉬지는 않을 것이다. 찾아보면 어딘가에는 영업하는 병원이 있겠지. 현대 의료 기술로 장에서 대변을 못 빼낸다는 건 있을 수 없는 일 아닌가.

'좋아.'

존은 하반신이 알몸이 된 상태로 화장실 옆에 있는 욕실로 들어가서 욕조 가장자리에 왼발을 올리고 나지막이 심호흡을 했다. 눈앞에 큰 거울이 있어서 한심한 그 꼬락서니를 감출 수도 없었다. 그것은 인간의 존엄을 들어내버리고 싶을 정도로 얼간이 같은 모습이었다. 존은 이치지쿠 관장약 뚜껑을 벗겨 오른손에 쥐고 엉덩이로 가져갔다. 처음 안 사실인데, 항문에 삽입하는 각도가 생각보다 뒤쪽이었다.

존은 기구를 뿌리까지 밀어넣고, 액이 들어 있는 부분을 천천히 눌렀다. 몸속에 오싹하는 느낌이 들었다. 절반쯤 넣었을 때, 관장 기구를 힘 있게 움켜쥐며 남은 액을 한꺼번에 대장 속으로 주입시켰다.

그와 동시에 하복부에 오한이 스쳐 지났다. 관장 기구를 뺀 후, 항문을 꽉 오므렸다. 아슬아슬한 순간까지 기다렸다 한 번에 쏟아내야 한다.

존은 욕실 벽에 양손을 짚고 몸을 앞으로 숙인 채 견뎌냈다. 하복부에서 이상한 소리가 났다. 액 한두 방울이 안쪽 허벅지를 타고 흘러내렸다.

'으으으윽. 존, 참아야 한다.'

스스로를 격려했다. 심장이 두근두근 요동쳤다. 존은 호흡을 멈추고 몸을 뒤집듯 몸부림을 쳤다. 도저히 가만 있을 수가 없었다. 존은 결심하고 욕실에서 나가 복도를 걸었다. 자신의 신음이 고막을 흔들었다. 항문을 오므리고 있는데도 액체가 흘러나올 것 같았다.

'더, 더는 못 참아. 이 이상의 인내는 인간에게 요구할 수 없어. 무리다.'

존은 화장실로 뛰어들어가 쪼그려 앉았다.

그 순간, 양동이 물을 쏟아버리는 것 같은 소리가 나면서 뭔가가 변기 속으로 방출되었다.

확인할 필요도 없이 그것은 관장 액이다. 꽉 막힌 아랫배의 느낌은 조금도 변함이 없었다.

대변은 나오지 않은 것이다.

잠시 힘을 줘봤지만 아무런 변화도 없었다. 그것은 개미가 코끼리한테 싸움을 거는 것 같은 헛된 저항이었다.

'이런 일이 있을 수 있나?'

존은 땅이 꺼져라 한숨을 내쉬었다. 그와 동시에 한숨 정도로는 끝나지 않는 공포심이 솟구쳐오르며 마음속에서 요란하게 울부짖었다. 눈앞이 캄캄해졌다.

이유가 뭘까. 약이 듣지 않을 정도로 자신의 변비가 심각한 상태일까.

존은 아랫도리를 벌거벗은 채 화장실에 있었다. 한동안은 꼼짝도 하기 싫어서 그저 우두커니 서 있었다.

일단 의사부터 찾아보자. 그 방법뿐이다.

전화번호부를 샅샅이 뒤져 전화를 걸어보자. 게이코에게 부탁해야겠다. 조금 멀어도 상관없다. 나는 병원에 가야 한다.

3

　그 병원은 니테 다리를 건너 낙엽송 가로수 산책길을
한동안 걸어가다 왼편으로 유스호스텔을 보면서 비스듬
히 골목길로 들어선 앞쪽에 일반 별장 같은 풍경으로 서
있었다. 아주 오래된 서양식 목조건물은 이리저리 얽힌
짙은 초록색 담쟁이덩굴 때문에 더욱 적적해 보였고 인
기척조차 느껴지지 않았다. 어찌 보면 웨일스 근처 폐촌
의 버려진 우체국 같기도 했다. 그렇게 눈에 안 띄는 곳
에 개업하는 건 무슨 배짱인지 존은 도무지 이해하기 힘
들었다. 보통 마을 병원은 가능한 한 눈에 잘 띄는 장소
에 진료소를 만들기 마련이다. 그런데 '아네모네 병원'
은 마치 사람의 눈을 피하듯 숲 속에 남몰래 서 있었다.
울창하게 우거진 나무들은 구가루이자와를 뒤덮은 낙엽

송들과는 명백히 다른 분위기라 야생의 냄새가 감돌았다. 특히 촉촉하게 습기를 머금은 지면은 몇백 년 동안이나 햇볕을 받지 못했다는 사실을 말해주고 있었다. 가까스로 건물 주위에만 햇살이 비치기는 하는데, 그 빛은 젖빛 유리를 통해 들어온 채광처럼 희박하고 약해서, 흐릿하게 떠다니는 안개에 아주 쉽게 흡수되어버렸다. 미적지근한 공기가 발밑에서 올라와 존의 목덜미를 어루만지자, 바람도 없는데 나뭇잎이 흔들렸다. 사락사락 나뭇잎 부딪치는 소리가 방문객을 환영하듯 떠들썩하게 울려 퍼졌다.

어제 존이 게이코를 채근해 알아본 결과, 현재 진료를 하는 곳이 아네모네 병원이었다. 여름 동안만 가루이자와에서 진료를 보는 이상한 병원이었는데, 게이코는 그곳이 '심료내과'라고 했다. 존은 내과이기만 하면 아무 불만도 없었다.

"존, 내일 오전 10시에 오래. 예약제인 것 같으니까 늦으면 안 돼. ……그럼, 당신 혼자 가야지. 괜찮아, 의사선생님이랑 간호사가 영어 할 줄 안다니까. ……걸어서 갈 수 있는 곳이야. 으음, 니테 다리 건너서 유스호스텔 앞쪽에 있다니까, 당신이 늘 산책 다니는 낙엽송 가로수 길에서 옆으로 조금 들어간 부근일 거야."

게이코가 저녁식사로 준비한 고모쿠메시*를 입 안 가
득 물고 말하더니 부드러운 미소를 지으며 존의 뺨에 입
을 맞췄다.

옆으로 조금…… 그 말은 부동산에서 하는 거짓말 같
았다. 존은 200미터 가까이 걸어가다가 혹시 길을 잘못
들었나 싶어 가로수 길까지 다시 나오기까지 했다. 대체
어디다 개업을 한 거냐고 속으로 불평을 해댔다.

물론 오늘 아침에도 배변은 없었다. 시간 경과에 따른
자연치유에 일말의 기대를 품고 있었지만, 변비약도 관
장약도 듣지 않는 몸이니 그런 건 가당찮은 희망사항이
었다.

어젯밤에는 꿈을 꾸는 게 두려워서 수마와 싸우며 하
룻밤을 꼬박 샜다. 등에 들러붙은 피로는 콜타르를 두껍
게 바른 것처럼 무겁고 침울했고, 전신의 노곤함이 하복
부의 불쾌감을 더욱 증폭시켰다. 악몽까지도 변비 탓인
것 같았다. 태평한 게이코도 존의 핏기 없는 얼굴을 보더
니 "괜찮아?"라고 걱정할 정도였는데, "내 탓이 아니야"

• 五目飯, 생선·야채·고기 등의 여러 가지 재료를 섞어서 지은 밥.

라는 주니어 말에 어깨를 흔들며 쓴웃음을 머금을 수밖에 없었다.

문 옆 철책에 '아네모네(アネモネ) 병원'이라는 간판이 있었다. 가타카나는 읽을 수 있다. 아치형 문을 통과하자 미끄러질 것 같은 디딤돌 끝에 아르데코풍의 현관이 보였고, 숲이 어두워서 그런지 대낮인데도 희미하게 전깃불을 켜두었다. 문을 밀고 들어서자 탁 트인 홀이 나왔고, 둘러보니 기둥과 벽 여기저기에 서양인들이 좋아할 만한 동양풍의 장식이 되어 있었다. 아니, 이건 아라비안풍인가? 벽면장식인 덩굴무늬는 언뜻 보기에는 아라베스크였다. 게다가 발밑에는 숙련된 솜씨가 엿보이는 페르시아 융단이 깔려 있었다. 방치된 것 같은 외관과는 달리 내부는 구석구석 섬세한 손길이 느껴졌다. 왼쪽은 대기실, 그 안에 접수처로 보이는 카운터가 보였다. 호텔에서와 같은 벨이 있어서 울리자, 흰 가운을 입은 소녀라고 해도 좋을 만한 청초한 간호사가 나오더니 "어서 오세요"라고 인사를 건넸다. 우윳빛 살결과 부드러운 뺨 윤곽에 넋을 잃고 있자, 간호사가 고개를 갸웃거리며 미소를 머금었다. 존은 아름다운 소녀가 몸짓까지 사랑스럽다는 생각에 젖어 순간적으로 몸이 아프다는 사실까지 잊어버렸다.

보험증이 없다고 말하자 간호사는 알고 있다는 듯 "네"라고 고개를 끄덕이고, 존에게 주소와 이름을 묻더니 능숙한 손놀림으로 진료카드에 적어넣은 후 커튼 안으로 사라졌다. 대기실의 오래된 소파는 색바랜 가죽에서 골동품 같은 깊은 맛이 느껴지긴 했지만, 스프링은 삐걱거리는 소리를 냈고 자리에 앉자 몸이 푹 가라앉았다. 천장을 올려다보자 꽃봉오리들이 늘어선 자그마한 샹들리에가 보였다. 존은 혹시 저 꽃이 아네모네일까 하고 멍하니 생각에 잠겼다. 갑자기 나뭇잎 그을리는 향기가 코끝을 간질였다. 향을 피운 듯했다. 다시 찬찬히 살펴봐도 별난 병원이었다. 한동안 기다리자 이름을 불렀고, 존은 진찰실로 들어갔다. 그런데 그곳은 책꽂이가 늘어선 서재처럼 보였다.

"자, 앉으시죠. 어디가 안 좋으신가요, 미스터."

의사는 유창한 퀸즈 잉글리시로 말했다. 입을 옆으로 충분히 벌리면서 성실하게 T 발음을 했다. 과장된 억양이 없어서 하일랜드의 호수 수면처럼 고요하게 귀에 울렸다. 의사는 존에게 스툴이 아니라, 1인용 소파에 앉으라고 권했다.

"존이라고 부르면 됩니다, 닥터."

의사는 "알겠습니다, 존"이라고 온화한 어조로 대답하더니 천천히 의자 등받이에 몸을 기대며 긴 다리를 멋지게 꼬았다. 어느덧 10년도 더 지난 일이지만, 예전에 무도관에서 공연했을 때 프로모터도 이런 느낌을 풍기는 신사였다는 게 떠올랐다. 적당히 백발이 섞인 머리는 정확한 7대3 가르마로 나뉘어 있었고, 콧날은 품위 있게 오뚝 솟아 있었다. 그의 얼굴이 친숙한 느낌을 주는 까닭은 건물 탓도 있을까. 마치 1950년대 인물사진을 보는 것 같은 기분이었다. 옛날 얼굴인 것이다.

"변비가 있습니다."

"오호." 의사가 의자를 돌리고 진료카드에 적어넣기 시작했다.

"그것도 상당히 심각한 상황입니다. 아주 골칫거리죠."

"괴롭습니까?"

"죽을 지경이오."

존이 내뱉듯 말하자, 의사는 희미하게 쓸쓸한 미소를 지었다.

"며칠째죠?"

존이 위를 올려다보며 머릿속으로 달력을 떠올렸다. 오늘이 12일이니까…….

"팔 일째……인가?" 직접 소리 내어 말하고 나니 그 심각성에 더욱 우울해졌다. "문제는 그것뿐이 아닙니다. 실은 변비약도 관장도 시도해봤는데 전혀 듣질 않는다는 거요. 닥터, 관장이 효과 없는 변비도 있나요?"

의사는 그 말에는 대답하지 않고 청진기를 꺼내더니 존에게 티셔츠를 올리라고 지시하고 가슴과 배에 차가운 금속 원반을 갖다 댔다. 그리고 존은 다시 의사의 지시에 따라 티셔츠를 벗고 옆에 있는 진찰대에 누웠다. 의사는 가볍게 기침을 하고 하복부 여기저기를 눌렀다.

"어디 아픈 부분이 있습니까?"

"아뇨, 구체적으로 어떤 부위가 아픈 게 아니고, 전체적으로 짓눌리는 것처럼 갑갑합니다."

내친김에 사나흘 전에 병원에 가서 혈액검사와 엑스레이 검사를 받았는데 별다른 이상이 발견되지 않았다는 이야기를 했다.

"그 의사는요?"

"글쎄, 아마 성묘하러 간 것 같은데."

간단한 촉진을 끝내고 존은 진찰대에서 내려와 다시

의사와 마주 앉았다.

"딱히 이렇다 할 이상은 발견되지 않았습니다. 맹장이라거나 담석이라거나."

"그게 아니라 변비라니까요." 존은 속이 타서 다시 한번 물었다. "닥터, 변비약도 관장도 효과가 없는 변비가 있습니까?"

"흐음, 통상적으로는 없죠."

한 치의 망설임도 없는 의사의 대답에 존은 곧바로 시무룩해졌다. 역시 자신의 변비는 심상치 않은 것이다. 펌프로 뽑아내고 개복 수술을 하는 무시무시한 쪽으로 상상이 부풀어올랐다.

"과거에 변비 경험은?"

"없습니다."

"매일 규칙적으로 배변을 보셨나요?"

"아니, 불규칙한 생활을 오래 해서 느낌이 오면 화장실에 가는 편이오."

"그건 그렇고 출생지는?"

존은 의사가 아무 관계도 없는 얘기를 꺼낸다는 생각이 들었다.

"영국인데⋯⋯. 그게 무슨 상관이라도 있나요?"

"일본 생활은 오래 하셨습니까?"

오호, 언젠가 게이코가 말한 환경 변화 얘기를 꺼낼 모양이로군.

"길지는 않지만, 최근 4년간 여름은 늘 일본에서 지냈어요. 올해가 처음은 아닙니다."

"흐음, 그럼 일본에 집이 있겠군요."

"아니, 없습니다. 도쿄에서는 오쿠라, 가루이자와에서는 만페이 호텔을 이용합니다. 올해는 처갓집 별장을 빌려 쓰고 있습니다만……. 닥터, 별 상관없는 얘기는 이정도로 끝냅시다."

"존." 말을 막자 의사가 조용히 미소를 지었다. "예를들면 세상에는 정해진 장소가 아니면 대변을 못 보는 증상도 있는 겁니다. 변비 신경증이라고 하죠."

"그건 아니에요. 오랜 세월 여행했지만, 어디서든 문제없었으니까."

"혹은 화장실에 누군가 들어오지 않을까 하는 무의식적 긴장 때문에 배변이 멈추는 케이스도 있습니다."

"그것도 아닙니다."

"그럼, 처음 경험하는 변비라는 사실이 불안을 더욱 가중시켜서 안 나오는 쪽은?"

그 말은 어느 정도 납득이 갔다. 최근 아침마다 느끼는 존의 정신적 압박은 이루 말로 표현할 수 없었다. 오늘은 나올까 하는 기대와 긴장감이 마음속에 가득 찼다가 낙담해 바닥으로 곤두박질치는 패턴이었다.

"존, 한 가지 더 물어봐도 되겠습니까?"

"아, 뭐, 그러시죠."

"현재 머물고 있는 집은 재래식 화장실입니까?"

존은 깜짝 놀라며 의사의 얼굴을 쳐다보고는 황급히 고개를 끄덕였다.

"처음에는 색다른 환경에 대처할 수 있지만, 불편함이 계속되면 스트레스가 쌓이고 그것이 어느 순간 한꺼번에 분출되는 경우도 있습니다."

존은 상당히 일리 있는 말이라고 생각했다. 자기가 생각하는 바로는 세상에서 남에게 가장 보이고 싶지 않은 모습이 바로 그 자세라는 게 오래전부터의 지론이었다. 그러자 조금 전 의사가 말했던 '누군가 들어오면 어쩌나……' 하는 무의식적 긴장이라는 설과도 연관이 있었다. 어쩌면 자기도 모르는 새에 그런 심리적 긴장을 안고 있었던 건 아닐까.

그렇게 생각하자 어렴풋하게나마 마음속에 빛이 비치

는 기분이 들었다.

존이 말없이 고개를 끄덕이자, 의사는 속을 훤히 들여다본 것처럼 턱을 살짝 내밀며 "우리 병원 화장실은 좌변식인데 어떻습니까?"라고 말했다.

"지금 말이오?"

"네, 쇠뿔도 단김에 빼라고 하지 않던가요."

"그렇지만 변의는 전혀 없어요."

"관장도 있습니다."

의사는 상대를 부끄럽게 하지 않기 위해서인지 자못 진지한 표정의 사무적인 말투로 말했다.

존은 어떻게 할까 망설였다. 적어도 고려해볼 여지는 있었다. 근처 화장실을 빌리는 것도 설명하기 어려운 일일 테고, 무엇보다 변의를 느낀 후에야 찾아나서면 그 사이에 멈춰버릴 가능성이 높다. 아니면 만폐이 호텔 방을 빌려서 그곳 화장실에서 시도해보는 방법도 있긴 하지만, 그건 지나치게 요란한 느낌이 든다. 얼굴을 익힌 지배인이 부부싸움이라도 한 걸로 오해할 것이다. 일일이 설명하는 것도 성가시다.

존은 이곳에서 해보기로 마음먹었다. 의사는 신용할 수 있을 것 같았고, 신기하게도 이 병원은 마음이 안정되었다. 다른 건 제쳐두고라도 여기서 변이 나온다면 얼마나 다행스러운 일이겠는가. 오늘 안으로 모든 걸 매듭짓고 게이코와 주니어가 기다리는 집으로 돌아갈 수 있다. 그런 상상만으로도 존의 마음속에 시원한 바람이 스쳐 지났다.

"닥터, 혹시 폐가 안 된다면."

의사는 말없이 고개를 끄덕이더니 일단 대기실에서 기다리라고 했다. 존은 또다시 스프링이 삐걱거리는 소파에 몸을 파묻고 이름이 불리기를 기다렸다. 문득 외래환자가 자기뿐이라는 걸 알아챘지만, 의문은 품지 않았다. 예약제라고 하는 걸 보니 환자를 기다리게 하지 않는 방침인 듯했다. 10분 정도 지나자 간호사가 카운터로 나오더니 존의 이름을 불렀다. 존이 가까이 다가가자 신문지 꾸러미를 건네주었는데, 받아든 물건은 따뜻했다.

"체온에 맞게 데웠습니다"라고 간호사가 나지막이 말하더니 "차가운 물약을 대량으로 대장에 주입하면 안 좋으니까요"라며 앞서서 존의 의문을 해명해주었다. 그리고 현관 로비를 가운데 두고 대기실 맞은편에 있는 화장실을 손가락으로 가리키며 "자, 아무도 없으니 천천히 이용하세요"라고 세심하게 배려해주었다.

안으로 들어가 보니 화장실은 널찍한데다 청결한 마룻
바닥이라 안심이 되었다. 학교처럼 타일이 깔린 화장실
이었다면 기가 꺾였을지도 모른다. 그리고 신문지 포장
을 연 순간, 존은 우두커니 멈춰 서버렸다.

'이, 이건……'

한동안 말문이 막혔다. 투명한 비닐로 된 그 물체는 약
간 작은 핫도그 정도 크기였고, 본체에는 10센티미터쯤
되는 관이 길쭉하게 이어져 있었다. 관장 기구라기보다
펌프라고 부르는 게 적합할 것 같았다. 그야말로 프로페
셔널한 병원의 관장이었다.

이걸로 하라고? 정말? 그에 비하면 이치지쿠는 어린애
장난 같은 물건이 아닌가.

존은 이렇게 거대한 관장 기구가 있다는 사실에 감동
까지 느꼈다. 그리고 인간의 몸이 이것을 받아들일 정도
로 튼튼하게 만들어졌다는 사실에 묘한 용기마저 용솟음
쳤다.

이게 1회용이라는 거지.

최종병기라는 말이 떠올랐다. 왠지 이거면 나올 것 같
은 예감이 들었다.

"안 됐습니까?"

의사는 매우 침착한 어조로 말했다. 그러고는 진지한 표정을 유지한 채 손에 들고 있던 볼펜으로 후두부를 긁적거렸다. 제발 무슨 수든 써달라고 매달리고 싶은 심정이었다.

약효가 대단하다는 것만은 몸으로 체험했다. 용기를 내서 10센티미터나 되는 관을 항문에 삽입하고, 마지막 남은 용기까지 다 긁어모아 본체를 눌렀다. 그러자 순식간에 뱃속이 뜨거워지더니 온몸을 뒤흔드는 변의가 정수리부터 발끝까지 내달렸다. 내부에서 대장을 녹이는 것 같은 강렬한 자극이었다. 레이싱카 엔진에 불을 붙인 것처럼 존의 배에서 굵직한 사운드가 맴돌았다. 이것이 진정 인간용일까, 혹시 말이나 소 같은 가축용은 아닐까 하는 생각이 들 정도였다. 허리가 바들바들 떨리고, 이는 따닥따닥 부딪치고, 의식이 몽롱해질 정도였다. 상반신을 구부린 채, 이 이상 참는 건 병원 치료의 범위를 넘어선다, 나치의 고문도 이 정도는 아니었을 거라고 느끼는 지점까지 참다가 좌변기에 걸터앉았다. 그러나 기세 좋게 쏟아진 것은 물약뿐이었고, 변기 안은 탁해진 기미조차 없었다.

"이곳 화장실이 안정감은 있던가요?"

"아하, 좋은 화장실이오. 마음에 듭니다."

존은 소파 깊숙이 몸을 파묻고 다리를 뻗었다.

"그렇다면 재래식 화장실이 원인인 것 같진 않군요."

"인도식이든 러시아식이든 관계없을 것 같소만."

"흠, 그렇게 낙담하진 마세요. 어쨌든 혈액검사와 엑스레이 검사에서 이상이 발견되지 않았다니 결국 자율신경계 문제라는 뜻일 텐데……. 그렇다면 눈에 보이지 않는 것이니 기본적으로는 트라이 앤드 에러 방식을 시도해볼 수밖에 없습니다. 완화제를 처방해드리죠. 한동안 통원치료를 받으세요."

"트라이 앤드 에러? 트라이는 그렇다 쳐도 에러는 좀……."

"아직 젊으시니까 힘을 내봅시다."

존은 젊다는 말에 마음이 조금 풀렸다. 몇 회분의 인생을 살아온 것 같은 기분이 들지만, 생각해보면 서른여덟이라는 나이는 아직 몸에 이상이 올 시기는 아니었다.

"자, 그럼, 양손을 앞으로 내밀어보시죠."

의사의 지시에 따라 존은 양손을 내밀었다.

의사는 존의 손을 잡더니 엄지손가락으로 손바닥을 문

지르기 시작했다.

"자, 어깨 힘을 빼세요."

시키는 대로 힘을 빼자 손바닥 느낌이 한결 좋아졌다.

"닥터."

"네?"

"지금 뭘 하는 거요?"

"릴랙스하기 위한 마사지입니다. 당신이 배변 문제로 상당한 압박을 받는 것 같아서요……. 자, 등을 기대고 천천히 몸의 긴장을 푸세요."

존은 아주 편안하게 눈을 감았다.

"심호흡을 하세요. 숨을 내쉬면서 온몸의 힘을 뺍니다. 자, 이번엔 크게 들이마시고. 천천히 내쉬고. 크게 들이마시고. 천천히 내쉬고. 들이마시고…… 들이마시고……. 내쉬고…… 내쉬고."

존은 자기 몸이 좌우로 흔들리는 것 같은 착각에 빠지기 시작했다.

"내 목소리가 들립니까?"

존은 고개를 끄덕였다. 그러자 머리가 뒤로 당겨지는 느낌이 들어서 의자 등받이 꼭대기에 후두부를 기댔다.

'크게 들이마시고. 천천히 내쉬고.'

의사의 목소리가 점점 멀어져갔다. 존은 왠지 모르게 황홀해지는 쾌감을 맛보았다.

존은 카운터에서 간호사가 건네는 약을 받아들고 아네모네 병원을 나왔다. 올 때보다 안개가 짙게 끼어서 하늘을 올려다봐도 갠 날씨인지 아닌지 분간할 수 없었다. 나무들 틈에는 생명체가 숨을 죽이고 숨어 있는 것처럼 어스름한 어둠이 괴어 있었다. 불과 20미터 정도 걸었을 뿐인데 뒤를 돌아보니 아네모네 병원이 잿빛 기체에 휘감겨 낮 같은 느낌이 들지 않았다. 바람도 없는데 여기저기서 나뭇가지 부딪치는 소리가 울리고 나뭇잎들도 수런거렸다. 멀리서 배의 기적 소리 같은 게 들려왔지만 기분 탓일 거라고 생각했다. 안개는 점점 더 짙게 끼고 살갗에 습기가 들러붙었다. 이끼에 미끄러지지 않게 발밑을 보며 걷고 있는데 시야에 사람 그림자가 비쳤다. 고개를 들어보니 대각선 앞쪽에 남자가 서 있었다.

180센티미터는 훌쩍 넘어 보이는 다부진 체격의 백인 남자였다. 존은 남자를 똑바로 쳐다보지 않고 가벼운 미소로 인사를 건넸다. 근처 별장에 사는 외국인이 산책을 나온 것 같았다. 원래 가루이자와는 영국인 선교사가 소개했고, 체류 외국인을 위해 만든 피서지라 드문 일은 아니었다. 그렇게 생각하고 스쳐 지나려 하는데 남자가 자기 쪽으로 다가왔다. 존은 다시 남자의 발밑을 내려다보고, 신발이 예스러운 부츠라는 걸 알아차렸다. 이상한 생각에 시선을 들자 마스크를 쓴 험악한 얼굴이 보였다. 그는 말없이 존을 노려보았다. 바위를 깎아내는 아이리시해의 거친 파도 같은 날카로운 눈빛이었다.

존은 주니어와 나눴던 대화를 떠올리며 몸을 경직시켰다. 분명 이삼일 전의 일이다. 정원까지 들어와 존의 소재를 물었던 남자가 마스크를 쓰고 있었다고 주니어가 말했다. 이자가 틀림없다는 생각이 들었다. 도대체 누구일까. 남자의 마스크는 일본 사람들이 감기에 걸렸을 때 쓰는 천 마스크가 아니라, 노동자들이 공장에서 먼지를 막기 위해 착용하는 컵 모양의 마스크였다. 남자는 여름인데도 두꺼운 넬 셔츠를 입고 있었다. 적어도 이 고장에 어울리는 차림새는 아니었다. 살짝 정신이 나간 팬의 방문은 익숙했지만, 주위에 인기척이 없으니 상황이 난처했다.

존이 긴장하면서도 선수를 칠 작정으로 "안녕하세요?"라고 말을 건네자, 남자는 적의가 가득 담긴 눈빛으로

"네놈을 찾아다녔다"라며 위협적인 목소리를 쏟아냈다.

"사람을 잘못 본 것 같소만."

"아니야, 네놈이 틀림없어."

남자는 가죽 장갑을 낀 주먹으로 공격 자세를 취하더니 가슴 앞에서 우둑우둑 손가락을 꺾었다.

존의 급소가 불쑥 고개를 쳐들었다. 신변의 위험이 결정적이라는 사실을 깨닫자, 등줄기로 식은땀이 흘러내렸다. 남자는 숨어서 존을 기다렸던 게 틀림없다.

존은 두리번거리며 뒷걸음질을 치면서 몸을 지킬 만한 게 없는지 찾아보았다. 말이 통할 상대 같진 않았다. 남자는 점점 가까이 다가왔다.

"용건이 뭐야?"

목소리가 갈라졌고, 순간적으로 입 안의 침이 목구멍 안으로 넘어갔다. 두툼하게 살이 오른 남자의 가슴팍을 쳐다보자, 존의 심장이 거세게 요동쳤다.

"딴청 부리지 마, 이 새끼야. 날 불러내다니 배짱 한번 두둑하군."

남자는 그렇게 으르렁거리며 팔을 앞으로 뻗었다. 미친 게 틀림없다고 존은 생각했다.

"자, 잠깐. 혹시 내가 팬레터에 답장을 안 썼다거나 기념 촬영을 거절했나? 그렇다면 사과하지. 나쁜 뜻이 있었던 건 아니야. 우리도 어쩔 수가 없다고……."

"뭐? 무슨 개소리야!"

남자가 존의 멱살을 움켜쥐고 가볍게 끌어당기더니 거친 숨을 몰아쉬며 으름장을 놓았다.

"확실히 본때를 보여주마."

"자, 잠깐 기다려."

젊을 때라면 몰라도 이제는 이런 거구의 사내와 싸울 자신은 없었다. 최근 몇 년간 다이어트를 해서 체중도 60킬로그램 정도밖에 안 나갔고, 변변한 운동도 하지 않았다. 게다가 지금은 하복부 상태가 정상이 아니었다.

"차근차근 말로 하자고. 나, 난 환자야."

"입 닥쳐!"

존은 도망치는 방법밖에 없다고 생각하고, 오른쪽 무릎을 있는 힘껏 차올렸다. 급소에 명중하길 바랐지만 고작 남자의 허벅지를 스쳤을 뿐이고, 오히려 전투 개시의 종을 울려버린 셈이었다.

남자가 존의 콧대를 향해 박치기를 했다. 안경이 튕겨 나가고 시야가 뿌옇게 흐려졌다. 그와 동시에 남자의 팔에서 풀려난 존은 땅바닥에 등을 부딪히며 나가떨어졌다. 곧이어 남자의 부츠가 날아들었고, 존은 몸을 회전시켜 아슬아슬하게 발길질을 피했다. 남자가 균형을 잃고 흔들거릴 때 한쪽 다리를 잡고 늘어지자, 엉덩방아를 찧으며 넘어졌다. 존은 재빨리 일어나 가로수 길을 향해 달리기 시작했다. 도와달라고 소리치려 했지만, 이끼에 미끄러지는 바람에 목소리가 나오지 않았다. 앞으로 푹 고꾸라진 순간, 남자가 태클을 걸어와 존은 맥없이 남자 밑에 깔리고 말았다. 남자의 주먹이 존의 안면을 강타했다. 오랫동안 잊고 지내던 주먹의 감촉이 되살아나면서 얻어맞는 게 이렇게 아픈 것이었나 하는 묘한 생각이 들었다. 연달아 두세 방을 맞았다. 입 안이 찢어지는 게 느껴져서 숨을 컥컥거리자 옅은 핏물이 흩어졌다. "크하하하!" 남자의 흉악한 웃음소리가 숲 속에 울려 퍼졌다.

존이 온 힘을 다해 팔로 막았지만, 위에 걸터앉은 남자는 거침없이 주먹을 퍼부었다. 몸을 옆으로 비틀자 이번에는 주먹이 옆구리로 파고들어 내장 전체가 비명을 질러댔다. 위가 타들어가듯 뜨거워져서 존은 연달아 두세 번 구역질을 했다. 피와 땀과 토사물이 뒤섞여 얼굴이 엉망이 되었다.

"빌어먹을, 더러운 자식!"

남자는 일어서서 존을 일으켜 세웠고, 이번에는 오른쪽 쇼트 훅이 턱을 강타했다. 눈앞에 별이 반짝이고, 온몸의 힘이 한꺼번에 빠져나갔다. 더 이상 저항할 힘도 없었다. 낯선 사내에게 습격당하는 공포는 광기와 조우하는 공포와 비슷했다.

"야, 이 새끼야." 남자가 말했다. "아직 멀었으니 단단히 각오해!"

혹시 이대로 살해당하는 건 아닐까 하는 생각이 들었다.

그건 말이 안 된다. 대체 내가 뭘 잘못했다는 거지?

미친 사람에게 맞아 죽은 팝스타. 신문 헤드라인이 머릿속에서 춤을 추고, 존은 절망적인 기분에 사로잡혔다. 이어서 게이코와 주니어의 얼굴이 떠오르며 견딜 수 없는 슬픔이 온몸을 훑고 지나갔다. 죽고 싶지 않았다. 주니어가 태어난 후 4년 동안 존을 지탱해온 것은 삶에 대한 갈망이었다. 유명인으로 세상의 향락과 쓴맛을 다 경험한 존이 인생의 반환점에 도달해 가까스로 얻은 안도의 나날들이 가족과 셋이 보내는 조용한 생활이었다. 게이코와 함께 주니어의 입학식에 참여하고, 운동회 때는 카메라를 들고 응원하러 가고, 생일에는 집에서 구운 케이크로 축하해준다. 하루를 시작할 때는 주니어를 품에 안고 게이코에게 키스하고, 하루를 끝낼 때는 주니어에게 키스하고 게이코를 품에 안는다. 존은 이제야 간신히 그런 자그마한 행복과 생활 설계에 도달할 수 있었다. 순수하고 순박한 자신의 모습을 찾는 데 무려 38년이란 세월이 걸린 것이다.

빌어먹을, 신도 없단 말인가. 내가 왜 이런 곳에서 죽어야 하는가. 안 돼, 당할 수만은 없다!

갑자기 힘이 솟구치며 존의 투지에 불이 붙었다. 존은 남자의 주먹을 왼팔로 막아내고 으르렁거리는 기합 소리를 내지르며 오른쪽 스트레이트를 날렸다. 그것이 남자의 안면에 명중해 마스크가 비뚤어졌다.

"오호라, 아직 힘이 남았나 보군."

남자는 대범하게 웃어젖히더니 마스크를 벗어던졌다. 얼굴에는 입술부터 왼쪽 뺨까지 찢어진 큰 상처가 있었고, 살갗은 지렁이가 기어가는 것처럼 불룩 솟아 있었다.

이 자식, 정말 입이 찢어졌잖아. 주니어는 이걸 보고 '입 찢어진 여자' 이야기를 꺼냈을까.

존의 머리에 또 다른 뭔가가 깜박거리기 시작했다. 그것은 기묘한 기시감이었다.

남자는 또다시 간격을 좁혀오면서 발길질을 해댔고, 존이 손으로 막아내는 순간, 체중을 한꺼번에 실은 팔꿈치로 존의 쇄골을 내리쳤다. 충격이 전해지며 한순간 숨이 멎었다. 틀렸다, 이자는 싸움에는 이골이 난 놈이다. 미친 팬 주제에 싸움은 왜 이리 잘한단 말인가.

　존은 클린치로 공격을 피해보려고 남자에게 착 달라붙어 발버둥을 쳤다. 남자는 존의 팔을 풀어내려고 팔꿈치로 어깨를 내리쳤지만, 반동이 부족해서 큰 효과는 없었다. 존은 정신없이 남자를 밀어대기 시작했다. 어찌된 영문인지 남자의 몸에서 스캘럽 냄새가 났다. 끈적끈적한 싸구려 기름 냄새였다.

　남자는 있는 힘을 다해 몸을 비틀더니 양팔을 교차시켜 존의 턱 밑으로 끼워넣고 목을 짓누르며 존을 떨쳐내려 했다. 존의 몸은 뒤로 젖혀졌고, 더 이상 견딜 수 없어 팔이 풀리고 말았다. 뒤로 넘어가는 찰나, 순간적으로 남자의 셔츠를 움켜잡자 단추가 툭 떨어지며 허공으로 튀어올랐다. 등이 땅바닥으로 곤두박질쳐지는 게 느껴졌다. 방황하는 시선 끝으로 옷자락이 풀어 헤쳐진 남자의 가슴팍에서 드러난 섬뜩한 용이 포착되었다.

　존의 눈앞에서 용 문신이 거칠게 숨을 내쉬고 있었다.

20년 전 함부르크에서 지워지지 않는 강렬한 기억을 남긴 선원의 가슴이었다.

순간 머릿속이 하얘지면서 아무 생각도 할 수 없었다. 존은 엉덩방아를 찧고 넘어진 채 그대로 얼어붙었다.

"야, 인마. 얼른 못 일어나!"

남자는 또다시 덤벼들 기세로 손가락 두 개를 흔들어 보였다. 바로 그 순간 마음 깊은 곳에서 정체를 알 수 없는 감정이 복받쳐 올랐고, 존의 가슴속은 보드카라도 마신 것처럼 뜨겁게 달아올랐다. 그 열기는 순식간에 목덜미로 역류해 목을 거슬러 올라 머릿속까지 마비시켰다.

"다, 당신은⋯⋯."

존은 가까스로 목소리를 짜냈다.

"살아 있었군."

"멍청한 새끼, 무슨 헛소리야! 내가 그 정도로 죽을 줄 알아! 입 닥치고 어서 일어서! 난 아직 분이 안 풀렸어."

"다, 당신, 정말 살아 있는 거지?"

자리에서 일어선 존이 비틀비틀 남자에게 다가갔다. 안도감에 입꼬리가 부드럽게 풀어지고 눈에서는 눈물이 흘러넘쳤다.

남자는 순간 움찔하다가 주먹을 내질렀고, 존은 이끼

깔린 바닥으로 나뒹굴었다.

존은 다시 일어서서 생이별했던 육친이라도 만난 듯 환희에 찬 표정으로 양팔을 벌리며 남자에게 다가섰다.

"어, 어라, 이 새끼가 미쳤나!"

"다행이야. 정말 다행이야."

존이 울먹이는 목소리로 말했다.

"다행은 뭐가 다행이야, 이 새끼야! 난 네놈 때문에 아홉 바늘이나 꿰맸어. 두 눈 똑바로 뜨고 보란 말이다. 마누라까지 이런 내 모습을 꺼린다고. 어떻게 책임질래, 엉?"

"아아아아……."

존은 눈물을 흘리며 주저앉고 말았다.

"이 새끼야, 너 지금 뭐 하자는 거야! 정말 기분 나쁜 놈이군. 울면 끝날 줄 알아? 또 한 놈은 어디 있어? 몽둥이로 날 후려친 놈은 어디 있냐고!"

"아아, 피터?" 흐느껴 울면서 존이 말했다. "그 녀석은 이제 없어."

"뒈졌다는 소리냐?"

"그게 아니라……. 그 녀석은 오래전에 밴드를 그만두고 공공직업 안정소에 근무하니까."

"하핫, 웃기는 개소리로군."

"아무튼 살아 있어줘서 고맙군."

"뭐야, 고마워?"

"아니, 미안해. 전부 내 잘못이야. 이제 실컷 때려. 당신 분이 풀릴 때까지 맘껏 때려."

존은 남자의 어깨에 손을 올리고 또다시 하염없이 흐느껴 울었다.

"뭐 이런 새끼가 다 있어. 정말 희한한 놈이군. 그, 그렇게 나오면 나도……."

남자는 기세가 꺾였는지 목소리 톤을 낮추며 살며시 뒤로 물러섰다.

"괜찮아, 마음 내키는 대로 해. 당신을 죽인 줄 알고 지금껏 얼마나 괴로워했는지 몰라. 난 오늘에야 해방된 거야."

존은 어린애처럼 흐느껴 울었다.

분노에 떨던 남자의 어깨가 스르르 내려가고, 두 사람은 침묵에 빠져들었다.

남자는 마스크를 집어들고 흙을 털어내더니 주머니 속에 넣었다.

"야, 애송이."

"응?"

"선원을 상대로 나쁜 짓을 한 게 다 니들 짓이냐?"

"아냐, 우린 서너 번뿐이야."

"그게 적다는 거야!"

"아니, 정말 미안해. 그러니 자, 어서……."

"입 닥쳐! 난 여자와 어린애, 그리고 저항하지 않는 놈은 안 때리는 주의야. 잘 들어, 네놈 얼굴은 똑똑히 기억해뒀어. 다음에 이런 일이 또 있으면 반쯤 죽이는 걸로는 안 끝나."

"그런 일은 다시 없을 거야."

존은 눈물이 글썽이는 눈으로 남자의 손을 잡고 흔들었다.

"참 유별난 인종이군. 흠, 얘기를 들어보니 근본적으로 나쁜 놈은 아닌 것 같고……."

남자가 호흡을 가다듬으며 기침을 했다. 그는 영락없는 순박한 존 불*이었다.

"넌 고향이 어디냐?"

"리버풀."

---

* John Bull, 전형적인 영국인.

"그렇군, 난 맨체스터다."

"옛날에 그곳 타운 홀에서 공연한 적이 있지. 좋은 곳이야."

"……야, 너 정말 맛이 간 거 아냐?"

남자는 머리를 살짝 쓸어넘기고 크게 심호흡을 하더니 "자, 그럼"이라며 다시금 위협적인 목소리로 돌아갔다.

"어……."

좀더 얘기를 나누고 싶어하는 존을 가차 없이 떨쳐버리고, 남자는 발길을 돌려 천천히 숲 속으로 걸어갔다. 널찍한 등이 쓸쓸하게 흔들리고 셔츠 빛깔이 담담히 녹아들기 시작하더니 기껏해야 20미터 정도밖에 안 떨어졌는데도 안개 속으로 사라져 모습을 감춰버렸다.

존은 아무 생각도 할 수 없어서 한참 동안 우두커니 그 자리에 서 있었다.

낮인데도 올빼미가 울었고, 그 소리에 응답이라도 하듯 새들이 여기저기서 짧은 교성을 질러댔다.

또 한 가지, 불가사의한 일이 있었다.

망연히 집으로 돌아가는 길에 니테 다리에 다다르자, 다리가 또다시 웃어댔다. 키득키득.

집으로 돌아오자 난리가 났다. 식사를 하던 게이코는 존의 얼굴을 보자마자 절규했다. 국수 덜어 먹는 접시를 식탁에 떨어뜨리고 식탁 모서리에 정강이를 사정없이 부딪히며 허겁지겁 존에게 달려들었다. 그나마 정신을 잃지 않은 것은 존이 장난꾸러기 아이처럼 어깨를 들썩이며 빙그레 웃은 덕분이다. 게이코는 엄한 말투로 힐문하기 시작했다. 존은 사소한 싸움일 뿐이라고 애써 밝게 말했지만, 게이코가 납득할 리가 없었다. 경찰을 부르겠다며 씩씩거렸다. 하는 수 없이 존은 숲에서 낯선 남자가 시비를 걸어와 먼저 손을 뻗어 응전한 일, 아무래도 상대는 자기를 모르는 것 같다는 말, 이쪽도 당하고 있지만은 않았다는 이야기, 이제 화해했으니 번거로운 일은 없을 거라는 등 다소 각색을 해서 들려주었다.

"그건 그렇고……. 병원 다녀오는 길이었잖아. 왜 돌아가서 치료를 안 받았어?"

"응, 거긴 내과잖아."

"아무리 그래도 소독약이랑 붕대 정도는 있겠지. 혹시 뼈라도 부러졌으면 어쩌려고 그래. 제대로 진찰을 받아야지."

"아니, 괜찮아. 뼈에는 이상 없어."

존이 명랑하게 양어깨를 빙글빙글 돌리자, 게이코는 땅이 꺼져라 한숨을 내쉬고 앉음새를 고치더니 무서운 눈빛으로 항의하기 시작했다.

"존, 당신은 이제 옛날의 테디 보이즈가 아니야. 싸움을 건다고 상대해주면 어떡해. 나랑 주니어 생각은 안 하는 거야? 이제 겨우 가족끼리 평범한 생활을 시작했는데 무슨 일이라도 생기면 어쩔 거야. 존, 내 말 무슨 뜻인지 알아?"

마지막에는 울먹이는 목소리로 변했다.

"미안해"라고 사과하면서 존도 코끝이 찡해졌다. 새삼 가족의 소중함이 느껴져 눈물이 솟구칠 것 같았다.

치료는 게이코와 다오 씨가 해주었다. 옥시풀로 상처를 소독하고 빨간약을 바르고, 꽤 요란하게 붕대를 감았다. 주니어는 옆에서 심기가 불편해 중얼거리는 엄마와 얌전하게 고개를 떨어뜨리고 있는 아빠를 신기한 듯 바라보았다.

점심은 다오 씨에게 스캘럽을 튀겨달라고 부탁했다. "사장님은 감자튀김이 썩 마음에 드시나 봐"라고 다오 씨가 혼잣말처럼 중얼거렸다. 입 안이 찢어져서 많이 먹지는 못했지만, 코를 가까이 대자 아주 짧은 순간 선원의 셔츠 냄새가 되살아났다.

　그리고 나서 거실 소파에 누워 있으니 금세 눈꺼풀이 무거워지고 수마가 손짓하는 게 느껴졌다. 묘한 충족감이 느껴지며 푹 잘 수 있을 것 같은 예감이 들었다. 몸 구석구석이 욱신거렸지만, 존의 가슴 깊은 곳에는 감미로운 기억이 어렴풋이 남아 있었다.

4

아침이 올 때까지 기다릴 수 없어서 존은 침대를 박차고 나갔다. 흥분된 마음을 가라앉히며 화장실로 들어가 천천히 쭈그려 앉았다.

어제 아네모네 병원에서 받아온 변비약의 효능은 확실히 있었다. 변의가 느껴진 것이다. 그 약은 물 반 컵에 열 방울쯤 떨어뜨려 마시면 다음 날 효과가 나타난다고 했는데, 의사의 처방이라는 점이 조금은 용기를 북돋워주었다. 전문 의사가 진단해서 처방해준 약이다. 약국에서 사오는 것과는 차원이 다르다. 존의 하복부는 어젯밤부터 다른 생물체라도 숨어 있는 것처럼 울고 또 울었다. 아직 날도 새지 않은 새벽 4시에 약이 효과를 발휘한 것이다.

대변 특유의 근지러움 비슷한 감촉이 순식간에 머리에서 등줄기를 따라 치골 언저리까지 뻗어나갔다. 대장 속은 이미 수분을 대량으로 함유한 그것으로 부풀어올라 있었다. 남은 건 이 폐색감의 원흉이 된 코르크 마개를 뽑아버리는 일뿐이다.

존은 쭈뼛쭈뼛 힘을 넣었다.

그 순간 물방울 같은 게 똑 하고 물이 괸 변기 속으로 떨어지는 소리가 났다.

존은 등에 소름이 돋는 게 느껴졌다. 별다른 감촉은 없었지만, 분명 뭔가가 대장을 통과해 주르르 떨어져 내렸다.

존은 있는 힘껏 힘을 주었다. '사나이 존, 이 순간이야말로 일생일대의 갈림길이다' 라고 스스로를 고무시키듯 타일렀다.

크게 호흡을 하며 숨을 골랐다.

자, 그럼!

부붑ㅂㅂㅂㅂ–붑.

후훕ㅎㅎㅎㅎ–흡.

안 나왔다.

잠깐. 대체 왜 이래.

존의 배에서 또다시 요란한 소리가 울려 퍼졌다.

좋았어, 이거야! 이게 기회다.

후가바바바-밥. 오흐흐흐흐-흡.

곧이어 오한이 온몸을 훑고 지나며 거센 빗줄기 같은 소리가 변기에 울려 퍼졌다.

나왔다아아앗. 나왔다, 나왔다, 나왔어!

지금 틀림없이 대변이 등 바깥쪽을 지나 방출된 느낌이 들었다.

나왔다. 마침내 나온 것이다.

존은 허리를 들고 몸을 앞으로 숙이며 변기 속을 들여다봤다.

"……."

한동안 그 자세로 굳어 있었다.

이루 말할 수 없는 실망감이 존을 엄습했다. 대장 안의 뭔가가 나온 건 분명하다. 그러나 그것은 변기 안에 고인 물을 어렴풋이 탁하게 만든 액체뿐이었다. 그것은 어떤 거대한 물체, 그야 물론 쌓이고 쌓인 변 덩어리인데, 그 옆을 스쳐 지나온 게릴라 부대에 불과했다.

본대(本隊)는 어떻게 됐지?

존은 제정신을 잃고 죽어라 용을 써댔다.

관자놀이에 혈관이 두드러지는 게 느껴졌다.

얼굴이 붉게 달아오르고 이마에 땀이 번졌다. 항문에 손가락을 넣고 후벼 파내고 싶은 충동에 휩싸였다.

그때 존의 오른쪽 아랫배에 격렬한 통증이 훑고 지나 갔다.

아야야야얏. 이젠 틀렸다.

처음 병원으로 뛰어갔을 때의 통증이 또다시 되살아났다.

한동안 그 자세로 웅크리고 있을 수밖에 없었다.

존은 다리가 마비되어 제대로 일어설 수도 없었다. 손 으로 벽을 짚어가며 죽을 둥 살 둥 거실 소파로 돌아왔 다. 배를 펴고 통증이 있는 오른쪽 아랫배를 손가락으로 누르며 문질렀다. 의사들이 하는 촉진을 흉내 내며 이곳 저곳을 눌러보았다. 그러자 조금 전의 격렬한 통증은 거 짓말처럼 부드러워졌고, 맹장은 아니라는 사실에 일단은 안심이 되었다. 그러나 한편으론 차라리 맹장이 나을지 도 모른다는 생각이 들었다. 맹장은 수술로 잘라내 버리 면 끝이다. 내친김에 대변도 제거해버리면 된다. 그편이 훨씬 간단하지 않을까.

존은 소파에서 힘없이 한숨을 내쉬며 천장을 보고 누

웠다. 그러자 하복부가 당기며 통증이 느껴져서 하는 수 없이 무릎을 세웠다.

잠시 꾸벅꾸벅 조는 사이, 이번에는 가슴에 이상이 느껴지기 시작했다.

지난번 악몽을 꿨던 밤과 똑같은 증상이었다. 억지로라도 트림을 하지 않으면 숨쉬기가 힘들었다. 조금 전부터 트림이 나올 것 같은 기미는 있었지만, 이제는 계속해서 가스를 내뿜지 않으면 공기가 제대로 들어오지 않았다. 그리고 그것은 일단 의식하기 시작하면 돌이킬 수 없는 증상으로 변했다. 신경을 쓰면 쓸수록 호흡이 힘들어졌다. 혹시 변비약이 안 맞는 게 아닐까 하는 생각이 들었지만, 이치에 안 맞는 것 같아서 얼른 떨쳐버렸다.

자, 침착하자. 지난번에도 한참 후에는 가라앉았다.

존은 일어나서 크게 심호흡을 했다. 그리고 가슴에 손을 얹었다. 심장 박동은 그다지 빠르지 않았다. 텔레비전 위에 올려둔 시계를 보며 맥박을 쟀다. ……78회. 여전히 몇 개가 정상인지는 모르지만, 당황할 수치는 아닌 듯했다.

다시 소파에 앉아 다리를 뻗어 테이블 위에 올리고 가장 편안한 자세를 취했다. 그리고 오른손으로 가슴을 문질렀다.

걱정할 필요 없다. 정말로 심각한 이상이 있다면 맨 처음 의사가 이미 진찰을 내렸을 것이다. 의사는 분명 긴급을 요하는 일은 아무것도 없다고 말했고, 심전도에도 이상이 없었다. 존은 그렇게 스스로를 설득시켰다.

존은 계속해서 트림을 하며 숨을 들이마셨다. 이따금 두꺼비 울음소리 같은 요란한 트림이 나왔다. 어쨌든 뱃속에서 가스가 올라와 목을 통과하는 순간만큼은 호흡도 평소처럼 돌아갔다.

어떻게든 해봐야 할까? 그런 상태가 30분이나 계속되자 존은 가만있을 수가 없었다. 부엌 냉장고로 가서 미네랄워터를 꺼내 벌컥벌컥 들이켰다. 아무 근거도 없는 행동이다. 다만 드라마 같은 데서 심장 발작을 일으킨 사람이 물을 찾는 장면이 인상 깊게 남아 있었기 때문이다. 딱히 변화는 없었다.

이어서 가슴을 세게 두드려보았다. 그것도 별 변화는 없었지만, 잠시나마 신경을 다른 데로 돌릴 수 있었다.

존은 문득 자기가 맨 처음 의사에게 받은 약을 먹지 않았다는 사실을 떠올렸다. 분명 두 종류의 알약과 가루약하나가 있었다. 복통이 만성으로 변하고 변비 쪽으로만

관심이 쏠려버려서 제멋대로 판단하고 약 복용을 멈췄던 것이다. 그렇지만 그것은 대장 약인데 가슴 답답한 증상과 무슨 연관이 있을까? 아니다, 그런 건 아무래도 좋다. 지금 상황에서는 가능성이 조금이라도 있으면 뭐든 시도해볼 수밖에 없다. 존은 냉장고에 넣어둔 약봉지에서 1회용 알약과 가루약을 꺼내 입 안에 털어넣고, 미네랄워터를 들이켜 약을 삼켰다. 차가운 물이 입가로 흘러넘쳐 목을 타고 내려와 티셔츠를 적셨다. 내친김에 복통 진통제로 받은 알약 두 알도 삼켰다. 그 약은 관계없다는 걸 알면서도 왠지 터무니없는 짓이라는 생각은 들지 않았다. 엉터리라도 좋으니 제발 약효가 나타나길 간절히 바라는 심정이었다. 도중에 트림이 나와 기침이 솟구쳤지만 개의치 않고 계속 물을 마셨다.

존은 조금은 개운해진 기분이 들어서 소파로 돌아와 천장을 보고 누웠다.

오른손을 가슴에 올리고 크게 심호흡을 했다. 기분 탓일까, 갑갑했던 흉부가 해방된 느낌이 들었다. 그때 목 안을 요란하게 울리며 엄청난 트림이 나왔다. 무심코 주위를 둘러보며 "실례"라고 중얼거렸다.

몸 안에 남아 있던 힘이 다 빠져나가는 느낌이 들었다.

구름 사이로 해가 비치듯 갑갑한 가슴에 길이 뚫리는 게 느껴졌다.

존은 소파 팔걸이에 머리를 올리고 눈을 감았다. 다행이다. 아무 일도 없었다. 어쨌든 살았다.

그러나 가슴이 갑갑해지는 증상은 불과 보름 만에 벌써 세 번째였다. 그 생각이 들자, 존은 앞날에 대한 불안을 느끼지 않을 수 없었다.

벽시계가 여섯 번 울렸을 때, 다오 씨가 일어나 나오며 존에게 몸은 좀 어떠냐고 물었다.

"죽을 지경이에요." 존은 아랫입술을 내밀며 대답했다.

"안 돼요, 사장님. 오봉 명절에 그런 말을 하면 염라대왕에게 벌 받아요."

"염라대왕?"

"그래요, 염라대왕. 오봉은 저세상에 계신 부처님이 오셔서……. 사장님, 부처님 알아요? 그래요, 죽은 사람이에요, 그 부처님께서 우리가 잘 살고 있는지 살피러 오는 기간이란 말이죠."

존은 불현듯 어제 겪은 희한한 일이 떠올랐다.

"그러니까 우리는 부처님을 정성을 다해 맞아들여야 해요. 그런데 그런 때 죽기라도 하면 저세상에서 부처님께서 돌아오시는 길에 왜 너 혼자만 거꾸로 저세상으로 가느냐고 염라대왕이 머리를 세게 때리는 거예요. 옛날에는 오봉 기간에 죽은 사람은 염라대왕에게 얻어맞을 테니 불쌍하다며 머리에 작은 절구까지 씌워줬어요. 아이고, 요놈의 입방정, 쓸데없이 부정 탈 소리를 지껄였네. 사장님이 이상한 소릴 하니까 그렇잖아요. 그건 그렇고 사장님, 아침엔 뭘 드시겠어요? ……혹시 또 스캐 어쩌고 하는 감자튀김인가요? 안 돼요, 아침부터 그렇게 기름진 음식을 드시면. 그건 점심 때 만들어드릴 테니 아침에는 죽을 드세요."

다오 씨는 일방적으로 떠들어대더니 아침 준비를 하러 부엌으로 들어갔다.

'오호, 오봉은 죽은 사람이 돌아오는 때로군.' 존은 혼잣말을 중얼거렸다. 그렇다면 어제 선원은 역시 죽었다는 소린가……. 아니, 죽었다고 해도 벌써 20년도 더 지난 일이니 다른 데서 죽었겠지. 그 남자는 분명 아홉 바늘이나 꿰맸다고 소리치며 덤벼들었다.

아침을 먹고 한동안 주니어와 놀아주고 있는데 지붕이

소리를 내며 뒤집히기 시작했다. 구가루이자와의 오래된 별장들은 지붕을 대부분 얇은 아연 강판으로 만들어서 해가 높이 떠 온도가 올라가면 불이라도 난 것처럼 타닥 타닥 소리를 냈다. 그런데 평상시보다 그 시간이 빠른 걸 보니 오늘은 꽤 더울 것 같았다.

"대디, 위에 누가 있어?"

주니어는 그 소리가 날 때마다 매일같이 똑같은 질문을 했다. 존이 아무도 없다고 하면 그제야 안심하고 잊어버린다.

"너무 더워서 지붕님이 비명을 지르는 거야."

"으응, 그렇구나. 근데 어제도 누가 왔었는데."

"엄마 손님이니?"

"아냐. 정원에서 놀고 있는데 아빠 있냐고 물어봤어."

존은 자기도 모르게 몸을 앞으로 내밀며 주니어의 얼굴을 들여다봤다.

"주니어, 그 사람 혹시 마스크 썼니?"

"아니, 안 썼어. 다른 아저씨였는데."

뭐, 다른 아저씨?

"어머나, 무슨 일이에요?"

아름다운 간호사가 양손을 뺨에 대더니 뭉크의 그림처럼 입을 동그랗게 벌렸다. 그 몸짓에 비하면 목소리는 부드러웠다.

"으응, 사소한 사고야, 걱정할 거 없어요……. 흐ㅡ음, 그건 그렇고 간호사님 이름이 뭐지?"

"아테나예요……. 그보다 치료는 제대로 하셨어요?"

"음, 소독했으니까 별문제 없겠지, 뭐."

"세상에, 눈가에 이렇게 예쁜 멍까지 들고."

아테나는 그렇게 말하며 카운터에서 나와 존의 얼굴을 가까이에서 들여다봤다. 존은 예쁜 멍이라는 천진난만한 표현에 웃음이 나왔지만, 그보다도 아름다운 소녀의 상큼한 향기에 취해 나잇값도 못하고 당황하고 말았다. 그것은 청춘이라는 꽃의 꿀과 베이비파우더를 뒤섞어놓은 것 같은 달콤한 향기였다.

"아테나라는 이름이 일본에 흔한가?"

"아니에요. 일단 소파에 앉으세요. 붕대를 갈아드릴 테니 이것부터 풀도록 하죠."

그렇게 말하더니 아테나는 무릎을 꿇고 앉아 존의 붕대를 풀기 시작했다.

"'아네모네 병원'이라는 이름도 독특한 것 같은데."

"그런가요? 앗, 죄송해요. 아프지 않으셨어요?"

"아니, 괜찮아."

" '병'과 '기대'예요."

"응?"

"아네모네의 꽃말. 그리고 '바람꽃'이라는 의미도 있죠. 그리스신화에서 비롯된 거지만."

아테나는 눈을 내리깐 채 작업을 계속했다. 덕분에 존은 아름다운 소녀를 맘껏 바라볼 수 있는 행운을 얻었다.

"무슨 얘기였지?"

"……몰약나무에서 태어난 아도니스라는 아기가 있었어요. 그 아기의 탄생은 너무 복잡하니까 생략할게요. 어느 날 아도니스가 태어나게 된 원인을 만든 아프로디테가 아도니스를 상자에 넣어 명계(冥界)의 여왕 페르세포네에게 선물로 보냈죠. 잠시 성가신 일을 피할 맘이었는지도 몰라요. 한편 페르세포네가 상자를 열어보니 아주 귀여운 사내아이가 나왔죠. 페르세포네는 몹시 기뻐하며 그 아이를 극진히 사랑했어요. 자기 연인인 양 아이를 사랑한 거죠. 그런데 아도니스가 성장했다는 이야기를 전해 들은 아프로디테는 그를 자기 곁에 두고 싶다는 생각을 하게 됐어요. 참 제멋대로죠? 그래서 두 여신은 아도니스를 서로 가지려고 싸우게 됐고 재판소에 판결을 위임하게 된 거예요. 그곳에서는 이런 판결이 내려졌답니다. 탄생의 원인을 제공한 아프로디테와 키워준 어머니인 페르세포네는 동등한 권리가 있다. 그렇지만 일 년 내내 두 여신과 지내면 아도니스가 너무 가여우니, 일 년의 3분의 1은 아프로디테, 마찬가지로 3분의 1은 페르세포네, 그리고 남은 3분의 1은 혼자 보내도 좋다는 결론이 나왔죠. ……그런데 아프로디테는 그 약속을 지키지 않았어요. 아도니스를 혼자 독차지하려 한 거예요. 그래서 페르세포네는 아프로디테의 연인인 군신 아레스에게 일러바쳤고, 분노에 휩싸인 아레스는 포악한 멧돼지를 들판으로 내보냈어요. 어느 날, 사냥을 나간 아도니스는 몹시 거친 멧돼지를 만나죠. ……어머, 죄송해요. 지루한 얘기를 너무 길게 했군요. 어른들한텐 재미없는 얘기일 텐데."

아테나가 갑자기 올려다봐서 존은 얼굴을 붉히며 시선을 피했다. 아마 자기는 꽃향기에 넋을 잃은 중년 남자 표정을 짓고 있었을 게 틀림없다.

"아냐, 아주 흥미로운 얘기야. 그 다음은?"

"으음……. 아 맞다, 아도니스가 사냥 나간 대목이었

죠. 그는 포악한 멧돼지와 용감히 맞섰어요. 그렇지만 군신이 보낸 멧돼지인걸요, 너무 강해서 당해낼 재간이 없었어요. 결국 아도니스는 멧돼지 엄니에 옆구리를 깊이 찔려서 허무하게 쓰러져버렸어요. 때마침 아프로디테는 백조 두 마리가 이끄는 마차를 타고 하늘을 날아가고 있었는데, 아도니스의 비명을 듣고 허겁지겁 하계로 내려갔지요. 그렇지만 이미 늦었어요. 아도니스는 죽어버렸어요. 아프로디테는 저승으로 떠나버린 아도니스를 떠올릴 때마다 견딜 수 없는 고통에 휩싸여서 제우스에게 애원했어요. 아도니스를 암흑세계로 보내는 건 너무 가여운 일이에요, 적어도 여름 동안만이라도 제 곁에 있게 해주세요, 라고. 제우스는 그 청을 들어줬죠. 아도니스가 흘린 피에서 빨간 꽃이 피어났어요. 그 꽃은 바람을 맞고 피어나서 다시 바람에 흩어져버릴 만큼 덧없는 생명을 가진 꽃이지만, 그래도 짧은 기간 동안은 이 세상에 환생하는 걸 허락받았죠. 그것이 바로 그리스어의 바람, 아네모스에서 따온 '바람꽃'이에요. 아네모네는 여름에 아주 짧은 기간 동안만 아름다운 꽃을 피워요."

존은 그 이야기를 듣고 아도니스에게 동정을 느꼈다. 꼭 자기 일처럼 느껴졌다.

"그 꽃을 꼭 보고 싶군."

"볼 수 없어요."

"왜?"

"으음, 일본의 아네모네는 실은 봄에 피거든요."

아테나가 장난기 어린 미소를 짓더니 붕대를 손에 감아 쥐고 카운터 안으로 들어갔다. "잠시만 기다리세요, 존." 환한 그 미소는 천사의 미소 같았다.

"흐음, 변비가 구 일째로 접어들었군요."

의사는 별반 놀라는 기색도 없이 말하더니, 어제와 마찬가지로 다리를 높이 꼬고 진료카드와 존의 얼굴을 비교하듯 번갈아 봤다.

"그렇다면 어제 드린 변비약이 효과가 없었다는 뜻인데."

"아니, 오늘 아침에 조금 나오긴 했어요. 고작해야 액체 상태고, 도무지 납득할 수 없는 양이긴 했지만."

존은 체념한 표정으로 목을 움츠렸다.

"허흠, 일반적인 변비라면 그 변비약이 안 듣는 예는 없는데 말입니다."

그 말이 존을 낙담시켰다. 역시 자신의 변비는 예사롭

지 않은 것이다.

"복통은 어떻습니까?"

"여전합니다. 하복부 전체가 짓눌리고 갑갑합니다."

"……그건 그렇고 간호사에게 들었는데, 꽤 요란한 일이 있으셨던 모양인데."

의사가 존의 얼굴에 난 상처를 체크하듯 이리저리 살펴보았다.

"하하, 부끄럽군요. 서른여덟이나 먹은 사람이."

"그 정도 기운이 있다는 것은……."

"아니, 그게 아니고, 막상 일이 닥치니 잠시 병을 잊었던 것뿐이죠."

"어쨌든 몸은 자유롭게 움직인 것 같군요. 제가 직접 본 건 아니지만, 틀림없이 당신은 꽤 과격하게 뛰고 발길질을 했을 겁니다."

'그래서?'

"대변, 실은 없는 게 아닐까요?"

새로운 견해였다.

"네에?" 존은 어안이 벙벙했다.

"오늘은 뭘 드셨나요?"

"가볍게 죽 한 그릇을 먹었죠……. 시금치죽."

"어제저녁은?"

"엊저녁은…… 산채 우동을 절반쯤 먹었나? 아내가 이 것저것 권하긴 했지만, 도무지 식욕이 없어서요."

"그 전에는 어땠습니까?"

"흐음, 기억은 잘 안 나지만, 만족스럽게 먹지 못한 건 분명하군요."

그 말을 듣고 보니 최근 제대로 식사를 한 적이 없었다. 조금이라도 먹어야 할 것 같아서 식탁에 앉긴 했지만, 절반도 먹지 않았다. 희한하게도 스캘럽은 들어갔지만, 그것도 양은 변변치 않았다.

"변이 있는지 없는지 당신이 대장 속을 직접 확인한 건 아닙니다. 저도 못 봤고요. 안 그렇습니까?"

"그야 그렇죠."

"있는 것 같은 느낌이 드는 것뿐일지도 모르죠."

존은 그것이 설령 거짓일지라도 지지하고 싶어지는 매력적인 설이었다.

"그런 일도 있을 수 있나요?"

"있고말고요. 착각은 누구에게나 있습니다. 상상임신 도 있질 않습니까."

의사가 거침없이 술술 대답을 해서 존은 자기도 모르

게 고개를 끄덕이며 맞장구를 쳤다.

"좀더 말씀을 드리자면……." 의사는 그렇게 말하더니 다리를 반대로 꼬고 의자를 앞으로 당겼다. "실은 대변을 보면서도 안 본다고 믿는 경우도 생각해볼 수 있습니다."

존은 무슨 말인지 몰라 미간에 주름을 잡았다.

"불면증이라는 병이 있죠. 잠을 못 잔다고 호소하며 괴로워하는 사람들의 병입니다. 그런데 그 병의 정체는 착각입니다. 그들은 실은 대부분 잠을 자면서도 자기가 못 잤다고 믿고 있을 뿐입니다. 인간은 수면 없이는 살 수 없으니까요. 정말 필요할 때는 본인의 뜻이 어떻든 몸이 제멋대로 쉬게 되어 있습니다. 그리고 배변 역시 인간에게 필수 불가결한 요소인 이상, 시스템으로 치면 같은 이치입니다. 존, 당신은 어쩌면 매일 변을 보고 있을지도 모릅니다."

"……."

존이 진지한 표정으로 생각에 잠긴 이유는 지푸라기라도 잡고 싶은 심정이었기 때문일 것이다.

'그런 일이 과연 가능할까?'

"인간의 기억은 반드시 진실에 근거하지는 않습니다. 기억이란 각자의 머릿속에서 멋대로 증폭되거나 새로 만들어지기도 하는 것이죠. 예를 들면, 당신이 어떤 일로 오랜 세월 마음의 병을 앓는다고 가정해봅시다. 그래요……. 가령 당신이 옛날에 누군가와 싸우다 큰 상처를 입힌 일이 있다고 해봅시다."

존은 엉겁결에 고개를 번쩍 쳐들었다.

"그냥 가정해보는 얘기니까, 기분 나쁘게 생각하지 마세요. 상대는, 그래요……. 눈에서 피가 났다고 해보죠. 그건 당신에게도 충격이 큰 광경이었습니다. 그러면 그것은 심적 외상이 되고, 당신은 있지도 않은 망상을 품게 됩니다. 혹시 내가 그 사람을 실명시키지 않았을까……. 뭐, 그런 식이죠. 늘 그런 불안감에 시달리는 겁니다. 실은 눈두덩이 살짝 찢어진 정도인데 당신 혼자 '실명'과 연관시키고, 그런 망상 때문에 괴로워하는 거죠."

이 의사는 정말 내과 의사일까? 존은 눈앞에 있는 남자의 얼굴을 물끄러미 응시했다.

"혼자만의 착각은 누구에게나 있습니다. 당신 하복부가 갑갑한 원인이 변비입니까?"

"……글쎄, 알 수 없죠."

"정말로 잔변감이 있습니까?"

"……."

"변비는 개인차가 있기 마련이죠. 무슨 일이 있어도 하루 한 번은 변을 봐야 직성이 풀리는 사람이 있는가 하면, 사흘에 한 번만이라도 아무렇지 않은 사람도 있어요. 극단적인 예로는 일주일에 한 번만 봐도 괜찮은 사람도 있습니다. 별문제가 없는 한 변비라고 할 수 없습니다."

"닥터……."

"네?"

"곰곰이 생각해봤지만, 전 역시 구 일간 변을 못 본 게 맞습니다."

"알겠습니다. 그래도 상관없습니다. 어느 쪽이든 간에 장 속이 텅 비어 있을 순 없으니까요. 전 오늘 아침에도 화장실을 썼지만, 아직 얼마간 남아 있을 것이고 가스도 있습니다. 그건 절대 이상한 일이 아닙니다."

"……." 납득은 안 가지만 기분은 조금 편안해진 느낌이었다.

"어제 드린 변비약은 자극이 약한 편이니까 신경이 쓰이면 계속 드셔도 됩니다."

"저, 식사량 조절은……."

"조절할 필요 없습니다. 평소대로 드세요."

"정말 괜찮습니까?"

"관계없습니다." 의사가 자신 있게 말했다.

용기가 솟아났다.

좋아, 돌아가면 밥을 먹자.

"아 참." 존은 또 한 가지 중요한 일이 있었다.

"닥터, 그리고 이따금 호흡이 곤란해질 때가 있어요."

"언제부터죠?"

"보름 전부터였나? 실은 오늘 아침에도 그랬습니다."

"증상이 어떤가요?"

"의식적으로 트림을 하지 않으면 숨쉬기가 힘들어요. 무리하게 몸속의 가스를 내보내는 느낌인데……. 혹시 장에 쌓인 가스가 입으로 나오는 건 아닐까 하는 생각도 들었습니다만."

존은 실제로 트림을 해 보였다.

"심장이 빨리 뜁니까?"

"아니, 그런 것도 아닙니다. 맥박을 재보니 80 정도였으니까요."

"으흠, 당황할 정도의 맥박은 아니군요. 호흡곤란은 갑자기 나타납니까?"

"아닙니다."

"서서히 온다, 아니, 그렇다기보다 그런 기분이 들면

차츰 괴로워졌다가 얼마 후에는 사라지는 증상인가요?"

"맞아요, 바로 그겁니다." 존은 연신 고개를 끄덕거렸다.

"허흠."

의사가 청진기를 꺼내더니 존에게 티셔츠를 걷어올리라고 했다. 가슴 여기저기에 청진기를 대보고 손가락으로 두드렸다. 이어서 혈압을 측정하더니 진료카드에 수치를 써넣었다.

"이렇다 할 이상은 발견되지 않는군요. 혈압은 120에 89니까 아무 문제 없고요."

마음은 놓였지만, 한편으로는 왠지 미흡한 기분도 들었다.

"닥터, 그런데 왜 호흡곤란 증상이 생기는 거죠?"

그것이 당장 코앞에 닥친 존의 근심거리였다.

"공기를 지나치게 많이 들이마시는 사람이 있습니다. 당신의 경우도 거기에 해당할지 모릅니다."

"공기를 지나치게 많이 들이마신다?"

"흐흠, 영어로는 뭐라고 하는지……. 아무튼 일본어로는 '돈키쇼(呑気症)'라고 부릅니다만."

"DONKEY SHOW?"

161

그다지 떠들어댈 만한 병명은 아니로군, 존은 순간 엉뚱한 생각을 떠올렸다.

"자기 자신도 의식하지 못하는 사이에 공기를 듬뿍 들이마시는 겁니다. 오늘은 그 약도 처방해드리죠."

아직 잘은 모르지만 이 의사라면 신뢰할 수 있을 것 같았다. 실은 대변을 보고 있을지 모른다는 설은 도저히 수긍하기 어렵지만, 가능성이 제로라고 할 수는 없다. 신경성이라고 믿고 싶다! 진심으로.

"자, 존, 양손을 앞으로 내밀어보세요."

'엇?' 어제처럼 또 마사지를 하나 싶은 생각이 들자 마음이 살짝 설레었다.

"네에, 어깨 힘을 빼세요."

존은 시키는 대로 어깨의 긴장을 풀고 눈을 감았다.

손바닥의 경혈을 자극하는지, 마비되는 듯한 쾌감이 팔을 지나 온몸으로 서서히 퍼져 나갔다.

"크게 숨을 들이마시고……. 천천히 내쉬고……. 크게 들이마시고……."

어제와 똑같이 몸이 흔들리는 느낌이 들고, 머리가 부드럽게 뒤로 넘어갔다.

"내 목소리가 들립니까?"

간신히 고개를 끄덕였다. 긴장을 푸는 게 이렇게 기분 좋은 거로구나 하는 생각이 들었다. 자신과 소파가 하나로 동화된 느낌이었다.

존은 카운터에서 새 약을 받아들고, 몸조리 잘하라는 아테나의 다정한 인사를 음미하며 아네모네 병원을 나왔다. 그러나 문을 열고 눈앞에 낀 짙은 안개를 보는 순간, 온몸이 경직되었다.

어제와 마찬가지였다. 기억이 선명하게 되살아나며 존의 마음이 수런거렸다. 곧바로 주니어가 아침에 한 말이 뇌리를 스쳐 지났다. '다른 아저씨' 라고? 존은 짚이는 게 몇 가지 있어서 차분할 수 없었다. 이번에는 누굴까. 그 선원의 친구일까. 어릴 때 울린 '코 파기 대장 로빈' 일까. 아니면······.

존은 어제 생겼던 기묘한 일을 냉정하게 받아들였다. 그것은 신비체험이나 유령과 마주친 기묘한 흥분이 아니었고, 물론 공포도 아니었다. 굳이 비교를 한다면 거리에서 옛날의 자신과 똑같은 젊은이를 발견한 것 같은 가벼운 당혹스러움이었다. 과거와의 갑작스러운 대면. 현실과 비현실이 아슬아슬하게 교차하며 그 어느 쪽도 아닌 세계가 아주 짧은 순간 출현한다. 존은 어제의 체험이 실제 있었던 일이라 인정해도 괜찮다고 받아들이며, 타인에게는 물론 자기 자신에게도 요란을 떨 생각은 없었다.

그렇긴 하지만, 오늘도 똑같은 일이 생긴다면 그건 얘기가 다르다. 누가 왔는지 알고 싶은 마음은 굴뚝같았지만, 이틀 연속해서 호된 일을 당하는 건 너무 심하다는 생각이 들었다.

존이 문을 연 채 뒤를 돌아보며 아직 카운터에서 일을 보고 있는 아테나에게 말을 건넸다.

"아테나."

"네, 무슨 일이시죠?"

"부탁이 좀 있는데."

아테나가 사랑스럽게 고개를 갸웃거렸다.

"음, 이상하게 생각할지 모르지만, 저 앞 가로수 길까지 같이 가줄 수 있을까? 그러니까 그 뭐냐, 으-음, 그게……"

존은 막연히 아름다운 소녀라는 '현실'과 함께 가면 과거와 조우하는 일은 없을 것 같다는 생각이 들었다.

"숲이 무서우세요?"

아테나가 농담처럼 말하며 후후후 웃었다.

"하하, 정말 부끄럽군. 실은 그래. 안개라는 녀석이 도무지 익숙해지질 않아서 말이지."

아테나가 입가에 미소를 머금고 카운터에서 나와 현관까지 다가오더니 "어머, 안개가 정말 심하네요"라며 주위를 둘러보았다.

"괜찮아요."

"음, 미안하게 됐군."

"아뇨. 혼자 가셔도 괜찮다는 말이에요, 존."

아테나는 엄마 같은 의연한 말투로 존을 내보냈다.

안개는 살아 있는 생물체처럼 느릿느릿 물결쳤다. 입자들은 서로 부딪치며 부피를 늘렸고, 숲이 한숨이라도 내쉬는 것처럼 점점 더 팽창해갔다. 이미 나무들의 존재까지 괴이하게 보이기 시작했고, 문을 나와 20미터쯤 걸어가 돌아보니 아네모네 병원은 지붕 윤곽과 현관의 불빛만 희미하게 남아 있었다. 존은 기침을 한 번 하고 각오를 다지며 걸음을 내디뎠다. 예감 같았던 뭔가가 확신으로 변해갔다. 이제 곧 누군가에게 복수를 당할 것이다. 그래도 상관없다고 생각했다.

발밑에 주의를 기울이고 한편으로는 주위에 시선을 던

지며 걷고 있는데 정면에서 인기척이 느껴졌다. 뜻밖에 심장은 요동치지 않았다. 평정을 유지한다고 말하긴 어렵지만, 체념 같은 게 느껴졌다.

그 그림자는 여자인 것 같았다. 가까이 다가가자 초로의 부인이 서 있었다. 존이 시선을 집중하고 머뭇머뭇 얼굴을 보니 낯선 백인 부인이 당혹스러운 표정으로 서성거리고 있었다.

"저, 죄송합니다만……." 부인 쪽에서 먼저 말을 건넸다. "여기가 어딘가요?"

"네?"

"미안해요. 여기가 어딘지 모르겠어요."

존의 몸에서 스르르 힘이 빠져나갔다. 주니어가 말한 것은 '다른 아저씨'였고, 부인은 그저 길을 잃은 피서객인 것 같았다.

"안개가 너무 짙으니 그럴 만도 하시겠죠."

존은 겁먹은 듯한 부인을 위로하려고 신사적인 태도로 말했다.

"그러게 말이에요, 통 영문을 모르겠어요."

"그럼, 저랑 같이 가실까요?"

"어머, 고맙기도 해라. 날 데려다 주시는 건가요?"

지나친 부탁을 하는 부인이라는 생각이 들었다.

"바로 앞이 가로수 길이고, 그 앞에 니테 다리가 있습니다."

부인이 의아한 표정을 지었다.

"그게 뭐죠? 니테 다리라니?"

"아, 가루이자와에 처음 오셨나요?"

"아이고, 이를 어쩌. 내가 정말 어디에 와 있는 거야."

그렇게 말하더니 부인의 얼굴이 점점 더 어두워졌다.

"저어, 미세스, 당신은 어디서 오셨나요?"

"나요? 안 돼요, 말하고 싶지 않아요."

"왜요?"

"왜라니……."

존은 까닭을 알 수 없었다. 그사이에도 안개는 한층 짙어져서 존은 구름 속에 있는 것 같은 착각에 사로잡혔다.

"나도 이런 낯선 곳에 오고 싶지 않았어요. 그런데 누군가 날 불렀죠. 하는 수 없이 와보니……."

"미세스는 미국인입니까?"

"아니, 영국인이에요."

존은 그녀의 북부 억양을 듣고 침을 꿀꺽 삼켰다.

"혹시……. 리버풀인가요?"

"맞아요, 당신도?" 부인의 표정이 눈 깜짝할 사이에 부드러워졌다. "저, 혹시……. 당신이 날 불렀나요?"

존은 할 말을 잃었다. 어두웠던 기억의 스크린이 점점 밝아지고, 뿌옇게 흐렸던 초점이 일렁이며 이미지를 하나로 만들어갔다. 부인의 얼굴은 낯이 익었다.

"어머, 당신, 어디선가 본 것 같은데……."

부인도 같은 생각을 했는지 갑자기 눈동자를 반짝였다.

"으음, 잠깐, 잠깐. ……아하, 그래. 당신 존이지? 세상에, 이게 무슨 일이람!"

부인이 양손을 펼치며 도저히 믿을 수 없다는 표정으로 눈을 휘둥그레 떴다. 그러더니 얼굴 가득 미소를 머금고 어린애를 어르듯 존의 뺨을 가볍게 두드렸다.

"틀림없어, 존이야. 이게 대체 무슨 일이야, 존이 날 부르다니."

"……헬렌 어머니, 맞죠?"

존의 목소리가 갈라졌다.

"그래, 내가 헬렌 엄마야. 너무 기쁘구나, 날 기억해주다니."

이게 무슨 일인가, 대체 어떻게 된 일인가, 존은 어찌

할 바를 몰랐다. 하필이면 이런 곳에서 헬렌의 어머니와 마주치다니. 게다가 불렀다고? 잊을 수도 없는 우울한 그 기억. 손수 만든 스콘을 대접받고도 무례한 행동을 하며 자리를 박차고 나온 꺼림칙하고 불쾌한 소년 시절.

헬렌 어머니는 입을 떼지 못하는 존은 아랑곳 않고 계속 혼자서 떠들어댔다.

"너의 활약상은 줄곧 지켜봤단다. 그땐 정말 대단했지. 우리는 틈만 나면 네 얘기를 했어. 리버풀에서 탄생한 세계적인 스타잖니. 고향의 자랑이야. 관광객이 올 때마다 우리 고장이 그렇게 유명해진 건 존과 멤버들 덕분이라고 생각했지. 나도 우쭐했고. 물론 헬렌도 자랑이 대단했단다. 자기가 존의 여자친구였다고 떠벌였지, 거짓말쟁이 같으니. 잠깐 같이 차 마신 것뿐인데 말이야, 후후후. 아 참, 헬렌은 벌써 애가 셋이나 딸린 엄마야. 지금은 만나도 못 알아볼 거다. 나처럼 완전 뚱보가 됐으니까. 호호호호. 아 참, 그건 그렇고 날 왜 불렀을까?"

우쭐했다니? 날 못된 녀석이라고 생각하지 않았다는 건가?

"존?"

"네."

"너도 이젠 아저씨가 됐구나, 후후후."

"아 네, 하하하. 서른여덟이나 먹었으니까요."

"그래, 일본 여성과 재혼한 것까진 알고 있어."

"아이가 있어요. 사내아이인데 저랑 생일이 같고 올가을에 네 살이 되죠."

"그래, 아주 기쁜 소식이야. 너도 이젠 안정을 찾았구나."

"아주머니."

"응?"

"조금 전에 우쭐했다고 말씀하셨는데, 그게 사실인가요?"

"그럼, 당연하지. 왜 그런 걸 묻지?"

"아니, 제가 아주머니에게 꽤 심한 말을 한 일이 있어서……."

"호호, 기억하다마다."

"역시 기억하시는군요." 존은 가슴이 옥죄는 느낌이 들었다.

"그걸 어떻게 잊겠니. 헬렌이랑 너랑 함께 차 마실 때 일이지? 존 네가 굳은 표정으로 말했잖니. '아줌마, 이거 말고 좀 먹을 만한 마멀레이드는 없나요?'"

헬렌 어머니가 당시 존의 목소리를 흉내 내며 말하더니 웃었다.

"그렇지만 난 너의 가정환경이 복잡하다는 걸 알고 있었으니까 신경 쓰지 않았어. 그보다 네가 유명해진 게 훨씬 기뻤단다. 난 지금도 그곳에서 존에게 스콘을 대접한 일이 있다고 자랑하는걸."

"그곳?"

"으음, 그래."

"아주머니…… 죽었어요?"

"그렇게 말하면 안 되지. 신의 부름을 받았다고 해야지."

헬렌 어머니가 연극을 하듯 부루퉁한 표정을 지어 보였다.

"……죄송해요."

"아냐, 자기 수명이니 어쩔 수 없지."

"그건 그렇고……. 저어, 그 마멀레이드 일 말입니다. 그땐 제가 안절부절못하던 시기라 어떻게 됐던 모양이에요."

"어머나, 그걸 지금까지 마음에 두고 있었던 거니? 알았다, 존, 나도 잊어버릴 테니 그 말은 더 이상 하지 말기로 하자.”

“고맙습니다.”

“혹시…… 네 용건이 그거였니?”

“……아마 그럴 겁니다.”

“세상에, 친절하기도 해라.”

헬렌 어머니는 그렇게 말하더니 다시 한 번 양손으로 존의 볼을 어루만졌다.

“돌아가면 또 자랑해야겠는걸.”

“저, 아주머니.”

“응?”

“모두 그곳에 계시나요?”

“그렇지. 이웃 사람들은 다 있어. 아 참, 교감 선생님도 계신단다. 얼마 전에 부름을 받으셨거든.”

“그럼, 대신 사과 좀 해주시겠어요?”

“뭘?”

“그냥 이런저런 거 다. 너무 많아서 구체적으로 말하기 힘들어요.”

“후훗, 그렇겠지. 전해드릴게.”

“고맙습니다.”

“천만에. 아, 그건 그렇고, 여긴 어디지?”

"일본의 피서지예요. 처갓집 별장이 있어서요. 여름은 이곳에서 보내고 있어요. 아주 좋은 곳입니다."

"그렇구나. 행복해 보여서 다행이다. 그럼 난 이만 가도 되겠지?"

"네, 아마도요."

"자, 그럼, 건강 조심해야 한다."

존은 '네, 아주머니도요'라고 말하려다 그건 좀 이상한 것 같아 그만두었다.

그때 헬렌의 어머니 뒤로 휙 하고 검은 그림자가 지나갔다.

존은 반사적으로 몸을 움츠렸다. 검은 그림자가 안개 속에서 바람을 가르듯 달려가는 모습이 보였다.

"어머, 누가 또 있었나?"

"글쎄, 잘 모르겠어요……."

"그래, 아무튼 잘 있으렴."

"아, 네. 안녕히 가세요."

헬렌 어머니가 미소를 머금은 채 뒷걸음질을 하자, 은빛 입자가 춤추는 어스름이 그녀를 휘감았고, 커피에 우유가 녹아들듯 부드럽게 숲 속으로 서서히 사라졌다.

존은 헬렌 어머니의 여운에 잠겨들 틈도 없이 조금씩

걷혀가는 안개를 바라보며 꼼짝 못하고 서 있었다. 남자의 그림자야말로 낯익은 모습이었다.

저 사람은 혹시 브라이언인가?

5

　집으로 돌아와 슬리퍼를 벗고 툇마루로 올라서자, 안
방에 낯선 장식선반이 놓여 있었다. 평소에는 거의 닫혀
있는 불단이 앞으로 확장되어 있었고, 거기에 깔아놓은
돗자리 위에 수박과 복숭아 같은 제물들이 늘어서 있었
다. 네 모퉁이에는 가느다란 대나무가 서 있고, 각각의
대나무 사이에는 다리처럼 짚이 묶여 있었다. 대낮부터
불을 켜둔 촛대가 옻칠을 한 불단을 아름답게 비추고 있
었다. 그 불단은 존이 아주 좋아하는 동양의 이국정취가
흘러넘쳐서 한동안 넋을 잃고 바라보았다.

　"다오 씨, 뭐 해요?"

　존이 부엌을 들여다보자, 다오 씨가 식탁 위에 가지와
오이를 늘어놓고 뭔가를 열심히 만들고 있었다. 옆에는

짚도 흩어져 있었다. 다오 씨가 부엌칼을 손에 들고 심각한 표정으로 몰두하는 걸 보니 무슨 주술 의식 같아서 존은 약간 섬뜩했다.

"어머, 사장님, 다녀오셨어요. 점심은 조금만 기다려 주세요."

"뭐 하냐니까?"

"아 네, 평상시처럼 냉국수죠, 뭐. 다른 거 만들어드려요?"

"냉국수? 아니, 그게 아니라, 이게 뭐냐고."

"네? 아하, 이거요. 이건 말이죠, 사장님. '무카에우마'라는 거예요, 저세상에서 조상님 영혼이 오실 때 타고 오시라고 이맘때쯤 만들죠."

"흐음, 무카에우마라……. 전에 책에서 읽었는데 일본에는 짚 인형으로 하는 저주 의식도 있다면서? 그거랑은 다른가? 혹시 다오 씨가 미워하는 사람이 있어서 거기다 바늘을 찔러대는 거 아냐, 하하하."

"네? 그게 무슨 뜻이죠?"

"아냐, 아무것도 아니야."

존이 능청을 떨며 목을 움츠렸다.

"사장님, 방금 짚 인형이라고 하셨죠? 그런 불길한 말을 하면 못써요. 하여간 농담을 너무 좋아하신다니까."

"농담?"

"그래요, 농담. 영어로 뭐라더라, 조크라고 하던가?"

다오 씨가 혼잣말처럼 중얼거렸다.

게이코가 보기에 존과 다오 씨의 대화는 인류 7대 불가사의에 들어갈 정도였다. 존은 영어로 말하고, 다오 씨는 일본어로 대답하는데, 신기하게도 대략 뜻이 통했다. 둘 다 히어링이 조금 가능한 정도라서 기적에 가깝다고 할 수 있다. 한번은 다오 씨가 부엌에서 "이런, 된장이 다 떨어져가네"라고 혼자 중얼거렸는데, 그 자리에 있던 존이 산책을 나간 길에 사다 준 일도 있었다. 그 상황을 지켜본 게이코는 "당신 이제 혼잣말까지 알아들어?"라며 신기해했다.

"다오 씨, 안방의 불단 장식은 뭐지?" 존이 손가락으로 안방을 가리켰다.

"그건 '쇼료다나'*라는 거예요. 조상님들의 영혼을 맞이하기 위해 준비해둔 거죠. 이 '무카에우마'도 저 상에 장식할 거예요."

---

*精霊棚, 우란분에 조상의 영혼을 맞이하기 위하여 마련하는 선반. 위패를 안치하고, 계절의 야채·과일 등을 차려놓음.

"흐음. ……그런데 주니어는?"

"거실에서 텔레비전 봐요. 만화영화 볼 때는 아무 소리도 안 들리는 모양이에요. 아빠가 오셨는데 인사 한마디 없고."

"조용하고 좋은데, 뭐. 으음, 이건 짚인가?"

"이거요? 아, 이건 줄풀이라고 하는데 벼하고 비슷한 거예요. 가을에 물가에서 옅은 녹색 꽃을 피우는데, 그 꽃이 얼마나 아름다운지 몰라요."

"이걸로 말을 만드나?"

"그렇죠. 줄풀로 말을 만드는 건 제가 태어난 메구로의 히몬야 지역 풍습이고, 가지와 오이로 말을 만드는 건 제가 시집간 고장인 가스미초 풍습이에요. 이상하죠? 같은 도쿄에서, 그것도 자전거로 갈 수 있는 거리밖에 안 되는데 오봉과 새해 맞는 풍습이 달라요."

"흐음."

"이 댁은 어떻게 하시는지 모르지만, 사모님이 저한테 맡긴다고 하시네요. 두 개 다 만들어두면 조상님이 원하는 걸 골라 타고 오실 것 같아서 다 만드는 거예요."

"다오 씨, 결혼했던가?"

"네, 그럼요. 스무 살 때 큰 저택으로 시집을 갔지요."

다오 씨는 얘기를 하면서 부엌칼로 정성스레 가지를 조각했다.

"다오 씨, 손재주가 꽤 좋은데?"

"안 돼요, 사장님. 옛날 일은 묻지 마세요."

"아무것도 안 물었는데……."

"어머나, 사장님, 얼굴색이 아주 좋아지셨네요. 어때요, 이번 의사 선생님은? 변비는 이제 나으셨어요?"

작업을 일단락지은 다오 씨가 존을 바라보며 말했다.

"변비? 그건 아직. 그렇지만 아네모네 병원은 좋은 곳 같아."

"잘됐네요, 사장님. 표정이 아주 개운해 보여요. 무슨 좋은 일이라도 있었어요?"

"좋은 일? 흠, 그렇지, 있었을지도 모르지."

"그것 참 다행이네요."

"저어, 다오 씨."

"네?"

"오봉은 죽은 사람이 찾아오는 기간이랬지? 그럼 상대가 알아서 오는 건가, 아니면 이쪽에서 불러서 오나, 어느 쪽이지?"

존이 손짓 발짓을 섞어가며 물었다.

"그냥 오느냐, 불러서 오느냐는 뜻이죠? 글쎄요, 어느 쪽일까요⋯⋯. 모르긴 해도 부르니까 오지 않겠어요? 아무리 뻔뻔한 사람이라도 부르지도 않았는데 오진 않잖아요."

"그것도 일리가 있군."

존은 오늘 만난 헬렌 어머니를 떠올렸다. 헬렌의 어머니는 분명 누군가가 불러서 왔다고 말했다. 물론 존이 부른 기억은 없지만, 볼일이 전혀 없었던 것도 아니다. 만나길 잘했다는 생각이 들었다. 어제 만난 선원은 어땠을까? 그는 분명 일방적으로 들이닥친 분위기였다. 그러나 그 일도, 호된 일을 당하긴 했지만, 진심으로 만나길 잘했다고 생각했다. 다음은 이따금 꿈에 나타나 존의 양심에 그늘을 드리우는 브라이언이다. 오늘 언뜻 본 사람은 틀림없이 재치 있고 수완 좋았던 옛날 매니저, 브라이언이었다.

혹시 지금 나에게 무슨 영감이라도 있어서 잠재적인 트라우마가 영혼들을 불러내는 걸까.

덧붙이자면, 웃는 다리도 마음에 걸린다. 오늘도 돌아오는 길에 다리가 웃었다. 숲에서 생긴 일이 너무 강렬해서 그 정도는 문제 삼고 싶지도 않지만, 이치에 안 맞는 일투성이였다.

"대디, 왔어?"

텔레비전을 다 본 주니어가 다가와 존의 무릎에 올라 탔다. 곧바로 다오 씨의 공작에 흥미를 드러내며 가지로 만든 말에 손을 뻗으려 했다.

"주니어, '왔어' 라고 하면 안 되겠지?"

"그렇죠, '다녀오셨어요' 라고 해야죠"라고 다오 씨가 말했다.

"다녀오셨어요?" 주니어는 가지 말에 정신이 팔려 건성으로 대답했다.

"자, 그럼 슬슬 점심 준비를 해볼까."

다오 씨가 자리에서 일어서더니 작업복 소매를 걷어 올리며 개수대로 향했다.

"주니어." 존이 작은 목소리로 주니어에게 말을 건넸다. "어제 '다른 아저씨' 가 왔다고 했지?"

"응, 왔어."

"그 '다른 아저씨' 라는 사람이 어떻게 생겼는지 기억 나니?"

"응, 기억나."

"머리는 그 뭐냐, 포마드를 발라서 7대3으로 가르마를 탔니?”

“포마드가 뭐야?”

“아냐, 그건 됐고. 흠…… 그럼, 하얗고 포동포동하지 않던?”

“포동포동?”

“조금 살이 찐 거 말이야.”

“으응, 모르겠어.”

“허어, 그래. 그럼…… 혹시 큐피(Kewpie)랑 닮지 않았니?”

“맞아, 닮았어.”

주니어는 큐피라는 예가 우스웠는지 깔깔거리며 큰 소리로 웃어댔다.

존은 확신했다. 역시 브라이언이 찾아온 것이다.

점심은 평소와 마찬가지로 냉국수였는데 메추리알을 넣은 장국에 말아 먹었다. 식사 후 다오 씨에게 주니어를 맡기고 오랜만에 기타를 꺼내 툇마루 흔들의자에 몸을 눕히고 퉁겨보았다. 팔걸이가 있고 의자까지 흔들려서 기타 치기가 쉽지 않았지만, 고원의 공기를 뒤흔드는 기타 음색은 메마른 아름다움이 있었고, 코드를 누를 때마다 티딩티딩 줄 스치는 소리까지도 기분 좋게 울려 퍼졌다.

꽤 오랫동안 곡을 쓰지 않았다는 생각이 들었다. 마지막으로 앨범을 낸 것이 1975년인데, 그때 작품은 옛날 소년 시절에 동경했던 로큰롤 가수들의 곡을 수록한 앨범이었으니까, 자작곡은…… 그렇다, 74년부터 쓰지 않았다는 말이다. 그럭저럭 5년째였다. 존은 이제 더는 곡을 못 쓰는 게 아닐까 하는 가벼운 체념이 있었다. 그것은 대부분의 음악가들이 안고 있는 압박이나 공포와는 달랐다. 예전에는 레코드 회사와 계약이 되어 있어서 지속적인 창작이 요구되었지만, 지금은 재촉하는 일도 없으니 편안하다. 아마도 자신은 이미 큰일을 하나 끝마쳤다는 기분이 들지도 모른다. 더 이상 자신을 증명할 필요가 없다. 이대로 시들어버린다 해도 딱히 미련이 남을 일도 없었다.

존에게는 곡을 만드는 일이 밥을 먹는 일이나 마찬가지였다. 만들기로 작정하면 고심한 적이 한 번도 없었다. 이렇게 기타를 품에 안고 떠오르는 대로 멜로디를 연주하면, 곡 전체가 한 번에 들려오며 아름다운 입상처럼 우뚝 솟아 보였던 것이다. 남은 것은 세부를 손보는 정도에서 끝났다. 희대의 멜로디 메이커 씨는 곡을 쓸 때, 꿈속에서 돌연 하늘의 계시 같은 일련의 멜로디가 들려와서 허겁지겁 그것을 악보에 적었다고 하는데, 존 역시 보기 드문 송라이터였다. 욕조에 몸을 담그고 되는 대로 노래를 흥얼거리면 3분 뒤에는 인상적인 후렴구까지 붙은 제대로 된 완성품으로 마무리되었던 것이다. 그렇게 만든 곡이 각국에서 인기차트 1위가 되다 보니 스스로도 재능이란 이런 것인가 하는 생각이 들었다.

존은 상당히 일찍부터 자신을 천재라고 의식하고, 객관시하는 경향이 있었다. 예를 들면 클래식 음악에는 별 흥미가 없었지만, 모차르트 같은 이들의 천재적 행위에는 경의를 표했고, 그들의 평전에 깊이 빠져들기도 했다. 그들이 몇 살 때 무엇을 했나 하는 연보를 자신과 비교해 가며 흥미 깊게 체크했다. 그 결과 존이 다다른 생각은 천재는 평생 천재는 아니라는 결론이었다. 수맥을 찾아 내면 물이 솟구쳐 나오지만, 그것이 무한하지는 않다. 언젠가는 고갈된다. 음식물에 유통기한이 있는 것처럼 천재에게도 '천재기한'이라는 게 있는 것이다. 음악계의 천재들은 대부분 서른다섯 살 무렵에 비극적인 최후를 맞거나 남은 인생을 목각인형처럼 멍하니 살아간다. 존에게도 슬슬 기한이 다가오고 있을지도 모른다.

　시험 삼아 적당히 코드를 퉁기며 애드리브로 가사를 붙여보았다.

　　가루이자와 숲에서 어디로 가야 하나 사색에 잠겼는데

　　빨간 머리 뱃사람이 나타나 말했네

　　존, 안으로 들어가게 속죄하게 해주지

　　난 망설였네, 숲 저편은 너무도 어두웠으니까

　　그러자 한 부인이 나타나 부드럽게 내 뺨에 키스했네

　　존, 안 가도 괜찮아 고민할 건 아무것도 없어요

　　난 생각했네, 갓난아기로 돌아갈 수 있다면 얼마나 좋을까

　　착한 아이가 되면 나을까?

　　엉엉 소리 내 울면 용서해줄까?

　　난 이제 감당할 수 없는 기억에 빠져버릴 것 같아

　형편없다. 말도 안 된다. 흡사 60년대풍이다. 운조차 안 맞지 않는가.

　존은 기분이 상해서 기타를 케이스에 넣어버리고, 선풍기를 옆구리로 당겨놓고 흔들의자에 앉아 눈을 감았다. 한여름의 오수(午睡)는 눈을 발갛게 물들이고, 귓가에

는 소나기 같은 매미 울음소리가 쏟아져 내렸다. 평소와 마찬가지로 지붕도 타닥타닥 소리를 내기 시작했다. 아랫배는 여전히 무거웠지만 변의가 없으니 어찌해볼 도리가 없었다. 낫지 않으면 어쩌나 하는 불길한 예감이 스치며 기분이 암담해졌다. 병을 떠올리면 곧바로 정서가 불안정해졌다.

그렇게 잠깐 꾸벅꾸벅 졸고 있는데, 갑자기 매미 소리가 뚝 멈춘 것 같은 느낌이 들었다. 눈꺼풀 속이 검게 흐려지더니 피부 여기저기가 따끔따끔 마비되는 것 같은 감각이 훑고 지나갔다. 그것은 틀림없는 악몽의 징후였다.

큰일이라는 생각이 들자마자 무지막지한 중력이 온몸을 짓눌러 손가락 하나 까딱할 수 없었다. 꼼짝 못하게 해놓고 서서히 요리하듯 손가락 끝에서 안면까지 어떤 힘이 휘감겨 들어왔다. 귀에서 몇 센티미터밖에 떨어지지 않은 곳에서 텔레비전의 화이트 노이즈 같은 불협화음이 엄청난 음량으로 고막을 찢을 듯 울려 퍼졌다. 어떻게든 몸을 움직여보려 하자, 이번에는 중력이 언밸런스하게 내리눌렀다. 눈에 보이지 않는 추가 어깨부터 옆구리를 날카롭게 찔러댔다. 국부적인 만큼 공포심을 더욱 부채질했다. 그리고 상대적으로 가벼워진 하반신이 의자에서 벗어나 좌우로 흔들리는 것 같은 착각에 휩싸였다. 별안간 쿵 하는 소리가 들리고, 또 다른 힘이 등을 와락 잡아챘다. 의자 등받이가 떨어져나간 것 같은 착각 속에서 존의 몸은 끝도 없이 낙하해갔다.

블랙풀의 아이언 타워가 그토록 높게 느껴진 것은 존이 다섯 살 꼬마였기 때문이다. 검은 철탑은 해변의 휴양지를 곁눈으로 내려다보듯 우뚝 솟아 있었고, 마치 바다에서 막 상륙한 공룡처럼 보였다. 맨 처음 그곳에 도착해 땅거미 내린 어스름 속에서 아이언 타워를 본 순간, 겁이 많은 존은 눈물이 쏟아질 것 같은 마음을 애써 억누르며 아빠의 손을 힘껏 움켜잡았다. 존은 그곳에 올라가는 데도 용기가 필요했다. 사실은 무서웠지만, 아들의 기뻐하는 표정을 볼 거라 확신하고 데려간 아빠에게 속마음을 감추고, 고개를 끄덕였던 것이다. 존은 아빠를 실망시키고 싶지 않았다.

엘리베이터의 주름 철문이 차가운 기계음을 내며 닫히고, 으르렁거리는 모터 소리가 좁은 공간에 소용돌이쳤다. 보이는 건 어른들 발뿐이었다. 몸속의 모든 것들이 순식간에 발밑으로 떨어져버리는 것 같은 묘한 중력과 어렴풋한 호흡곤란을 느끼며 존은 점점 더 불안해졌다. 천장의 형광등이 승객들의 얼굴을 푸르께하게 비추고, 모두 숨을 멈추고 있는 것처럼 보였다. 한동안의 침묵이 지나고, 요란한 진동과 함께 엘리베이터가 멈췄다. 주름 문이 열리고 팽팽하게 긴장되었던 공기가 부드러워졌다. 어른들의 발이 이리저리 흩어지고, 그 틈새로 눈부신 햇살이 스며들었다. 불안한 마음으로 올려다보니 미소를 머금은 아빠 얼굴이 보여서 존은 그제야 어깨에서 힘이 빠졌다.

눈앞에는 하늘이 펼쳐져 있었다. 익숙한 아이리시해의 구름 낀 하늘이었지만, 평상시보다 훨씬 청명해 보였다. 존의 마음속에서 긴장의 사슬이 한꺼번에 풀리고 달콤한 감정이 목구멍까지 솟구쳐올랐다. 두세 걸음 앞으로 내딛자, 더 이상 걸을 수 없어서 존은 아빠의 손을 뿌리치고 전망대 유리창까지 정신없이 달려갔다.

처음으로 내려다본 바다는 압도적인 볼륨감으로 존의 마음속에 파고들었다. 희미한 햇살에 반짝이는 바다는 한 벌뿐인 엄마의 나들이옷에 붙은 스팽글처럼 아름다웠고, 완만한 잔물결은 부드럽게 미소 띤 이모의 얼굴에 드러난 하얀 이 같았다. 이따금 가느다란 구름이 비껴나 태양빛이 찌를 듯 바다 위에 쏟아지면, 그 부분만 쪽빛으로 환하게 떠오르며 보물이라도 묻힌 것처럼 반짝거렸다.

두근거리는 마음으로 아빠를 쳐다보자, 아빠는 활짝 웃으며 존의 눈높이까지 몸을 숙이고 손잡이에 턱을 올린 채 나란히 바다를 바라보았다. 두 사람은 그렇게 말없이 바다를 바라보았다.

존은 그때 처음으로 세상을 본 것 같은 기분이 들었다.

눈 아래 펼쳐진 바다는 존이 지금껏 본 그 어떤 풍경보다 마음을 편안하게 해주었다.

갑자기 찾아온 아빠는 존에게는 하늘에서 난데없이 나타난 용사 같았다. 믿음직스러운 팔과 떡 벌어진 어깨는 존을 가뿐히 들쳐 안았고, 두툼한 팔에서는 바닷바람 냄새가 났다. 들려주는 얘기마다 존의 호기심을 자극했고, 웃는 얼굴은 겨울밤의 담요처럼 포근했다. 존은 그 존재에 금세 빠져들었다. 존은 다섯 살이 될 때까지 아빠를 상상해본 적조차 없었다. 너무 좋아하는 이모부가 있었지만, 숙명적으로 핏줄을 실감하게 하는 부성이라는 게 이 세상에 있다는 걸 몰랐다.

존은 고아원에서 자란 뱃사람인 아빠가 스물일곱 살 때, 유복한 가정에서 자란 엄마가 스물여섯 살이었을 때 태어난 장남이었다. 주위의 맹렬한 반대를 무릅쓰고, 반은 장난 같았던 긴 연애 끝에 생긴 아이였다. 아빠는 존이 기억할 수 없는 한 살 반 때 가정과 일을 버리고 행방을 감췄고, 쾌활하고 자유분방한 엄마는 금세 다른 남자를 찾아 둘만의 동거 생활을 시작했다. 엄마는 1940년대에 그 지역에서는 유일하게 바지를 입고 거리를 활보하는 화려한 여자였다.

아이가 없었던 이모 부부에게 존은 굴러들어온 복되고 경사스러운 선물이었다. 이모 부부는 존을 친자식처럼 받아들였고, 곧바로 사랑스러운 아기에게 푹 빠져버렸다. 이모부는 일이 끝나고 돌아오자마자 존을 목욕시키고 싶어했고, 이모가 이미 시켰다고 해도 말을 듣지 않았다. 이모는 존에게 그림책을 읽어주는 걸 자신의 일과로 정해놓았기 때문에 이모부가 침범해 들어오면 어른답지 않게 정색을 하며 화를 냈다. 존은 두 사람의 사랑을 듬뿍 받으며 무엇 하나 부족함 없이 커갔다. 굳이 곤란한 점을 찾아낸다면 이모의 예의범절 교육이 엄격하다는 정도였다. 그러나 그 대신 이모부는 너무나 다정다감했다.

이모에게 야단을 맞고 울고 있으면, 이모부가 "2층에 가서 베개 밑을 보렴"이라고 귓속말을 속삭였고, 올라가 보면 늘 비스킷이나 사탕이 숨겨져 있었다.

엄마는 가까이 살았고 마음이 내키면 불쑥 이모 집으로 찾아와 존을 귀여워했다. 아니, 그렇다기보다 오히려 존에게 애정을 갈구했다. 그것이 세간에서 볼 때는 어떤 건지 존은 알 수 없었지만, 엄마는 다 그런 거라고 생각했다. 어쩌다가 나타나는 엄마는 늘 짙은 화장을 하고 있었다. 존의 뺨에 입술 자국을 내고 기뻐하는 건 난처했지만, 꼭 껴안아주는 건 싫지 않았다. 그리고 선물은 매번 '에든버러 록'이라는 사탕을 사들고 왔다. 딱딱하지만 아주 달아서 존은 그 사탕이 좋아졌다. 어린아이가 자신의 환경이나 행복을 의심하는 일은 없다. 존은 그렇게 평범한 하루하루를 보내고 있었다.

그런데 불쑥 아빠가 돌아온 것이다.

아빠는 번쩍거리는 오메가 시계를 차고, 현금으로 두둑한 주머니를 과시하며 나타났다. "난 성공했어"라며 아빠는 자신만만하게 가슴을 폈고, 테이블 위에 돈다발을 던지고 "이걸로 원하는 걸 사라"며 큰 부자처럼 행동했다. 군대에서 방출된 양말을 대량으로 팔아 한몫을 잡

앗다며 묻지도 않은 성공담을 늘어놓았다. 그리고 일방적으로 자기의 꿈을 떠들어댔다. "이 돈으로 리버풀을 벗어나자, 바다 저 너머에서 새로운 생활을 시작하자"라며 자기 계획에 황홀해져 눈을 가늘게 떴다.

엄마는 아빠가 전쟁의 혼잡을 틈타 암거래로 벌어들인 돈에 흥미를 드러내지 않았다. 엄마의 마음은 이미 아빠를 떠나 있었고, 동거 상대와의 생활도 있었다. 엄마는 다시 시작하자는 아빠의 제안에 냉담했다. 하물며 뉴질랜드로 이주하자는 계획에 동의할 리가 없었다. 엄마는 더 이상 당신을 사랑하지 않는다고 솔직하게 말했다. 애당초 엄마의 결혼은 엄격한 부모님에 대한 반항 같은 면도 있었다.

그러자 아빠는 아들과의 대면을 요구했다. 엄마가 이모에게 양육을 맡겼다는 점을 추궁하며 그럴 바에는 자기가 데려가 키우겠다는 말을 꺼냈다.

엄마는 무척이나 망설였지만 하는 수 없이 존과 아빠를 만나게 해주었다. 무슨 내막이 있었는지 존으로선 알까닭이 없었다. 그러나 존은 어느 틈에 아빠와 휴가를 함께 보내게 되었고, 아빠와 둘이서 블랙풀행 열차에 올라탔다.

블랙풀은 영국 북부에 있는 오래된 휴양지였다.

존과 아빠는 열차 안에서 금세 허물없이 친해졌다. 무엇보다 이야기가 재미있었다. 아빠가 들려주는 얘기는 이모가 해주는 판타지와는 달라서 번화가의 뒷골목 같은 열기로 가득했다. 외국에서 겪은 활극 같은 모험담은 존의 피를 끓어오르게 했고, 생생한 묘사는 존의 상상력을 자극시켰다. 존이 '사내'를 의식한 것은 그때가 처음이었을지도 모른다. 어깨를 감싸 안은 아빠의 손은 바위처럼 울툭불툭했지만, 용감하고 믿음직스러웠다.

"존, 배다."

아빠가 말했다. 앞바다에서 화물선이 서서히 지나가고 있었다. 아이언 타워 전망대에서 보는 배는 함석 장난감 같았다.

"우와, 진짜 배다!"

"아빠도 옛날엔 배를 탔단다."

"정말?"

"그럼, 정말이고말고. 군인들을 실어다 줬지. 리버풀과 사우샘프턴 사이를 오가는 군대 수송선이라는 배를 탔거든. 아빠는 스튜어드였어. 이래 봬도 승무원 반장이었지."

"으응."

"이런 얘긴 좀 어렵나?"

"아니. 지금도 그 일 해?"

"아냐, 지금은 휴가야. 그렇지만 다시 할 거야. 지금은 돈이 많으니까 일할 필요가 없어."

"으응."

"존, 배 타보고 싶니?"

"응!"

"그럼 아빠랑 같이 배 타고 외국으로 갈까?"

"응, 좋아."

"정말이지? 좋았어, 그럼 뉴질랜드로 가자. 아빠랑 같이 가는 거야. 아주 좋은 곳이란다. 바다와 하늘이 아름답지. 영국 바다를 보고 이게 바다라고 생각하면 안 돼. 진정한 바다는 훨씬 푸르고 투명하단다. 배에서 내려다보면 물고기가 헤엄치는 모습까지 보이지. 그리고 기후도 좋아. 맑은 날이 훨씬 많단다. 우산 같은 건 필요도 없을 정도야. 지금 뉴질랜드는 전쟁이 막 끝나서 경기도 좋아. 일거리는 얼마든지 널려 있어."

"으응."

"거기서 아빠랑 사는 거야. 갈래?"

"응. 갈래."

"그래, 착한 아이로구나. 아빠가 좋니?"

"응, 좋아."

아빠는 존의 머리를 흩트리며 장난치듯 난폭하게 어루만졌다.

"으음…… 근데, 아빠. 이모랑 이모부는?"

"안 되지. 이모네 집은 리버풀이잖아."

"엄마는?"

"엄마는 싫대. 아빠가 같이 가자고 했는데 엄마는 안 간다고 했어."

"으응…….”

"아무렴 어때. 어차피 엄마한테는 다른 남자가 있잖아. 존, 아빠랑 함께 살면 외롭지 않겠지?"

"응."

"좋아, 결정했다."

아빠는 존을 끌어안고 뺨을 비볐다. 수염이 따가웠지만, 보호받는 기분이 들어서 마음이 든든했다.

블랙풀은 밤이 되면 2마일에 걸친 거리에 장식등이 반짝이는데 그 색채는 동화 속 나라의 아름다운 축제 같았다. 존은 아빠가 빌린 코티지에서 저녁식사로 피시 앤드

칩을 먹은 후, 밤마다 밖에 데리고 나가달라고 아빠를 졸라댔다. 카페 처마가 줄지어 선 번화가를 걸어가다 보면, 여기저기서 입맛을 당기는 냄새가 풍겨와 방금 먹고 나왔는데도 침이 꿀꺽꿀꺽 넘어갔다. 눈빛으로 호소하면 아빠는 망설임 없이 매점에서 말린 과일이 듬뿍 들어간 민스파이를 사서 존의 손에 쥐여주었다. 노점상 앞에 멈춰 서 있으면 "먹고 싶니?"라며 솜사탕을 사주었다. 자신의 요구가 너무 쉽게 이뤄져서 크리스마스라도 된 것 같은 기분이었다. 아빠는 가끔 자전거를 구해와서 존을 태우고 밤거리를 달렸다. 존은 자전거 핸들에 엉덩이를 걸치고 바구니에 발을 집어넣고 온몸으로 밤바람을 맞는 게 너무 좋았다. 벨을 울리면 사람들이 피해주는 것도 신이 났다. 그게 재미있어서 아빠에게 자꾸 벨을 울리라고 졸랐다.

존은 그곳에서 난생처음 서커스를 봤다. 천막 속에서 아라비아 의상을 입은 여자를 태운 코끼리가 영화 스크린처럼 지나갔다. 머리에 터번을 쓴 덩치 큰 남자는 늑대처럼 울부짖더니 불꽃을 번쩍이며 불길을 뿜어냈다. 깜짝 놀라 아빠에게 달려들면 아빠는 유쾌하게 웃으며 존의 뺨을 어루만져주었다. 공중그네는 아빠 무릎 위에서 봤다. 존은 허공에서 자유롭게 춤추며 날아다니는 곡예사들을 보며 입을 다물지 못했다. 세상은 어쩌면 즐거운 곳일지도 모른다고 존은 생각했다.

매일 트럼을 타고 바다로 나갔다. 영국의 유일한 노면 전차인 트럼은 거리의 향기를 가득 품고 덜거덕거리며 힘차게 내달렸다. 해수욕을 하기엔 추운 날씨라 존은 해변에서 모래성을 만들며 왕자가 된 기분에 젖어들었다. 한번은 존이 푸딩처럼 생긴 덩어리를 발견하고 건드리려 하자, 젤리피시라 찔리면 죽는다고 아빠가 호들갑스럽게 겁을 줬다. 아빠는 모르는 게 없다는 생각이 들었다.

존은 그런 아빠와 함께 꿈같은 하루하루를 일주일쯤 보냈다. 그리고 매일 그랬으면 좋겠다는 생각을 할 즈음, 난폭하게 문을 열어젖히며 엄마가 들이닥쳤다.

엄마는 초조함이 가득한 얼굴로 "얼마나 찾아다녔는지 알아"라고 낮은 목소리로 말했다. 지금껏 한 번도 들어본 적 없는 무거운 울림이었다. 깜짝 놀라 아빠의 얼굴을 쳐다보자, 아빠는 싸늘한 미소를 지으며 "아, 그래"라고 짤막하게 대답했다.

"약속이랑 다르잖아!" 엄마가 아빠에게 따지고 들었다. "월요일 오후에는 존을 데려다 주겠다고 했지. 오늘이 무슨 요일인지 알기나 해? 금요일이라고. 당신은 매번 이런 식이야. 되는 대로 지껄여대고 약속은 단 한 번도 안 지켜. 게다가 이건 또 뭐야. 역 앞 호텔에 묵는다고 해놓고 왜 이런 곳에 있지?"

"연락했잖아. 호텔에 빈방이 없다고."

아빠는 여유로운 태도로 침대에 내려앉으며 말했다.

"적당히 둘러댄 것뿐이겠지. 여길 어떻게 찾았는지 알기나 해? 부동산을 이 잡듯이 뒤지고 다녔어. 당신 대체 존을 어쩔 작정이야?"

"진정해, 허니."

"뭐, 허니? 웃기지 마. 누가 당신 같은 사람……."

"오케이, 알았어. 진정하고 얘길 좀 하자고."

"얘기는 무슨 얘기! 할 말이 뭐가 있어!"

"다시 한 번 묻겠는데, 당신 나랑 뉴질랜드 갈 생각 없어?"

"없어. 수도 없이 말했잖아. 내 생각은 변하지 않아."

"그럼, 존의 양육권 문제는 어떻게 하지?"

"절대 안 돼. 존은 내 곁에서 키울 거야."

"내 곁이라니? 아이는 언니에게 맡기고 자기는 다른 남자랑 살잖아."

"그런 당신은 뭐야! 5년 동안 이리저리 항구만 방황하고 다녔잖아!"

엄마가 닭이 우는 것처럼 소리를 질러댔다. 이리저리 침이 튀었다.

존은 어떻게 해야 좋을지 몰라 침대 가장자리에 손을 올리고 우두커니 서 있었다. 마음속은 우울함으로 가득 차올라서 금방이라도 눈물이 흘러나올 것 같았다. 이모의 말이 떠올랐다. 그렇다, 남자는 울면 안 된다.

"존의 의견을 들어보자고."

"그만둬!"

아빠가 존을 바라보며 말했다.

"존, 아빠랑 같이 배 타고 뉴질랜드에 가겠다고 했지?"

"그만두라니까!"

존은 터질 것 같은 울음을 가까스로 참아내며 엄마 아빠의 얼굴을 번갈아 쳐다보았다. 아빠는 어색한 미소를 짓고 있고, 엄마는 시뻘게진 얼굴로 입술을 바르르 떨고 있었다.

"존, 괜찮아. 말해봐. 아빠랑 약속했지? 뉴질랜드 가기로."

"애까지 끌어들이지 말란 말이야!"

존은 스스로에게 울어선 안 된다고 타이르며 이를 악
물고 참았다. 이미 눈물은 눈언저리까지 공격해와서 서
서히 눈꺼풀을 적시고 있었다. 이를 악다무는 것만으로
는 부족할 것 같아 배에 힘을 넣었다.

"존 생각도 물어봐야 할 거 아냐."

"존은 나랑 있을 거야."

"그러니까 물어보자는 거 아냐. 존, 다시 한 번 물을
게. 뉴질랜드 갈 거지? 아빠랑 엄마 중에 누구랑 같이 살
고 싶니?"

존은 스스로를 격려하기 위해 침을 꿀꺽 삼켰다. 그러
나 이미 늦었다. 눈물이 홍수처럼 솟구쳐올랐다. 눈썹으
로 간신히 막아놓았던 눈물이 주르륵 흘러넘쳐 한 줄기
눈물이 뺨으로 흘러내렸다. 존은 더는 참을 수 없어 울음
을 터뜨렸다. 눈에 보이는 모든 것이 수조 속에 들어 있
는 것 같았다.

"존, 울기만 하면 어떡해. 자, 말해보렴."

"존, 엄마랑 돌아갈 거지?"

"존, 아빠랑 약속했지?"

"제발, 당신! 어린애를 구슬리지 말란 말이야!"

"흥분하지 마. 존이 무서워하잖아. ……자, 존, 천천히

생각해도 괜찮아. 아빠랑 엄마 중에 누구랑 같이 지내고 싶어?"

"아빠랑 있을 거야."

존은 큰 소리로 흐느껴 울며 말했다. 자기가 무슨 말을 하는지도 몰랐다. 그저 흥분한 엄마가 너무 무서웠을 뿐이다.

"존, 정말이야? 아빠랑 같이 있어도 좋아?"

엄마가 다그치듯 물었다.

"응, 좋아."

존은 고개를 끄덕였다. 머릿속은 엄청난 혼란으로 뒤엉켜 있었다. 존이 바라는 건 어서 빨리 이 자리가 끝나는 것뿐이었다. 시간이 흘러가기만 바랐다.

"자, 이제 됐지? 존은 날 선택했어."

아빠와 엄마가 어떤 표정을 짓고 있는지 존은 알 수 없었다. 눈물이 끊임없이 흘러나와서 정신을 차릴 수 없었다. 손으로 훔치고 또 훔쳐내도 존의 눈은 다시금 눈물로 가득 찼다.

정신을 차려보니 엄마의 등이 보였다. 아지랑이처럼 하늘하늘 흔들리며 문밖으로 사라져갔다.

그 순간, 견딜 수 없는 불안이 존의 가슴속에 차오르며 감정이 폭발했다. 엄마를 잃는다는 공포는 지금껏 경험한 적 없는 전율이 되어 존을 엄습했다. 앞으로 엄마를 볼 수 없다는 생각이 들자, 슬픔으로 가슴이 찢기는 것 같았다.

"엄마!"

존은 소리쳤다. 아빠의 손을 뿌리치고 쏜살같이 엄마 뒤를 쫓아갔다.

"엄마! 가지 마!"

너무 울어서 거칠거칠해진 목소리가 자신의 귀에까지 울려 퍼졌다.

현관 계단을 내려가자 엄마가 보였다. 엄마는 달려드는 존을 힘껏 끌어안았다. 엄마도 울고 있었다. 엄마는 존을 품에 안은 채, 도망치듯 블랙풀 거리를 달리기 시작했다.

존은 엄마의 목에 매달려 울었다. 끝도 없이 눈물이 솟구쳐나왔다. 눈물은 얼마나 흘려야 멈추나 하는 생각이 들었다.

존은 큰 타격을 입었다.

다섯 살 때 들여다본 절망의 연못은 존에게는 감당할 수 없을 만큼 깊고 어두운 슬픔이었다.

엄마는 존을 리버풀로 데리고 와서 존이 좀더 안전하게 생활할 수 있는 장소, 이모 집에 아들을 돌려주었다.

도대체 내가 어떻게 된 걸까, 존은 비탄에 잠겼다.

최근 몇 년간 사라졌던 악몽이 연쇄반응처럼 나타나 날카로운 손톱을 세우고 가슴을 움켜쥐었다.

결국 그 꿈을 꾸고야 말았다. 존이 가장 두려워하는 꿈이었다. 존의 정서에 지울 수 없는 상처를 남긴 블랙풀의 그 사건. 그것은 평생 회피하고 싶은 마음속의 암흑이었다.

어머니와 아버지는 어쩌자고 다섯 살 소년에게 그렇게 무리한 난제를 던졌을까. 터무니없는 일이라는 건 뻔하지 않은가. 영화도 아닌데 엄마나 아빠를 선택하라니, 도저히 대답할 수 없는 일이다.

존은 발 틈새로 햇살이 들이비치는 툇마루에서 아이처럼 엉엉 울었다.

눈물을 닦아내는데 머릿속에 또 한 가지 불안이 잉크처럼 번지며 고조되는 감정에 박차를 가했다.

혹시 어머니도 그 숲에 나타나는 걸까.

존은 그런 생각만으로도 이 세상에서도 저세상에서도

203

도망쳐버리고 싶은 심정이었다.

저녁때가 되자, 다오 씨가 현관 옆에 웅크리고 앉더니 보릿짚에 불을 붙여 태웠다. 검은 연기가 살짝 솟구치더니 금세 잿빛으로 변하며 붉은 하늘로 서서히 녹아들었다.

존이 그 뒤로 다가가자, 다오 씨가 몸을 반쯤 돌렸다가 다시 앞을 바라보며 말했다.

"이건 '본비'라는 거예요. 이것도 조상님을 맞는 준비죠."

"······아아, 조상님 말이지. 알아."

"옛날에는 본비를 피우면 가족이 다 모여서 '조상님, 조상님, 받들어 모시옵니다'라고 노래를 불렀어요. 영어로 하면······ '웰컴 고스트' 정도 될까?"

"흐음. 그럼 맞고 싶지 않을 때는 어떻게 하지?"

"에구머니, 환영하지 않는다고요? 사장님, 그런 말 하면 벌 받아요."

존이 땅이 꺼져라 한숨을 내쉬자, 다오 씨가 뒤로 돌아 존을 올려다보았다.

"사장님, 얼굴색이 안 좋아요. 왜 그러세요, 낮에는 힘이 넘치시더니."

"하하, 정서 불안이지, 뭐."

"변비는 사람을 초조하게 만드니까 어쩔 수 없겠죠."

"주니어는?"

"또 만화영화예요. 애, 니, 메, 이, 션. 여름방학 때라 텔레비전에서 만화영화만 틀어요."

"흐음."

존은 정원 바위에 걸터앉아 또다시 한숨을 내쉬었다.

"저런, 심각한 모양이네. 지나치게 신경 쓰면 변비는 더 심해져요."

"아니, 실은……." 누군가에게 말할 생각은 털끝만큼도 없었는데, 다오 씨의 얼굴을 보니 이상하게 저절로 말문이 열렸다. "어머니 꿈을 꿨어."

"마더? 드림? 그렇군요. ……슬픈 꿈이었어요?"

"으음, 슬픈 꿈이지, 아주 많이."

"……사장님이 몇 살 때 돌아가셨죠?"

"응, 이젠 이 세상에 안 계시지. 열일곱 살 때 교통사고로 어처구니없이."

존이 오른손 주먹을 쥐고 "부웅" 하는 차 소리를 내며 왼쪽 손바닥을 쳤다.

"에그, 저런. 교통사고였군요. 안타까운 일이네요. 이제 막 사이좋게 지낼 수 있는 시기였을 텐데."

"어, 뭐라고?"

"부모 자식이라는 게 그런가 봐요. 저도 부모의 고마움을 안 건 스무 살이 지나서였어요."

"아, 아냐, 우린 그렇게 따뜻한 관계는 아니었어. 아버지는 얼굴도 잊어버렸고, 어머니도 나랑 같이 살진 않았으니까. 내 말 이해하나? 낳기만 했지, 그다지 좋은 부모는 아니었지."

"마찬가지예요." 다오 씨가 단호하게 말하더니 먼 곳을 바라보며 말을 이었다. "아무리 매정한 부모였다고 해도 어른이 되면 그 매정함을 냉정하게 받아들이게 되죠. 분노도 아니고 연민도 아니고……."

"……."

"그렇잖아요, 전 배움이 모자라서 설명은 잘 못하겠지만……. 운명에 온화해지는 거예요, 어른이 된다는 건. ……운명. 데스티니."

"으흠." 존은 가볍게 맞장구를 치며 살며시 웃었다.

"다오 씨는 뭐 하는 사람이지?"

"네? 저요? 그저 평범한 가정주부죠. 아이 참, 사장님도. 왜 또 그러세요, 아직 잠이 덜 깼어요?"

다오 씨가 이상하다는 듯 올려다보았다.

"다오 씨, 아이는 있어?"

"아이요? ……있었죠. 그것도 아주 귀여운 사내아이
가. 이름은 겐이치(憲一)였어요. 때마침 일본이 전쟁에 패
하고 새 헌법을 제정했을 때라 '헌법(憲法)'에서 한 글자
를 따서 이름을 지었죠. 겐, 이, 치. 그런데 세 살 때 죽었
어요. 제 부주의 때문이었죠. 그 일로 부부 사이도 멀어
졌고."

"죽었다고? 아, 미안, 다오 씨. 괜한 말을 물어봐서."

"아니에요, 신경 쓰실 거 없어요. 그것도 운명이니까
전 아무렇지 않아요."

"……으음, 다오 씨. 겐이치 만나고 싶어?"

"아들을 만나고 싶냐고요? 에이, 놀리지 마세요. 만난
다니, 말도 안 돼요."

"오봉은 갖가지 의식을 하면서 조상이나 죽은 사람의
영혼을 맞아들이는 기간이라면서?"

"……누군가의 영혼과 만나고 싶어서 하는 건 아니에
요. 조상을 섬긴다, 모두 그런 마음가짐만 가지면 되는
거죠."

"정말 만날 수 있을지도 몰라. 난 아네모네 병원 숲에서 이틀 연속 죽은 사람을 만났는걸."

"고스트를 봤다고요? 에이, 사장님, 농담도 심하셔."

다오 씨는 말도 안 된다는 듯 몸을 흔들며 말했다.

"아테나, 한 가지 물어도 될까?"

"네. 뭔데요?"

"여긴 다른 환자는 없나? 오늘로 세 번째인데 다른 환자를 본 적이 없군."

"어머, 그랬나요?"

"응."

"예약제이다 보니 그럴 때가 있죠."

"흐음……."

존의 변비는 드디어 열흘째에 돌입했다. 약은 복용했지만 효과는 여전히 없었고, 변의조차 먼 옛날의 기억처럼 멀어져갔다. 게다가 트림 증상은 점점 더 심해졌다. 계속해서 입으로 가스를 뿜어내지 않으면 숨쉬기가 힘들었다.

그날 존은 아네모네 병원에 가는 게 망설여졌다. 당연히 '숲' 때문이다. 어머니가 나타나면 어쩌나 하는 공포가 마음 한구석에 도사리고 있었다. 실제로 집을 나설 때는 만페이 호텔 카페에서 시간이나 때우고 올까 하는 생각도 했다. 그러나 결국 불안정한 몸 상태가 그런 유혹을 이겨냈다. 질병이 괴로운 이유는 그것이 생활의 전부가 되어버린다는 데 있다. 이번 일주일간 존의 하루하루는 아침부터 밤까지 몸 상태를 체크하고 어르고 달래며 비위 맞추는 데 허비되었다. 존이 맛보는 유일한 충족감은 병원에 다니는 것뿐이었다. 의사 앞에서는 누구나 어린애처럼 무방비 상태가 된다. 나약한 말을 맘껏 토해내는 쾌감은 환영받지 못할 병이라는 사실과는 별도로, 그 나름의 감미로움이 있었다.

"호오, 아직도 소식이 없나요?"

의사는 평상시처럼 다리를 꼬며 감탄하는 듯한 말투로 말했다.

"참 나, 기미조차 없습니다. 게다가 트림을 안 하면 숨 쉬기조차 힘들어요. 대체 어떻게 해야 좋을지 모르겠습니다."

"돈키쇼에 관해선 걱정하실 필요 없습니다. 긴장 때문에 공기를 많이 들이마시는 것뿐이니까 변비와는 기능적으로 아무 관계도 없습니다."

"긴장 때문에?"

"그렇습니다. 아마도 스트레스가 원인이겠죠."

"하하, 스트레스요."

존이 자조하듯 웃으며 고개를 숙였다.

"대장에 경련이 일어나는 느낌은 없으시죠?"

"없는데요. 왜요? 있으면 어떻게 되는 겁니까?"

"아니, 없으면 됐습니다. 신경 쓰지 마세요."

"……그런 말을 들으면 신경이 더 쓰이죠."

"……으음, 역연동 운동이 일어나서 아주 드물게는 장 속의 내용물이 입으로 나오는 경우가 있습니다."

"네에?"

존은 괜히 물어봤다고 후회하며 또다시 우울해졌다. 장 속의 내용물이라면, 그건 다시 말해 대변 아닌가.

"아니, 정말 신경 쓰지 마십시오. 당신은 단순한 스트레스성이니까 관계없는 이야기입니다."

의사는 달래듯 존의 어깨를 두드렸다.

"존, 오늘은 다른 각도에서 얘기를 풀어나가 보죠. 질문해도 괜찮겠습니까?"

"아, 네. 뭐든."

"당신은 대변이 안 나와서 고민하고 계시죠?"

"네, 그렇죠."

"현재로서는 변비 때문에 다른 일은 아무것도 할 수가 없습니다."

"바로 그겁니다. 산책할 마음조차 생기질 않아요."

"존, 대변이 안 나오면 무슨 불편한 점이라도 있습니까?"

순간, 의사가 뭘 말하려는 건지 이해할 수 없었다. 말없이 얼굴을 쳐다보자, 다시 한 번 같은 질문을 했다.

"아니, 그게…… 몸에 나쁜 거 아닙니까?"

"그런 걸 누가 정했나요?"

"누구라니……. 그럼 닥터는 변이 안 나와도 괜찮다는 겁니까?"

"네, 그렇습니다." 의사가 진지한 표정으로 고개를 끄덕였다.

"허어, 무슨 말인지 이해가 안 되는군요."

허를 찌르는 전개에 존의 머릿속이 혼란스러워지기 시작했다.

"변을 보는 일이 좋습니까?"

"아니, 좋다거나 싫다거나 하는 문제가 아니죠."

"그렇지만 성가시지 않나요? 예를 들어 수면이라면,

자는 걸 좋아하는 사람이 있고 저도 아주 좋아합니다. 그렇지만 전 배설은 좋아하지 않습니다. 화장실은 침실처럼 청결하지도 쾌적하지도 않고 엉덩이를 닦는 것도 귀찮아요. 자세도 보기 안 좋죠. 잠든 사람의 얼굴은 사랑스럽지만, 사람이 배설하는 모습은, 허흠, 특이한 취미를 가진 사람을 제외하면 보기 꺼려지는 모습 아니겠습니까. 그런 건 아무도 환영하지 않습니다. 부정적인 것투성이 아닙니까? 요컨대 대부분의 사람들은 배설 같은 건 세상에서 없어지면 좋겠다고 생각하기 마련이지요. 저는 물론 변을 봅니다. 그러나 그것은 필요에 직면했을 때뿐이죠. 결코 자신이 바라는 일은 아닙니다."

"……그야 나도 필요에 직면해서 합니다."

"그런가요? 그렇다면 단순한 필요악에 불과한 겁니다."

"필요악이라도 필요에 속하잖아요."

"그렇습니까? 그럼, 지금 당신의 몸은 배설을 필요로 하지 않으니 신경 쓸 일은 전혀 없겠군요? 들어보세요, 일본에서는 배설을 '자연이 부른다'고 표현합니다. 당신은 부름을 받지 않았으니 응할 필요가 없는 겁니다."

존은 어쩐지 여우에 홀린 것 같은 기분이 들었다.

"다시 한 번 묻겠습니다, 존. 변비로 어떤 불편함이 생겼나요?"

"……그야 얼마든지 있죠. 아랫배가 답답하고 기분이 찜찜하고 무엇보다 하루하루가 우울하죠."

"우울? 변비를 자꾸 문제 삼으니까 그런 거 아닐까요?"

"……그럴까요?"

"그렇죠. 문제는 문제를 삼기 때문에 문제가 되는 것이니, 문제 삼지 않으면 그것은 문제가 아닙니다."

존은 뭐가 뭔지 알 수 없었다.

"그렇지만…… 몸에 나쁘지 않을까요?"

"또 처음으로 돌아가는군요. 왜 다시 돌아가죠? 고정관념 따위는 이참에 떨쳐버리세요. 인간은 배설을 안 해도 상관없습니다."

냉정한 의사가 오늘따라 열변을 토했다. 그리고 존은 다소 마음에 걸리는 부분도 있었지만, 왠지 살며시 고개가 끄덕여졌다.

"……정말 괜찮은가요?"

"제가 확실하게 보장해드리죠. 평소처럼 식사하고 평소처럼 산책하고 평소처럼 생활해도 아무 문제 없습니다."

"……그럼, 그렇게 해볼까요?"

"그러셔야죠. 변에 관한 생각은 머릿속에서 깨끗이 지우세요."

적어도 존의 마음이 편안해진 것은 분명했다.

미소를 머금고 한동안 서로를 마주 보는 침묵이 흐른 후, 의사가 진료카드를 책상 위에 툭툭 두드려 정리하더니 파일 안에 집어넣었다. 존은 이걸로 진찰이 끝난다 싶으니 좀더 얘기를 나누고 싶어졌다.

"닥터, 약은 어떻게 하죠?"

"비타민제를 준비할 테니 그걸 드세요."

"그리고…… 이상한 얘기처럼 들리겠지만."

"무슨 얘깁니까?"

"실은 이 숲에서 죽은 사람을 만났습니다."

"네?"

"간략하게 말씀드리면." 기침을 한 번 했다. "예전에 나와 어떤 인연을 맺었던 사람들이 나타나고 내가 그들에게 사죄를 하는 겁니다."

"호오." 의사가 몸을 앞으로 내밀었다. "자세히 알고 싶군요."

"옛날에 난 다른 사람에게 조금도 친절하질 않았어요,

꽤 심한 상처를 입혔죠. 예를 들면 나와 절친한 동료에게 '호모 유대인'이라고 욕설을 퍼붓기도 했습니다. 남에게 심한 말을 하고도 아무렇지도 않았어요. 그런데 최근, 아들이 태어난 후부터이긴 한데, 그런 일들을 몹시 후회하게 됐습니다. 어쩌자고 그렇게 심한 말들을 했을까 하고. 꿈까지 꿀 정도였으니까요. 그것도 끔찍한 악몽으로 말입니다. 그러고 나면 실제로 그들이 내 앞에 나타나는 겁니다."

의사가 진료카드를 다시 펼치더니 볼펜으로 메모를 하기 시작했다.

"어제는 옛날 여자친구의 어머니가 나타났어요. 아주 친절한 분이었는데 내가 몹시 무례한 행동을 했었죠. 그것 때문에 오랫동안 괴로워했어요. 그녀는 누군가 자기를 불러서 저세상에서 내려왔다고 했는데, 아마 그 누군가는 나였던 것 같습니다. 만나길 잘했습니다. 난 그녀에게 사과했어요. 개운해졌습니다. 마음이 정말 가벼워졌죠.

그제는 훨씬 혹독했어요. 난 젊었을 때 부두에서 선원을 습격하는 강도 비슷한 짓을 한 적이 있죠. 그런데 어느 날 밤, 거칠게 저항하는 선원을 만났고, 난 두려운 마음에 정신없이 주먹을 휘둘렀어요. 그러던 순간 선원이 몸을 쭉 뻗더니 꼼짝도 안 했어요. 그래서 도망친 후에도 내가 혹시 사람을 죽이진 않았을까 하는 망상으로 괴로워했습니다. 무려 20년 동안이나 말이죠. 20년 동안 잊을 만하면 그 악몽이 되살아나 줄곧 시달려온 겁니다.

그래요, 어제 닥터가 '망상'의 예를 들면서 사람에게 상처를 입힌 이야기를 했었죠. 그 말을 들었을 때 난 깜짝 놀랐습니다. 저건 바로 내 얘기인데 하고.

그런데 대체 어찌 된 영문인지, 그 선원이 숲에 나타난 겁니다. 처음에는 누군지 몰랐지만, 용 문신을 보고 기억이 떠올랐죠. 그는 살아 있었어요. 아니, 어떻게 표현해야 하나……. 나중에 죽긴 했지만, 적어도 내가 죽인 건 아니었단 말입니다. 결국 난 복수를 당했습니다. 이것 보세요, 얼굴의 이 상처는 실은 그때 생긴 겁니다. 사과를 하니까 그도 나중엔 용서해줬죠. 모르긴 해도 이제 그 꿈에서는 해방된 것 같습니다. 호된 일을 겪었지만, 마음은 아주 개운해졌어요."

이야기를 끝내자 존은 마음이 한결 편안해졌다. 믿어주길 바라는 마음도 없었고, 설령 이상한 사람 취급을 받아도 상관없다는 태도로 바뀌었다. 신비체험을 했지만, 자기 스스로도 여전히 반신반의했기 때문이다.

"드림 콘택트로군요."

의사는 표정의 변화도 없이 조용히 말했다.

"드림 콘택트?"

"그렇습니다. 당신은 꿈속에서 영계(靈界)와 교신하는 겁니다. 꿈은 '치유'의 일환이니까요. 무의식 속에서 자신의 심적 외상을 치유하고자 하는 힘이 작용해서 그 에너지가 영혼을 불러들인 거겠죠."

존은 어안이 벙벙해서 의사를 쳐다보았다.

"……그게 정말인가요?"

"글쎄요, 확실한 건 알 수 없죠."

의사가 장난스럽게 윙크를 했다.

"뭡니까, 농담인가요? 닥터도 꽤 짓궂군요."

우스워서 존도 웃음을 터뜨리고 말았다.

"그렇지만 흥미로운 체험입니다. 저는 서양의학을 전공한 사람이라 과학을 신봉하지만, 신비주의를 부정할 생각은 전혀 없습니다. 불가사의한 일은 어디에나 있는 법이죠. 그리고 신비체험이든, 조금 호된 일을 당했든, 당신 마음의 상처가 치유되었다면 그 자체로 멋진 일 아니겠습니까?"

"후후, 그렇군요."

"그럼요. 그런 마음가짐으로 변비 따위는 깨끗이 잊어 버립시다."

"……실은 오늘도 누군가를 만날 것 같습니다."

"그 사람은 누굽니까?"

"흐음, 옛날 매니저나…… 어쩌면 돌아가신 어머니일 지도 모르죠."

"호오."

"마음이 너무 무겁습니다."

"만나고 싶지 않습니까?"

"간단히 대답할 수 있는 질문이 아닙니다."

"그야 그렇겠죠."

"게다가 다리가 웃기까지 합니다."

"네?"

"니테 다리가 웃는단 말입니다. 소리까지 내면서."

"후후. 제 조크에 대한 앙갚음인가요?"

"……아, 그래요. 세상은 정말 불가사의한 일투성이 죠."

"후후후."

의사는 눈을 내리깔며 조용히 미소를 머금었다.

그날도 존이 좋아하는 손바닥 마사지를 시작했다. 이

런저런 얘기를 털어놔서 개운해진 탓일까, 신경 하나하나가 햇살을 받는 것처럼 따뜻하고 평온해져서 마치 천국으로 들어서는 느낌이었다. 마사지를 받는 동안은 늘 시간 감각이 사라지는데 오늘은 특히 더 그랬다. 정신을 차려보니 소파 앞에서 의사가 미소를 짓고 있었고, 시계를 보니 30분 이상이나 마사지를 받았다는 걸 알고 깜짝 놀랐다.

돌아가는 길에 소변을 보려고 화장실로 들어가 힐끔 거울을 보니 눈이 새빨갰다. 잠깐 잠이라도 들었던 걸까? 어쩐지 울어서 부은 눈처럼 보여서 이상한 생각이 들었다.

아네모네 병원을 나오자, 이제는 익숙해진 안개가 눈앞에 펼쳐져 있었다. 순간 입 안이 말라서 존은 침을 모아 무리하게 목 안으로 넘겼다. 트림이 자꾸 올라와서 늪이 커다란 기포를 부글거리듯 몸 안에 쌓인 가스를 잇달아 토해냈다.

존은 침착하자고 스스로를 타이르며 심호흡을 한 번 했다. 어제 악몽을 꿨기 때문에 도저히 평정심을 유지할 수 없었다. 주변에 신경을 쓰며 조심스럽게 걸어가는데 난데없이 뒤에서 누군가가 힘껏 떠밀었다. 존은 고꾸라질 듯 비틀거리며 두세 발자국을 앞으로 내디뎠다.

"키-키키키키킥."

그와 동시에 괴조 같은 기이한 목소리가 뒤에서 들려왔다. 허둥지둥 돌아보니 거기에는 중산모자를 쓴 아담한 체격의 백인이 양손을 펼치고 서 있었다.

"헤-이, 존! 잘 지냈냐, 이 인종차별주의자 녀석아."

존은 어안이 벙벙해서 그 남자를 물끄러미 쳐다보았다. 크레이지한 그 런던 녀석은 잊으려야 잊을 수 없는 물건이었다. 예전에 친분 관계가 있었던 록밴드의 연주자로 최고의 기인으로 알려진 드러머였다.

"뭐, 뭐야, 너 키스 아냐?"

"그래, 키스 님이시다. 우하하핫. 어라? 그게 뭐냐, 바주카포라도 맞은 비둘기 상판대기나 하고. 힘들게 만나러 와주셨으니 좀더 기쁜 표정을 지어야지, 어서."

존은 말없이 씁쓸한 미소를 지었다.

"헤이헤이, 이놈이나 저놈이나 불경기 낯짝뿐이군. 인생은 좀더 긍정적으로 받아들여야지. 안 그래, 존?"

"시끄러워."

"또 그런다, 헤이헤이, 속으로 반가워하는 거 다 아는

데 왜 이래."

키스는 일부러 소리 높여 웃더니 존의 어깨와 가슴을 쿡쿡 찔렀다.

"아직 안 죽고 살아 있었냐?"

"헤이헤이, 무슨 소리야. 이 몸은 천국에서 미녀들에게 둘러싸여 황홀한 나날들을 보내신단 말씀. 우하하핫. 아 참, 그건 그렇고, 너 내 장례식에는 참석했었나?"

"……기억이 안 나는데."

"헤이헤이, 자식, 박정하기는."

키스는 옛날과 다름없이 의미를 알 수 없는 감탄사를 연발하며 존의 몸을 여기저기 찔러댔다.

키스는 친한 친구라고 할 만한 상대는 아니었지만, 만날 때마다 기분이 즐거워지는 파티 피플이었다. 그의 기행은 런던에 널리 퍼져 있었고, 여장이나 반라로 사람들 앞에 나서는 것은 아무것도 아닐 정도였다. 롤스로이스를 타고 자기 집 풀로 뛰어들어 사람들을 놀라게 한 일까지 있었다. 달이 뜨는 밤에는 특히 위험하다는 소문 때문에 붙은 별명이 '크레이지 문'이었다. 존은 그의 괴벽스러운 언동이 남의 일처럼 느껴지지 않아서 남몰래 공감을 품고 있었다. 키스는 자기 인생에 동화되지 못하고,

인생을 평온하게 지내는 것에 격렬한 증오를 느꼈을 거라고 존은 이해했다. 키스는 1978년 약물 과다섭취로 어처구니없이 세상을 떠났다.

"키스."

"뭡니까, 존 나리."

"너도 누가 불러서 왔나?"

"아냐."

"그럴 테지. 네 꿈을 꾼 적은 없으니까."

"헤이헤이, 존, 너무 냉정한 거 아냐? 〈ALL YOU NEED IS LOVE & PEACE〉 코러스에 참가해준 은혜를 벌써 잊었냐? 한데, 그때 돈은 제대로 받았나?"

"입 닥쳐. 그건 참가시켜준 거야."

"헤이헤이, 알았다, 알았어. 그건 그렇고 존, 건강해 보이는데?"

"아니야, 병원 다녀오는 길이야."

"흐음, 어디 안 좋은 데라도 있어?"

"……으음, 뭐."

"왜 그래, 우울한 표정만 짓고. 그 정도는 가르쳐줘도 되는 사이잖아."

"변비야." 존이 퉁명스럽게 대답했다.

"뭐, 변비?"

"정말 시끄럽게 구네."

"핫핫핫." 키스가 배를 잡고 웃었다. "야아, 진짜 끝내주네. 세기의 팝스타가 변비 때문에 병원에 다니다니."

그는 눈물이 글썽이는 눈으로 요란하게 몸을 흔들며 웃어댔다.

"이봐, 키스. 넌 대체 뭐 하러 온 거야?"

"아하, 이 몸은 말이지. ……도저히 가만 볼 수가 없어서 왔지."

"도저히 봐줄 수가 없어?"

"그래. 뒤치다꺼리해주러 왔단 뜻이다."

"무슨 말인지 통 모르겠군."

"어-이! 브라이언!" 키스가 뒤를 돌아보더니 숲을 향해 커다란 목소리로 외쳤다. "쯧쯧, 저런 소심한 아저씨 같으니. 그저께부터 네 주위를 어슬렁거리면서도 앞에 나서질 못하고 저 모양이라니까. 두려운 거겠지."

"브라이언이 왔다고?"

존도 안개 속에서 숲을 뚫어지게 응시했다.

"그래. 천국에서는 낯가림이 점점 더 심해져서 큰일이다. 특히 존 너한테는 살아생전 엄청 놀림을 받았으니 겁

223

먹고 쭈뼛거릴 만도 하지.”

“브라이언!” 존도 큰 소리로 이름을 불렀다. “거기 있어? 있으면 만나자.”

그때 몇 미터 앞 나뭇가지 사이로 흐릿한 사람 그림자가 보였다. 그 그림자는 차츰 커지며 서서히 존을 향해 다가왔다.

예전에 존이 활동한 밴드의 전설적인 매니저 브라이언이었다.

“어이.”

살짝 손을 올린 브라이언이 수줍어하며 신경질적으로 웃었다. 그리운 큐피 얼굴이 보였다.

존은 10대, 20대에 생긴 스트레스를 대부분 누군가를 매도하는 식으로 발산시켰는데, 그 최대의 희생자라 할 수 있는 사람이 매니저 브라이언이었다. 자기가 먼저 리버풀의 젖내나는 4인조 그룹을 매니지먼트하겠다고 나서서 그들을 세계로 내보내는 일에 정열을 다 쏟아부은 이 남자가 존의 최고의 놀림 대상이었다. 또한 동시에, 존처럼 예민한 개성의 소유자가 오랜 세월 밴드 조직에 머물 수 있었던 것도 브라이언이란 존재 없이는 상상할 수조차 없는 일이었다. 브라이언은 밴드 멤버 네 사람에게 어떤 일을 당해도 화를 내지 않았다. 그것은 아마도 그의 헌신적인 성격과 심약함, 그리고 존에 대한 애정 때문이었던 것 같다.

브라이언은 존을 사랑했다. 브라이언에겐 돈이나 명예보다 자기가 사랑하는 존과 다른 멤버들이 수많은 청중에게 사랑받는 팝스타가 되는 것이 유일한 소망이었다. 브라이언의 바람은 '남자의 욕망'이 아니라, 살림 잘하고 남편 잘 섬기는 아내가 되는 것이었다. 밴드에는 스트레스를 흡수하는 완충재 역할을 하는 멤버가 꼭 필요한데, 그 역할을 떠맡은 사람이 브라이언이었다. 멤버들은 늘 브라이언을 놀려대며 일했다. 그래서 빡빡한 스케줄도 견뎌낼 수 있었던 것이다. 특히 가학적 성향이 있었던 존에게는 균형을 유지하는 데 없어서는 안 될 캐치볼 상대 같은 존재였다.

브라이언 역시 복잡한 인간이었다. 부유한 유대인 가정에서 태어난 그는 어릴 때부터 집단 속에서 조화를 이룰 수 없는 기질을 괴로워하며 자주 신경증에 빠졌고 고독을 한층 심화시켰다. 끝내는 학교에서 내쫓기고, 군대에서도 중도 하차하고, 레코드 가게 경영을 시작했을 무렴, 존을 만났다. 그리고 첫눈에 반해버렸다. 이룰 수 없는 사랑이었지만, 브라이언은 존에게 푹 빠져버렸다.

그렇지만 존은 브라이언의 감정에 냉혹했다. 동성애를 혐오했던 것도 아니고, 특정 인종을 차별했던 것도 아니고, 단순히 기분이 나빴을 뿐이다. 젊은 날의 존에게는 보이는 것 닿는 것 모두가 마음에 들지 않았던 것이다.

존의 별 뜻 없는 한마디에 브라이언이 허물어진 장면은 셀 수 없이 많았다. 쇼 비즈니스계의 성공자로 자서전을 쓴 브라이언이 존에게 책 제목을 상의했을 때, 존이 사람들 앞에서 "좋은 생각이 있어. '호모 유대인'이라고 하면 어떨까?"라며 조롱해서 브라이언을 흐느껴 울게 한 일이 있었다. 존은 조금도 미안한 마음이 없었다. 녹음 도중 브라이언이 의견을 내놓았을 때도 "당신은 돈 계산이나 제대로 해"라며 따돌려서 브라이언이 쇼크로 실신한 일도 있었다. 그때도 존은 옅은 미소를 띤 채 바라보기만 했다.

게다가 존의 돌발적인 친절함이 브라이언의 마음을 흔들어놓았다. 변덕스럽게도 존이 꽃을 보내서 브라이언의 혼란에 불을 붙였다. 1963년에 둘이서 바르셀로나로 휴가를 떠났을 때도 브라이언의 정서는 현저하게 흔들렸다. 용기를 내어 휴가 얘기를 꺼내자, 존은 어이없을 정도로 쉽게 오케이라고 말했다. 브라이언은 소녀처럼 두근거리는 가슴을 안고 여행을 떠났지만, 존은 무심하게 관광만 즐길 뿐이었다. 브라이언이 결심을 굳히고 자기가 동성애자라는 걸 고백하자, 존은 희한한 것이라도 쳐다보듯 말했다: "이봐, 당신은 아무도 눈치 못 챘을 거라고 생각했어? 그건 런던에선 개도 아는 일이야." 브라이언은 끝도 없는 나락으로 굴러 떨어졌다.

존의 밴드가 공연 활동을 멈추자, 브라이언도 일을 잃어버렸고 살아갈 의욕까지 상실해버렸다. 리버풀의 4인조 그룹은 이미 브라이언의 손이 닿지 않는 곳에서 풍부한 재능을 꽃피우고 있었다. 그 후 브라이언은 약물에 탐닉했다. 그리고 두 번의 자살미수를 거친 후, 결국은 약물 의존증으로 쇠약해져 죽었다.

브라이언은 변함없이 세련된 머리에 포마드를 바르고 멋진 양복을 입고 있었다. 폭이 좁은 실루엣이 시대를 느끼게 해서 그리움이 솟아났다.

"와아, 브라이언, 오랜만이야. 10년 만인가?"

"그래, 존. 내가 죽은 게 1968년이니까 11년째로군."

브라이언은 고개를 숙인 채 대답했다.

"여긴 언제 왔어?"

"그저께쯤인가."

"잘 왔어."

"정말이야?"

"정말이고말고. 만나서 기쁘군."

브라이언은 조용히 엷은 미소를 머금었다.

"내가 부른 건가?"

"음, 그런 것 같아."

"내가 어떻게 부른 거지?"

"글쎄, 나도 모르겠어. 이런 일은 처음이라서. 그냥 그런 느낌이 들었을 뿐이야. 존이 나를 필요로 한다는 느낌."

"그렇군."

"헤이헤이." 난데없이 키스가 끼어들었다. "이 몸은 방해될 것 같으니 저쪽에 가 있으마. 둘이 편하라고."

"기다려, 키스……. 여기 같이 있어줘."

간발의 차이도 없이 브라이언이 키스를 불러세웠다. 둘이서는 대화를 이어갈 수 없다는 모습이었다.

"뭐 상관은 없지만, 러브신만은 참아줘라."

"바보 같은 자식. 쓸데없는 소리 하지 마."

존이 노려보자, 키스가 장난꾸러기 아이처럼 목을 움츠렸다.

"키스, 다들 오해하고 있는 모양인데 나랑 존은 그런 관계가 아니야. 아무 일도 없었어." 브라이언이 조용히 말했다.

"호오, 그래?"

"호오, 그래라니……. 넌 나랑 브라이언이 그런 사이라고 생각했니?"

존이 얼굴을 찡그리자, 키스는 납득할 수 없다는 표정으로 "참 나, 나만 그런 것도 아닌데 뭘 그래"라며 입을 삐죽 내밀었다.

"너만이 아니라고? 그럼…… 다들 그렇게 생각한다는 거야?"

"흠, 존 나리는 몰랐던 모양이지? 헤헤, 그렇군. 까놓고 말해서 그 소문은 런던에서는…… 그렇지, 개도 아는 거라고."

키스는 그렇게 말하더니 진짜 개처럼 씩 웃었다.

"야야, 부탁이다, 그만 해라."

존이 이마에 손을 얹고 고개를 흔들었다.

"헤이헤이, 어쩔 수 없잖아, 존 나리. 남자 둘이서만 여행을 가니까 그런 소문이 퍼질 수밖에."

"바르셀로나?"

"그래."

"참 나……."

"존." 브라이언이 입을 열었다. "미안해. 내 잘못이야. 내가 오해를 살 만한 말을 주위에 은근슬쩍 흘려버렸어. 정말 미안해. 너한테는 꼭 사과할 생각이었어."

"……됐어, 괜찮아. 피차 마찬가지지, 뭐. 나도 그쪽한 테 미안한 마음이 있어서 한마디쯤 사과하고 싶었으니 까."

"나한테? 뭘?"

"전부 다. 심한 말을 너무 해댔잖아. 희한하게 옛날에 는 아무렇지도 않던 일들이 요즘 들어 묘하게 마음에 걸려서 말이야. 꿈을 자주 꿔. 브라이언을 울렸던 꿈도 꾸 지. 브라이언, 용서해줄 거지?"

"물론이지."

"고마워. 이걸로 갑갑했던 일이 또 하나 해결됐군."

"헤이헤이, 존 나리. 너 언제부터 그렇게 감상적이 된 거야? 너답지 않잖아. 넌 투덜투덜 욕이나 퍼붓는 게 더 어울린다고."

"참 시끄럽게 구네. 난 변했어."

"헤이, 혹시 브라이언에게 볼일이라는 게 그것뿐이냐?"

"으음, 그래."

"흥." 키스가 불만스러운 듯 콧방귀를 뀌었다. "아아, 싫다, 싫어. 난 침울한 얘기는 딱 질색이야. ……헤이, 존 나리. 상태가 그 지경이면 이제 센티멘털한 곡만 써대는 거 아냐?"

"아니, 곡은 이제 안 써."

"안 쓴다고?" 브라이언이 걱정스러운 듯 물었다.

"음, 그래."

"못 쓰는 게 아니고?"라며 키스가 빈정거렸다.

"그럴지도 모르지."

"헤이헤이, 이것 봐, 이젠 화도 안 내?" 키스가 한숨을 내쉬었다. "에이, 괜히 나까지 가라앉네. 당돌한 존을 만나고 싶었는데."

"미안하다."

키스가 따분하다는 듯 기지개를 펴더니 풀숲에 가볍게 발길질을 했다.

"존, 네 아들 주니어를 만났어." 브라이언이 불쑥 입을 열었다.

"역시 그랬군. 어때, 귀엽지?"

"으응, 아주 귀여워. 존을 쏙 빼닮았더군. 그런 걸 국화빵이라고 하겠지."

"으윽, 말도 안 돼! 존이 마이 홈 파파가 돼버리다니."

키스가 자포자기한 목소리로 말했다.

"하하. 화낼 거 없어. 꽤 좋은 거야."

"우린 그만 가봐야겠다."

"기, 기다려. 오랜만에 만났잖아……. 아 참, 그렇지. 이상한 질문일지 모르지만, 이 숲에 다른 사람은 없었어?"

"다른 사람이라니, 누구?" 키스가 물었다.

"……우리 어머니."

"헤이헤이, 알 게 뭐냐. 너희 어머니는 본 적도 없는데. 브라이언도 모르지?"

"으음, 이모님은 몇 번 만났지만."

"그럼, 됐어."

"뭐야, 신경 쓰이게. 어머니하고 무슨 일이라도 있냐?"

"꿈을 꿔서……. 아무래도 난 요 며칠 영혼을 불러들이는 체질로 변한 것 같다. 옛날에 내 트라우마가 됐던 사람들이 차례로 나타나거든."

"으흠, 그렇다면 신경이 쓰일 테지. 존에게 어머님은 마음의 가시였으니까."

"……왜 그렇게 생각하지?"

"헤이헤이, 이 몸도 존의 팬이었어. 노래도 다 들었단 말이지. 〈MOTHERLESS〉 같은 곡은, 이렇게 말하긴 뭣하지만, 어머니에 대한 원망 같은 노래 아닌가?"

"아냐, 그렇지 않아." 존이 얼굴색을 바꾸며 고개를 저었다. "설명은 잘 못하겠지만, 그건 내게 금지된 장난 같은 거라고."

"무슨 뜻인지 모르겠다."

"후후, 나도 마찬가지다. 그렇지만 그건 지극히 자연스럽게 나 자신을 위해 쓴 노래였어. 결코 원망을 풀 생각으로 쓴 게 아니라고."

"흠, 그럼 됐고. 어쨌거나 요즘 존 나리는 영혼을 불러들이고 있고, 그래서 브라이언도 부름을 받았다는 거 아냐. 흠, 그런데 존. 센티멘털해지는 건 좋지만 어차피 과거는 되돌릴 수 없잖아."

"알아."

"오늘 브라이언을 부른 것도 마찬가지야. 그건 네 에고지."

"에고?"

"그래, 에고. 저세상 인간을 불러내서 마음을 치유한다니, 그건 너무 제멋대로 아닌가?"

"……그렇군."

"죄는 속죄하는 것이 아니요, 평생 짊어지고 가야 할 것이니라."

"누가 한 말이지?"

"헤이헤이, 누구긴 누구냐, 바로 이 몸이시지. 우리 인생은 사죄하는 걸로 끝날 수 없는 일투성이니까."

"키스에게 설교를 듣게 될 줄은 몰랐군."

"자, 그럼 슬슬 돌아갈까, 브라이언." 키스가 턱짓으로 재촉했다. "모처럼 만났으니 좀더 얘길 나눠도 좋으련만, 이 아저씨는 나이를 먹어도 여전히 부끄럼쟁이로군."

"후후후." 브라이언이 힘없이 웃었다.

"존."

"응?"

"널 자랑스럽게 생각해."

"고마워. 나도 마찬가지야."

"헤이헤이, 포옹이라도 하지 그래? 마지막일지도 모르잖아."

"됐어." 브라이언이 붉어진 얼굴로 고개를 숙였다.

존이 조용히 브라이언에게 다가가 연인을 안듯 부드럽게 끌어안았다. 브라이언은 황홀하게 눈을 감으며 존에게 몸을 기댔다.

"헤이헤이, 니들 정말 뭔 일 있었던 거 아냐?"

"입 닥쳐."

한동안 그렇게 있었다. 존이 키스를 쳐다보자, 입가에 씁쓸한 미소를 띄운 채 눈썹을 위아래로 움직이며 익살을 떨었다. 키스는 이윽고 안개 속에서 신비롭게 윤곽을 반짝이더니 입자가 확산되듯 사라져갔다. 불현듯 팔의 감촉이 사라지고, 마치 존의 가슴속으로 파고든 것처럼 브라이언도 사라져갔다.

6

　게이코가 툇마루에 신문을 펼치고 무릎을 세운 채 발톱을 깎고 있었다. 눈을 치켜뜨며 존을 올려다보고는 "어서 오세요"라고 하더니 다시 발톱 깎기 작업으로 돌아갔다.

　"어때? 조금 나아졌어?"

　"그게 말이지, 닥터는 배설 같은 건 안 해도 상관없다는 거야."

　"으응."

　"으응이라니, 게이코는 놀랍지도 않아?"

　"별로. 닥터가 그렇게 말했으면 그런 거겠지."

　"그런가?"

　"그래. ……그건 그렇고 며칠째지?"

"열흘째."

"어쨌든 아직은 괜찮아. 나도 2주 정도 변비로 고생한 적 있으니까."

"닥터는 심리적인 거라고 하던데."

"틀림없이 그 말이 맞을 거야."

너무 자신 있게 말하는 폼이 이상해서 존이 뒤를 돌아보자, 게이코는 재빨리 시선을 피했다.

"아하, 내 말은 위나 장은 감정의 공명판이라 불릴 정도니까 신경 쓰면 오히려 더 나빠진다는 뜻이야."

어쩐지 허둥지둥 핑계를 대는 것처럼 들렸다.

"아네모네 병원은 게이코가 찾은 병원이지?"

"응. 아는 사람이 가르쳐준 곳이야."

"흐흠, 그렇군."

"왜?"

"아니, 아무것도 아냐……. 그건 그렇고 호러 소설은 잘 돼?"

"순조롭습니다."

"스토리가 뭔데?"

"후후, 비밀."

"왜 그래? 좀 가르쳐주면 어때서."

"안 돼."

게이코는 발톱을 다 깎자, 신문지를 집어들고 정원으로 나가 뿌렸다.

"이렇게 하면 땅으로 돌아가서 영양분이 되거든."

"거짓말쟁이. 게을러터진 것뿐이겠지."

둘이서 웃었다.

오후에는 툇마루에 벌렁 드러누워 시간을 보냈다. 신기하게도 하복부의 갑갑함은 완전히 가라앉았다. 의사의 충고대로 주니어와 산책이라도 나갈까 했는데, 웬일로 게이코가 기분전환 삼아 산책을 나가겠다고 해서 주니어는 게이코에게 맡기고 멍하니 정원을 바라보고 있었다.

숲에서 생긴 기묘한 일에 관해 생각해보려 했지만, 도무지 실마리가 잡히지 않았다. 종일 낚싯대를 드리우고 있어도 아무것도 안 걸리는 느낌과 비슷했다. 생생한 체험인데도 머나먼 거리감이 느껴졌다. 문득 단순한 꿈이었다고 해도 괜찮다는 생각이 들었지만, 얼굴의 멍을 만져보고 허둥지둥 그 생각을 떨쳐버렸다. 그럴 리가 없다. 그리고 적어도 달갑지 않은 세 가지 꿈에서 해방된 사실을 떠올리며, 살며시 달콤한 기분에 젖어들었다. 오늘도 수확이 있었다. 브라이언 역시 마음에 두고 있지 않았다.

걱정거리는 막상 해결하고 나면, 종종 쓸데없이 지나치게 걱정만 한 것에 지나지 않을지도 모른다.

다음은 어머니로군. 존은 그런 생각을 하며 살짝 긴장했다.

희망이 이뤄진다면, 어머니는 만나고 싶지 않았다.

브라이언이나 헬렌의 어머니나 선원은 이쪽에서 상처를 입혔으니 용서를 비는 입장이지만, 어머니만은 반대였다. 아무리 생각해봐도 존은 피해자였고, 혹시 시니컬한 존의 성격이 성장 과정에 그 원인이 있다면, 그것은 분명 어머니 탓이었다. 아버지는 죽은 존재나 마찬가지였지만, 어머니는 그렇지 않았다. 그 후에도 자기 내키는 대로 인생을 살아간 어머니는 아버지가 각각 다른 아이를 존 말고도 셋이나 더 낳았고, 가까이 살면서 뜻하지도 않은 때 불쑥 찾아와 존을 당혹스럽게 만들었다. 에든버러 록이라는 사탕을 유일한 미끼로 삼아 아들에게 달라붙어 애정을 갈망했던 것이다. 존에게 그런 어머니의 방문은 습격 같은 것이었다.

이제 와서 할 얘기가 뭐가 있겠는가. 존은 속으로 그렇게 중얼거리며 코로 멜로디를 흥얼거렸다. 뜻밖에 멜로디가 술술 흘러나와서 스스로도 놀라며 계속 흥얼거렸다. 머릿속에 떠오르는 것보다 앞서 코에서 허밍으로 흘러나왔고, 그것은 곡의 훌륭한 첫머리가 되었다. 마음이 조급해진 존은 자리에서 벌떡 일어나 허겁지겁 기타를 꺼내러 달려갔다.

존은 신중하게 멜로디를 연주하고, 애드리브로 가사를 붙였다. 가사도 목 안에서 자연스럽게 흘러나왔다.

새 셔츠에 팔을 꿰고
옷깃으로 고개를 내미니 그곳은 그리운 옛날이었네
너는 믿을 수 있겠니?
엄마와 아빠와 내가 있었네

새 일기장에 펜을 긁적이며
문득 뒷장을 펼쳐보니 어제가 변해 있었네
너는 믿을 수 있겠니?
엄마와 아빠와 내가 있었네

아네모네 꽃이 바람에 흩날릴 때
가루이자와 숲은 찬란하게 반짝이네
소년이 처음 찾아낸 보물은

달콤하고 새큼한…… 그날의 기억

이게 무슨 일인가. 키스 말대로 자신은 센티멘털한 노래를 쓰고 있었다. 게다가 또다시 어머니가 등장한다.

그건 그렇다 치고 어째서 자기는 피하고 싶은 어머니를 그토록 빈번하게 노래했을까. 키스에게 변명한 대로 이제는 어머니에 대한 원망 같은 게 아니라, 그저 무의식적으로 떠오른 말들을 늘어놓다 보니 그렇게 됐을 뿐이다. 〈MOTHERLESS〉는 가사가 '이유는 알 수 없지만 사람을 불안하게 만든다'는 이유로 많은 방송국으로부터 방송 금지를 당한 곡이지만, 그것 역시 어머니에 대한 부정적인 감정 같은 건 전혀 없었다.

엄마 난 엄마 없는 아이였지만
엄마는 아이 없는 여자였던 적이 한 번도 없었죠
난 엄마를 선택했지만
엄마는 날 선택하지 않았어요
그러니 내가 먼저 이별을 고할래요
안녕, 기억에서 지우고 싶어

이 노래는 많은 비평가들에 의해 분석되었다. 어떤 사람은 유서 아니냐며 쓸데없는 걱정을 했고, 또 어떤 사람은—어디서 그런 발상이 나왔는지—그리스도교에 대한 모독이라며 생트집을 잡았다. 물론 '어머니에 대한 원망'이라는 가장 당치 않은 문장도 많이 눈에 띄었다. 그러나 그중 단 하나, 존이 흥미를 느낀 설이 있는데, 그것은 프로이트가 제창한 '반복강박' 심리라는 것이었다. 그 비평가는 분명 이런 말을 썼다.

"존이 어머니와 복잡한 감정의 관계에 있었다는 사실은 잘 알려져 있다. 그런 존이 어머니를 적나라하게 노래했다. 도대체 존은 뭐가 좋아서 과거의 고통을 곡으로 만들어 반복했을까. 프로이트가 제창한 '반복강박' 개념은 이 같은 심리를 다음과 같이 설명했다. 사람은 인생 초기의 체험을, 그것이 아무리 고통스러운 것일지라도, 시간이 흐른 뒤 맹목적으로 반복하려는 무의식적 동기에 사로잡힌다. 영화 〈금지된 장난〉이 그 좋은 예일 것이다. 아이가 인형을 땅에 묻는 장난은 부모의 죽음을 반복해 체험하는 것이었다. 그리고 그것은 마조히스틱한 행복감까지 불러온다. 존은 아마도 이 비장한 명곡 〈MOTHER-LESS〉를 쓸 때 전율에 가까운 흥분을 느꼈을 게 틀림없다. 그는 극도의 흥분과 한없는 행복감에 휩싸였던 것이다."

처음 이 기사를 읽었을 때, 존은 쥐구멍에라도 숨고 싶은 심정이었다. 매우 위압적인 논리였지만, 존은 분명 〈MOTHERLESS〉를 쓸 때 어떤 종류의 엑스터시를 느꼈고, 기분이 고조되어 두세 시간 동안 잠을 이룰 수 없었다. 그리고 왠지 치유된 느낌도 들었다. 조금 울고 개운해진 것이다.

적나라한 자전적 가사를 쓰면 사람들은 작사가의 갈등이나 고통을 상상하고 싶어하지만, 존은 그런 데에는 진절머리가 났다. 아무리 고통스러운 노래라도 좋은 노래는 쾌감이다.

그렇지만 존은 이제 슬슬 밝은 노래를 쓰고 싶다는 생각이 들었다. 특히 주니어에 관한 노래는 한 번도 부르지 않았으니 곡을 써야 한다. 어른이 되었을 때, 아버지가 자기를 위해 쓴 곡이 있다면 얼마나 멋진 일이겠는가. 존은 그런 상상만으로도 가슴이 따뜻해졌다.

"사장님."

그런 생각에 빠져 있는데 다오 씨가 툇마루로 와서 그릇을 내밀었다.

"토란을 삶았는데 하나 드셔보시겠어요?"

"좋죠, 고마워요."

존이 이쑤시개로 토란을 찍어 입에 넣었다. 어렴풋이 유자나무 향기가 났다.

"맛이 좋네."

"아, 다행이네요."

"이것도 제물인가?"

존이 불단이 있는 방 쪽으로 턱짓을 했다.

"네에. 그래요. 부처님 간식이에요. 오봉 14일은 조상님들 영혼이 가장 많이 모이는 날이라 대접하는 쪽도 정신이 없어요."

"흐음. 그럼 영혼들은 언제까지 이 세상에 있지?"

"언제까지 있냐고요? 그야 내일까지죠."

"그렇게 빨리 돌아가나? 좀더 느긋하게 있다 가면 좋을 텐데."

"후후후, 그러게 말이에요. 그렇지만 잠깐밖에 못 만나니까 더 감사한 마음이 드는 거겠죠. 13일에 영접해서 15일에는 벌써 배웅이에요."

"허어, 사흘뿐이네."

"……사장님, 조금 전 노래, 정말 좋았어요. 노래. 송."

"들었어?" 존은 조금 쑥스러웠다. "아무렇게나 대충 불렀는데."

"아주 멋졌어요. 뜻은 잘 모르지만."

"다오 씨 노래도 만들어줄까?"

"제 노래요? 아이고, 됐어요. 저 같은 게 무슨."

다오 씨가 고개를 저었다.

"그럼 하늘나라에 간 겐이치 군 노래는?"

"아니, 정말 괜찮아요. 우후후."

"겐이치 군 노래라니까?"

"네? 아들 노래요? 아이고, 당치도 않아요."

"천국에서 들을지도 모르잖아."

"죽은 자식 나이 헤아려본들 무슨 소용 있겠어요."

다오 씨가 살짝 숙연해졌다.

"미안."

"아니에요. 고맙습니다."

"아, 참." 존은 퍼뜩 생각이 떠올랐다. "그건 그렇고, 니테 다리라고 있지?"

"네, 야가사키 강에 있는 다리죠."

"그 다리에 뭐가 있나?"

"뭐가 있다뇨?"

"그 다리가 웃는다니까, 내가 건널 때마다."

"다리가요?"

"응."

"흔히 있는 일이에요." 농담으로 받아들일 게 뻔하다고 생각했는데 다오 씨가 놀라지도 웃지도 않고 담담히 대답해서 오히려 존이 깜짝 놀랐다. "다리는 이따금 인간들에게 장난을 치니까요."

"무슨 소린지 이해가 안 되는데."

"옛날부터 있는 말이에요."

"옛날부터?"

"다리라는 뜻의 한자 '교(橋)'에는 '단(端)'이라는 뜻도 있지요……."

다오 씨가 평상시처럼 온화하게 이야기를 해나갔지만, 존은 이해할 수 없었다.

"흐-흠, 아무래도 이건 통역이 필요할 것 같군."

"네?"

"아니야, 다음에 게이코 있을 때 다시 설명해줘."

"아, 네. 자…… 하나 더 드셔보세요."

"흠, 그럴까……. 토란이라는 거 정말 맛이 좋은데."

"후후, 사장님은 꼭 일본 사람 같아요."

다오 씨는 미소를 짓더니 토란이 든 그릇을 들고 안으로 들어갔다.

툇마루에 다시 혼자가 된 존은 계속 생각을 해보려 했지만, 제자리만 뱅뱅 돌 게 뻔해서 그만두었다. 그리고 한동안 기타를 안고 떠오르는 대로 멜로디를 울려보았다.

뜻밖이다 싶을 정도로 곡이 술술 흘러나왔다. 20대 때처럼 가만있어도 몸 안에서 아이디어가 절로 솟아나는 감각과 비슷했다.

혹시 모르니 악보에 적어놓기로 했다. 어쩌면 앨범 한 장 정도는 만들어질지도 모른다. 그런 생각이 들자 존은 갑자기 흥분이 되어 오선지를 찾으러 2층 서재로 올라갔다. 이미 몇 년 동안이나 오선지를 쓰지 않았지만, 게이코는 언제 필요하게 될지 모른다며 늘 오선지를 준비해두었다.

체재 중에는 부부 겸용 서재로 쓰기로 했지만, 실제로 사용하는 사람은 게이코뿐이었다. 존은 글 쓰는 걸 귀찮아해서 좀처럼 편지를 쓰지도 않았고, 책을 읽을 때는 툇마루에 드러누워 읽는 걸 좋아했다. 서재는 깨끗하게 정돈되어 있었고, 시간이 퇴적된 듯한 고풍스러운 곰팡이 냄새가 풍겼다. 존은 방을 둘러본 후, 적당한 곳부터 책 꽂이 서랍을 차례차례 열어보았다. 이어서 책상 서랍을 열고 내용물을 살펴보자 맨 아래 서랍에서 봉투에 든 오 선지가 나왔다. 들뜬 마음으로 책상 위로 힐끔 시선을 돌 리자, 타이프 옆에 찬합처럼 몇 단으로 쌓인 스틸 트레이 가 보였고, 거기에 영문 원고가 가지런하게 정돈되어 있 었다. 외국 생활이 20년이 넘다 보니 게이코는 영어 문 장을 더 자신 있어했다. 존은 그것이 게이코가 쓰고 있는 호러 소설 원고라는 걸 금방 알아차렸다.

부부 사이라도 적절한 예의가 필요하다는 걸 알기 때 문에 그냥 자리를 뜨려 했는데, 원고 첫 페이지의 타이틀 이 눈에 들어오고 말았다. 거기에는 'CROWS' 라는 글자 가 쓰여 있었다.

'까마귀' 라……. 자기도 모르게 상상을 떠올렸다. 히 치콕의 '새' 같은 이야기인가 하고 존은 생각했다. 내친 김에 첫째 단 트레이를 집어들자, 그 아래 원고 첫 페이 지에는 'SISTERS' 라는 문자가 보였다. '자매'. 이건 자 매가 끔찍한 일을 당하는 얘긴가? 이어서 아래 단을 들 여다보니 '창' '사진' 이라는 짧은 제목이 타이핑되어 있 었다. 게이코가 쓴 단편집인 듯했다. 호러 소설치고는 모두 다 섬뜩한 제목이 아니었기 때문에 오히려 그편이 존의 흥미를 끌었다. 그런 무뚝뚝함이 도리어 작품에 대한 자신감처럼 느껴졌다.

그리고 힐끔 쓰레기통을 보니 걸레를 짜듯 비틀어놓은 원고 다발이 있었다. 그것은 파기한 원고 같았다. 존은 별생각 없이 종이뭉치를 들여다보았다. 비틀린 종이의 첫 번째 타이틀이 눈에 들어왔다. 거기에는 'NIGHT-MARE'라고 쓰여 있었다.

'악몽?' 이것만은 호러 소설과 연관된 직접적인 제목이었다. 게다가 존에게는 짚이는 바가 있어서 차분할 수 없었다.

의지와 상관없이 저절로 손이 움직였다. 존이 비틀린 원고 다발을 펴고 타이틀 항목을 훑어보니 첫머리 첫째 줄에 이렇게 쓰여 있었다.

'나는 남편의 악몽을 알고 있다.'

순간 존은 심장이 오그라드는 느낌이 들었다. 서서히 핏기가 가시는 게 느껴졌다. 존은 허둥지둥 의자에 앉아 희미하게 떨리는 손으로 난폭하게 주름을 펼치며 원고를 훑어내렸다.

"다오 씨."

"네, 무슨 일이세요?"

다오 씨가 부엌에서 하던 일을 멈추고 존을 돌아다보았다.

"플럼 있었지?"

"그게 뭐죠?"

"그 왜 있잖아, 죽에 넣어 먹었던 거. 짜고……."

"아하, 매실 장아찌요. 네, 물론 있죠."

"한 개만 줄래? 소금 듬뿍 뿌린 걸로."

"네, 드릴게요. 드시게요? 하하, 사장님도 이제 매실 장아찌가 입에 맞으시나 보네. 이건 건강에 아주 좋아요."

다오 씨가 작은 접시에 매실 장아찌 한 개를 담아와 존에게 내밀었다.

"아니, 지금 먹을 게 아니야. 으음…… 랩에 좀 싸줄래? 랩. 포장해달란 말인데. 알아듣나?"

"그럼요, 알아듣고말고요. 그런데 그걸로 뭘 하시게요?"

"응? 아아, 그냥 부적 같은 거라고 할까."

존이 어깨를 움찔하며 말했다.

"하여튼 재밌는 분이라니까."

　나흘이나 통원을 하자, 아네모네 병원은 존에게 단골 식당 같은 편안함을 주었다. 아테나의 청초한 아름다움을 접하는 즐거움도 있고, 의사와의 관계도 나쁘지 않았다. 자기를 받아주는 것 같은 안도감이 느껴졌다. 그리고 차츰 마음이 안정되면서 새삼스레 알아차린 사실이 있었다. 병원인데도 소독약 냄새가 전혀 안 난다는 것이다. 물론 필요하면 주사기를 꺼내겠지만, 어딘가에 그런 걸 보관하는 분위기조차 느낄 수 없었다.

　"아테나."

　"네, 말씀하세요, 존."

　"여기 엑스레이 같은 기구가 있나?"

　"아니요, 없어요."

　"어째서?"

　"……작은 병원인데다 엑스레이 기사도 없으니까요."

　"흐음. ……그리고 아내 말로는 이 병원이 여름에만 개업한다던데 그게 사실인가?"

　"네에, 맞아요."

　아테나는 당연하다는 듯 대답했다.

"왜 여름에만 열지?"

한동안 생각에 잠겼던 아테나가 "그러면 안 되나요?"라고 물으며 친절하지만 사무적인 눈빛으로 존을 쳐다봤다.

조금 후에 존의 이름이 불렸다. 존이 진료실로 들어가자, 안에서 기다리고 있던 의사가 날씨 인사를 건넸다.

"오늘도 덥군요."

"그러게 말입니다. 폭포수라도 뒤집어쓰고 싶은 심정입니다."

의사는 아래를 내려다보며 웃더니 존에게 자리를 권했다.

"그래, 몸은 좀 어떠신가요?"

"좋진 않습니다."

"왜 안 좋으신가요?"

"어제 닥터가 한 말은 아무래도 납득하기 힘들군요. 배설 따윈 없어도 된다고 했지만, 도저히 동의하기 어렵습니다."

"그렇습니까?"

"사람들은 보통 매일 대변을 보잖습니까."

"호오, 당신은 상당히 이성적인 분이시로군요."

252

그런 말은 처음이라 존은 대답할 말이 궁했다.

"그럼, 이런 얘기를 해보죠. 어느 나라에 군대개미라 불리는 개미가 있다고 합니다."

"군대개미?"

"그렇습니다. 일단 들어보십시오. 그 군대개미는 일절 집을 가지지 않고, 일렬로 정연하게 서서 끊임없이 전진 만 한다고 알려져 있습니다. 아침에도 낮에도 밤에도 쉼 없이 전진만 하는 거죠. 거기에 한 남자가 나타납니다. 그는 그 모습을 보고 장난기가 발동해서 이런 짓을 합니 다. 선두를 이끄는 개미 앞에 꿀을 바른 막대기를 대고 유인해서 원을 그리게 유도하는 겁니다. 선두에서 가던 개미는 크게 커브를 돌아 결국 맨 마지막 개미의 엉덩이 에 붙어버립니다. 그쯤에서 남자는 꿀 막대기를 빼버리 죠. 요컨대 거기에는 개미의 원환이 만들어진 겁니다. 군 대개미는 이제 아무 데도 갈 수 없습니다. 그저 죽어라 원만 그리며 돌 뿐이죠……. 자, 존, 당신의 감상은 어떤 가요?"

"아주 잔인한 남자로군요."

"그렇게 생각합니까?"

"그럼요, 잔혹한 상황이죠."

"왜 그렇게 생각하시죠?"

"왜냐……. 그래요, 마치 지금 내 상황과 똑같지 않습
니까? 변이 나오지 않아서 그저 제자리 돌기만 하니까
요."

의사가 아주 살짝 입꼬리를 올렸다.

"그럼, 당신은 그 모습을 보고 어떻게 하시겠습니까?"

"도와줘야죠."

"어떻게?"

"흠…… 그렇지. 적당한 곳에 종이라도 끼워서 원을 끊
고, 다른 방향으로 도망칠 수 있게 해줘야죠."

"그러면 군대개미가 행복해질 거라고 생각합니까?"

"글쎄, 그거야 개미한테 물어보셔야지."

"원환이 뭐가 나쁜가요?"

"……아무 데도 갈 수 없다는 게 가엾지 않습니까?"

"과연 그럴까요? 저는 다른 데 갈 필요는 없을 것 같은
데요."

존은 대답이 궁해졌다.

"전진은 좋고 정체는 나쁘다는 건가요?"

"……그건 잘 모르겠군요. 그보다 군대개미와 내 변비
가 무슨 관계가 있다는 거죠?"

"실은 인간이든 동물이든 살아가면서 꼭 해야만 할 일은 하나도 없습니다. 읽지 않으면 안 되는 책도 없고, 만나지 않으면 안 될 사람도 없어요. 먹지 않으면 안 되는 음식도 없고, 가지 않으면 안 되는 학교도 없죠. 권리는 있습니다. 그러나 의무는 없어요. 해서는 안 될 일이 몇 가지 존재할 뿐이고, 하지 않으면 안 될 일은 아무것도 없습니다. 당신은 '마땅히 그러해야 한다'는 심리가 너무 강합니다."

　"그런가요?"

　"그렇습니다. 여전히 배설에 대한 세간의 상식에 얽매여 있습니다. 제가 그렇게 배설 따위는 없어도 된다고 말씀드렸잖습니까."

　의사는 또다시 열변을 토하는 어조로 변했다.

　"그건 당치도 않아요, 닥터."

　"예전에 이런 환자가 있었습니다. 환자는 소설가였죠. 그는 당신과 정반대로 대변이 너무 많이 나온다고 곤란을 호소했습니다."

　"부러운 사람이군요." 존이 어깨를 흔들며 웃었다.

　"그는 볼일을 마치고 화장실에서 나오면, 금세 다시 변의가 느껴지는 겁니다. 허둥지둥 화장실로 돌아가죠. 다

시 볼일을 봅니다. 그런데 화장실을 나오면 또다시 변의
가 느껴집니다. 그는 그런 상태로는 도저히 원고를 쓸 수
없다고 저를 찾아왔던 겁니다."

"그래서 어떻게 됐나요?"

"제가 그에게 권했죠. 화장실을 넓혀서 서재로 개조하
면 어떻겠냐고."

존이 큰 소리로 웃어젖혔다.

"그럼 그 환자가 변기에 앉아서 원고를 썼다는 소리
요?"

"글쎄요, 거기까진 알 수 없습니다. 다만 그 후에 그는
무슨 문학상을 수상했습니다. 지금은 잘나가는 작가입니
다."

"흐음. 재미있는 얘기로군요."

"요컨대 인간은 그냥 자연 그대로 놔두는 게 제일 좋다
는 겁니다."

"……그럴지도 모르죠."

"그냥 내버려둬(Let it be)."

그 순간, 존의 배에 경련이 일었다.

한동안 잡담을 나눈 후, 의사가 진료카드를 정리해 책
상 한쪽으로 치웠다.

"자, 그럼…… 마사지를 시작할까요? 존, 양손을 앞으로 내미세요."

"닥터, 잠시 화장실에 다녀와도 될까요?"

"네, 그러시죠."

존은 대기실을 지나 화장실로 들어간 후, 주머니에서 랩 포장을 꺼내 그 안에 든 매실 장아찌를 입 안에 넣었다. 뺨 안쪽으로 깊숙이 밀어 넣었다. 거울을 보며 짠맛 때문에 얼굴을 찡그리지 않게 표정을 가다듬은 후, 태연하게 진료실 소파로 돌아갔다.

"자, 그럼, 손을 내미시죠."

의사는 존의 손을 잡더니 평상시처럼 엄지손가락으로 손바닥의 경혈을 마사지하기 시작했다.

"어깨에 힘을 빼세요……. 천천히 의자 등에 체중을 싣고 누우세요."

존은 시키는 대로 했다.

"이제 심호흡을 하겠습니다. 자, 크게 들이마시고…… 천천히 내쉬고……. 크게 들이마시고…… 천천히 내쉬고……. 제 목소리가 들립니까?"

눈을 감고 살며시 고개를 끄덕였다.

"크게 들이마시고…… 천천히 내뿜고……. 마음이 차

츰 편안해집니다."

1분도 지나지 않아 몸이 좌우로 흔들리는 느낌이 들면서 머리가 무거워졌다. 존은 등받이에 머리를 눕혔다.

"크게 들이마시고…… 천천히 내쉬고……."

몸속의 세포까지 움직임을 멈춘 것 같고 상쾌한 기분이 뇌 안에 가득 찼다.

"크게 들이마시고…… 천천히 내쉬고……."

의식이 멀어지려는 순간, 존은 힘껏 매실 장아찌를 씹었다. 걸쭉한 과즙이 입 안에 번지며 정수리까지 자극이 미쳤다. 조심스럽게 배에 힘을 넣으며 짠맛을 참아냈다.

"존, 들리죠?"

말없이 고개를 끄덕였다.

"이제 숫자를 세겠습니다. 셋을 세면 당신은 깊은 최면 속으로 빠져듭니다. 자아, 하나아…… 두울…… 세엣. ……당신은 옛날로 돌아갔습니다. 아주 아주 먼 옛날로 돌아갔습니다. 대답해보세요, 존."

"네." 한숨 섞인 목소리로 대답했다.

"어제는 블랙풀 얘기를 들려줬죠."

순간 존의 몸이 경직되었다.

"자, 몸에 힘을 빼세요. 겁낼 것 없어요. 그럼 다시 한

번 심호흡을 할까요……. 크게 들이마시고…… 천천히
내쉬고……. 블랙풀에서는 조금 슬픈 일이 있었죠. 무슨
일이었을까, 말해줄 수 있겠니?"

의사의 말투가 어린애를 대하는 것처럼 변했다.

"엄마랑 아빠가 싸웠어."

"그랬지. 그래서 존이 울었잖아."

"응."

"아빠는 그 후에 어떻게 됐지?"

"몰라. 어딘가로 떠나버렸어."

"그 후로는 한 번도 못 만났니?"

"응, 못 만났어."

"만나고 싶어?"

"만나고 싶지 않아."

"왜 만나고 싶지 않지?"

"얼굴도 잊어버렸고, 이모부가 있으니까 괜찮아."

"그렇지. 존에게는 이모부가 있었지. 그렇지만 아빠는
틀림없이 먼 나라에서 존을 자랑스럽게 생각할 거야."

"왜?"

"그야 존이 크면 아주 유명한 팝스타가 될 테니까. 모
두에게 사랑받는 사람이 될 거야."

가슴이 철렁 내려앉았다.

한동안 아버지 얘기가 계속되었다. 의사는 아버지가
존을 얼마나 사랑했는지에 관해 이야기했다.

"자, 그럼, 엄마 얘기를 해볼까? 엄마는 그 후에 어떻
게 지냈을까?"

"가까이에 살았어. 모르는 남자하고."

"그래서?"

"가끔 이모 집으로 만나러 왔지."

"엄마는 왜 왔을까?"

"몰라."

"놀아줬니?"

"응, 놀아줬어. 키스도 해주고."

"존에게 뭘 사주기도 했니?"

"응, 항상 에든버러 록을 선물로 줬어."

"에든버러 록이라니?"

"사탕 이름. 딱딱하지만 아주 달고 맛있어."

"호오, 그래? 존의 엄마는 상냥한 분이로구나."

"몰라."

"왜?"

"그건……."

"그건?"

"약속을 안 지켰으니까."

"무슨 약속?"

"또 언제 오냐고 물으면 다음 주 일요일에 온다고 해놓고 안 왔어. 그래서 난 기다리고 또 기다렸어. 현관 앞에서 기다려도 안 왔어."

"존이 현관에서 기다렸니?"

"응, 기다렸어. 현관 창문으로 밖을 내다보면서 기다렸어."

생각이 떠올랐다. 엄마는 존의 머리를 쓰다듬으며 아주 간단히 대답하곤 했다. 다음 주에 또 올게, 라고. 존은 그 순간부터 애타게 그날을 기다리며 손가락을 꼽았다. 목요일이 되면, 앞으로 몇 밤 자면 일요일이 되냐고 이모에게 물었고, 금요일이 되면 엄마에게 읽어달라고 할 그림책을 준비했고, 토요일이 되면 들뜬 감정을 억누를 길이 없어 미친 듯이 침대 위에서 뛰었다. 그리고 일요일이 찾아온다.

어느 봄날 일요일, 존은 엄마가 온다는 흥분 때문에 아침 일찍 일어나 아침도 먹는 둥 마는 둥 하고 밖으로 뛰어나갔다. 바깥공기는 싸늘했지만, 제대로 못 잔 눈을 시원하게 깨워줘서 기분이 좋았다. 문 앞에서 거리를 내다보고 있자, 이모가 감기 걸린다고 주의를 줘서 하는 수 없이 집 안으로 들어왔다. 그렇지만 거실에 있으라는 말은 듣지 않고 현관 창문으로 밖을 내다보며 엄마를 기다렸다.

거리에 사람 그림자가 지나칠 때마다 가슴이 두근거렸고, 그때마다 낙담을 거듭했다. 오전 내내 그렇게 시간을 보낸 존은 엄마가 오후에 올 거라고 마음을 고쳐먹고, 이모, 이모부와 셋이 점심을 먹었다. 점심을 먹자마자 다시 현관으로 달려가 밖을 내다보았다. 한참이 지나자 이모가 다가와 존의 어깨에 손을 올리더니 간식을 준비했다며 존을 데리고 거실로 돌아갔다. 존은 엄마 먹을 건 어디 있냐고 물었고, 따로 챙겨뒀다는 대답을 듣고 나서야 안심하고 먹을 수 있었다. 그 후에도 문지기처럼 현관 앞을 떠나지 않았다. 방 난방 때문에 유리가 부옇게 흐려져서 하얗게 서린 김을 손으로 닦아내며 밖을 내다보았다.

이모가 이따금 뒤에서 말을 건넸다. "존, 그림책 읽어줄까?" "안 돼, 오늘은 엄마가 읽어줄 거야." 존이 이모에게 엄마는 왜 안 오냐고 물으면 이모는 곤란한 표정을 지으며 부엌으로 사라져버렸다. 교대하듯 이모부가 다가

와서 공원에서 소프트볼을 하자며 미소 띤 얼굴로 말을 건넸다. "안 돼요, 곧 엄마가 올 거야." 고개를 저으며 현관에서 엄마를 기다렸다. 존은 그렇게 하루 종일 엄마를 기다렸다.

해가 저물고 존의 마음에도 그늘이 드리워졌다. 현관 유리로 내다보는 석양 속에 엄마의 등이 어른거렸다. 이모가 갑자기 뒤에서 존을 끌어안았다. 돌아보니 뭐라고 말해야 할지 몰라 곤혹스러워하는 표정이 보였다. 그 어두운 얼굴을 본 존은 어린아이였지만 모든 걸 깨달았다.

존의 눈에서 눈물이 흘러넘쳤다.

"왜 그러니, 존. 그렇게 슬프니?"

의사의 목소리가 귓전에 울렸다.

존은 목소리가 나오지 않아서 고개를 끄덕이며 대답했다. 눈물이 흐르는 대로 놔두고 침을 삼키며 호흡을 가다듬었다.

"그랬구나. 엄마가 약속을 안 지켰구나. 그러면 안 되는데."

엄마는 그렇게 1년 동안이나 모습을 드러내지 않을 때도 있었다.

"그렇지만 엄마는 항상 존을 사랑했단다."

존은 무슨 소리를 꺼내나 싶은 생각이 들었다.

"그렇잖아. 블랙풀 일만 해도 존을 사랑하니까 데리러 간 거지, 안 그래? 싫어하면 굳이 그런 일은 안 했겠지? 그러니까 아빠도 엄마도 존을 아주 사랑한 거야."

터무니없는 소리였다. 그때는 두 사람이 고집을 부리며 맞섰던 것뿐이다.

"존, 들리니?"

엄마 목소리가 들렸다. 존은 너무 놀라 심장이 튀어나올 것 같았다.

"존, 약속을 안 지킨 엄마가 나빠. 미안해."

그것은 아테나의 목소리였다. 순식간에 온몸에 힘이 빠졌다.

"엄마도 약속을 못 지킨 게 무척 마음에 걸려. 엄마는 존이 열일곱 살 때 죽었지만, 살아 있을 때 사과할걸 그랬다고 많이 후회하고 있단다. 지금도 그때 일을 떠올리면 왜 좀더 존에게 상냥하게 대하지 못했을까 가슴이 아프단다. 조금 더 살았다면 엄마는 틀림없이 존이랑 더 가까워졌을 거야. 존, 듣고 있니?"

말없이 고개를 끄덕였다.

"염치없는 부탁이겠지만, 엄마는 존에게 용서를 받고

싶구나. 그보다 먼저 사과부터 할게. 미안하다, 존. 아직
도 엄마한테 화났니?"

"이제 됐어."

차분하게 말했다. 존이 어른 목소리로 대답했다.

"그만들 하시지."

천천히 눈을 뜨고 정면에 있는 의사를 조용한 눈길로
쳐다봤다. 그 옆에는 아테나가 있었다.

"그만둡시다, 닥터."

의사는 그 자리에 얼어붙었다. 눈에 미세한 동요의 빛
이 스쳤지만, 그런데도 순식간에 사태를 파악하고 나름
대로 대처하려는 듯 보였다. 포커페이스에 변화는 없었
다.

"깨어 있었나요……"

의사가 침착한 체하며 낮은 목소리로 말했다.

"그래요, 이것 덕분이죠."

존이 입 안에서 매실 장아찌 씨를 뱉어내자, 마룻바닥
으로 데굴데굴 굴러갔다.

"아테나, 나가 있어." 의사가 턱짓으로 명령을 내리더
니, "어떻게 알았죠?"라고 물으며 존을 쳐다봤다.

"정직한 아내 덕분이오."

"부인께서 말씀하셨습니까?" 의사가 뜻밖이라는 목소리로 물었다.

"아니, 아내가 쓰는 소설을 몰래 읽었소."

"호오, 어떤 내용이었나요?"

"말해드리지……. 남편의 악몽에 시달리는 아내가 있었소. 남편은 벌써 몇 년 동안이나 옆 침대에서 악몽에 가위눌리며 괴로워하지. 아내는 수없이 남편의 잠꼬대를 듣는 사이 남편 마음의 상처가 어떤 것인지 짐작하게 됐소. 들어본 적조차 없는 과거의 일을 알게 된 셈이지. 그래서 아내는 그 상처를 치유해주려고 결심하게 된 거요. 아내는 숲의 주술사를 찾아가 남편의 악몽을 없애달라고 부탁하지. 주술사는 말했소. 그렇게 합시다, 남편 과거의 어두운 기억을 바꿔줍시다. 아내는 기뻐하며 주술사에게 남편을 보냈소. 그리고 남편의 마음은 치유되기 시작했지. 그런데 주술사는 남편에게서 제거한 악몽을 아내에게 이식시키기 시작한 거요. 아내는 영문을 알 수 없는 기억에 괴로워하고 결국은 악몽에 시달리게 되지……."

"재미있군요."

"그렇죠?"

"제가 주술사인가요?"

"비슷한 거 아니오?"

"그건 뜻밖에 섭섭한 말씀이군요. 전 엄연한 신경정신과 의사입니다. 제가 한 것은 최면요법일 뿐입니다."

"환자에게 양해도 구하지 않고 한단 말이오?"

"네, 그렇습니다." 의사는 무표정하게 존을 응시했다.

"부인의 양해를 얻었습니다. 그렇다기보다 이건 당신 부인께서 의뢰한 일입니다."

"……아아, 소설을 읽고 왠지 그런 기분이 들긴 했소." 존은 흥 하고 콧방귀를 뀌었다. "대단하군, 한통속이었다니."

"들어보십시오. 신경정신 의료에서 암시는 불가결한 요소입니다. 이제부터 암시를 걸 환자에게 굳이 예고할 까닭이 없습니다."

"불쾌한 일이오."

"그 기분은 이해합니다."

"아내를 불러주시오. 지금 당장."

의사는 잠시 침묵하더니 체념한 표정으로 고개를 끄덕이며 책상 위의 수화기를 집어들었다.

10분쯤 지나자 게이코가 아네모네 병원에 나타났다.

7

게이코는 오는 길에 마음을 단단히 먹었는지 태연한
태도를 취했다. 진료실로 들어와 존의 얼굴을 보더니 팔
짱을 끼고 서서 살짝 곤란한 미소를 띠며 말했다.

"존, 화내면 안 되지."

"설명해봐, 게이코."

존이 매서운 눈초리로 쏘아붙이듯 말했다.

"화 안 낸다고 약속해."

"그런 약속은 할 수 없어."

"이건 당신을 위해서 한 일이야."

"됐으니까 얼른 설명부터 해."

존이 낮은 목소리로 위협하듯 말했다.

"좋아, 말할게." 게이코는 한숨을 한 번 내쉬고 이야기를 시작했다. "당신이 악몽을 꾸는 건 알고 있었어. 10년이나 같이 살았으니 당연한 일이지. 물론 함부르크 일도 블랙풀 일도 다 알아. 당신 잠꼬대가 워낙 대단하니까 모를 수가 없지. 어느 날 당신이 난 사람을 죽였다고 하는 거야. 옆에서 자던 나는 제정신이 아니었다고. 전에는 적당한 때를 봐서 물어볼까도 했는데 어쩐지 물어보기 힘들었어. 굳이 낮에 또다시 악몽을 떠올리게 하는 것도 가엾고……. 그래서 주니어가 태어난 후로 당신의 악몽이 사라졌을 때는 정말로 안심이 됐지. 존이 이제야 겨우 평온을 찾았구나 하고 눈물이 날 만큼 기뻤어. 그런데 올여름에 갑자기 재발한 거야. 난 너무 당혹스러웠어. 그래서 가루이자와 협회 지인에게 닥터를 소개받은 거야. 도쿄의 신경정신과 선생님이셔. 전화로 상담하니까 여름에는 가루이자와 별장에서 지낸다고 해서 어렵게 부탁을 드린 거야. 제발 당신을 도와달라고."

"그럼 처음부터 신경정신과라고 말했어야 할 거 아냐."

"말했잖아, 심료내과라고."

"그렇게 어려운 말로 하면 어떻게 알아들어!"

존이 머리를 헝클어뜨리며 입을 내밀었다.

"아이, 정말. 겨우 잘되어가는 판에……. 그보다 남의 원고는 왜 훔쳐봐? 그것도 버린 원고를 휴지통에서 꺼내서까지."

게이코도 존처럼 입을 삐죽 내밀었다.

"원고 재미있던데 왜 그래. 그냥 버리긴 아까울 텐데?"

존이 차가운 목소리로 말했다.

"일단 써보긴 했는데 혹시 책이 나오면 당신 눈에 들어갈까 봐 그만뒀어. ……그나저나 이건 정말 프라이버시 침해야. 용서할 수 없는 일이라고."

"용서 좋아하네. 멋대로 최면이나 걸어놓고 누가 할 소릴."

"닥터가 미리 말하면 의미가 없다고 했단 말이야, 어쩔 수 없잖아."

"이봐, 뭘 잘했다고 신경질이야!"

"자자, 그만, 그만." 의사가 끼어들었다. "존, 부인께서도 당신을 걱정해서 한 일이니 이번 일은 부디 원만하게 넘어가시죠."

"원만하게? 사람 마음을 멋대로 들여다보고, 게다가 조작까지 하려 들다니. 닥터, 당신도 상당히 나쁜 사람이야."

"잠깐, 닥터한테 화풀이하지 마."

"아아, 전 괜찮습니다. 존이 화내는 건 충분히 이해합니다."

"당연하지. 영국 같았으면 소송할 일이야."

"허어, 그러셔? 어디 한번 소송해보시지. 하는 김에 나까지 하지 그래?"

"뭐가 어쩌고 어째? 다시 한 번 말해봐!"

"자자, 부인도 존도 그만."

"저어……."

세 사람이 소리가 나는 쪽을 돌아보니 아테나가 보리차를 담은 쟁반을 들고 서 있었다. 마치 복싱 경기에서 갑자기 시합이 중단된 것처럼 한동안 정적에 휩싸였다. 게이코가 나지막이 웃음을 터뜨렸다.

"자자, 물이라도 한 잔씩 마시고 천천히 얘기해봅시다."

의사의 제안에 세 사람은 각자 자리를 잡고 의자에 앉았다.

"닥터." 게이코가 말했다.

"이걸로 모든 게 물거품이 된 건가요?"

게이코도 나름 낙심한 모양이었다.

"아니, 그렇진 않습니다. 존의 심적 외상은 확실하게 치유됐을 겁니다. 물론 오늘 최면요법은 실패로 끝났지만, 어제까지의 치료는 상당히 성과가 나타났어요. 남은 건 존이 어떻게 납득하느냐 하는 문제인데…… 존."

의사가 존을 쳐다봤다.

"이젠 악몽에서 해방된 것 같지 않나요?"

"뭐, 그런 느낌은 드는군요."

"그것 참 다행입니다. 뿐만 아니라 저로서는 아주 놀라운 일입니다만, 존의 경우는 뇌 안의 자기치유 능력까지 상기시킨 것 같습니다. 이건 실로 획기적인 예라 할 수 있습니다. 저의 최면과는 별개로 독자적인 꿈 치료까지 행했으니까요."

"무슨 말이오?"

"당신은 숲에서 트라우마의 대상인 영혼과 조우했고, 그들과 화해했다고 말했습니다. 제 치료에서는 처음 있는 일입니다."

"엉?" 존이 소리를 높였다. "그럼, 닥터는 내가 숲에서 한 체험이 꿈이라는 거요?"

"꿈이라고 하면 표현이 좀 그러니 '무의식 치료'라고 부릅시다. 당신은 뇌를 이용한 치료를 한 셈입니다."

"지금 무슨 소릴 하는 거요. 난 분명히 저 숲에서 옛날 사람들을 만났어. '무의식 치료'라니 말도 안 돼. 난 그런 건 믿을 수 없소. 아 참, 그렇지."

존이 의사에게 얼굴을 들이밀었다.

"그럼 이 상처는 어떻게 설명할 거요?"

"……알고 싶습니까?"

존은 거의 시비조로 덤벼드는 태도였다.

"물론, 당연히 알고 싶지."

"그것은 스스로 낸 상처입니다."

말문이 막혔다. 존은 눈을 휘둥그레 뜨며 천장을 올려다봤다.

"헤이, 이봐, 당신 지금 제정신이야? 내가 날 때렸다고?"

"그렇습니다." 의사는 자신 있게 말했다. "정신의학에 자상(自傷)행위라는 게 있는데, 그게 다른 형태로 나타난 것이라 볼 수 있겠죠. 그래요, 이런 예는 처음이라 아직 적절한 명칭은 없습니다만, '죄의식에 대한 과도한 보상' 정도로 이름 붙여볼까요?"

존은 도저히 이해할 수 없다는 듯 고개를 저었다.

게이코는 말없이 듣고 있었다. 전화로 들어 이미 알고

있을 터였다.

"실은 저도 몹시 놀랐습니다. 솔직히 말해 인간에게 이 정도까지 자기치유 능력이 있는 줄은 몰랐습니다. 이번 일은 곧바로 논문을 써서 학회에 발표할 생각입니다. 아아, 존, 물론 당신 이름은 쓰지 않을 테니 안심하세요."

"난 그런 견해는 수긍할 수 없소."

"상관없습니다. 당신의 경우에 분명한 사실은 마음의 상처가 치유됐다는 것, 그것 한 가지뿐이니 내 말은 흘려들어도 좋습니다."

한동안 침묵이 흘렀다. 존은 말하는 것도 귀찮았다.

"닥터."

"네."

"……그건 그렇다 치고, 내 변비 말인데."

"또 그 말을 꺼내시는군요."

"또 그 말이라니……."

"배설 같은 건 없어도 된다고 몇 번을 말씀드리지 않았습니까."

존은 머리가 어질어질해졌다. 내일부터는 어떻게 해야 하는지 판단이 서지 않았다.

"통원은 어떻게 합니까?"

"내일도 와주십시오."

"뭐 하러?"

"가능하다면, 이번에는 본인 양해하에 다른 심리요법을 해보고 싶습니다만……."

"거절하겠소."

"존." 게이코가 끼어들었다. "그 문제는 오늘 집에 가서 둘이 상의해볼게요……. 괜찮아요. 내일도 보낼게요."

"누구 맘대로……."

존이 말을 받아치자마자, 게이코가 초등학교 선생님처럼 존을 째려보며 말을 잘랐다. 그러고는 "자, 그만 가요"라며 존의 팔을 잡고 자리에서 일어섰다.

둘이 진료실에서 나오자 카운터에 서 있는 아테나와 눈이 마주쳤다.

"아테나, 조금 전 연기 아주 멋지던데?"

점잖게 빈정거리자 게이코가 존의 등을 꼬집었다. 존이 펄쩍 뛰어올랐다.

"존, 내일도 꼭 오세요."

조금은 겸연쩍은 표정을 지을 줄 알았는데 아테나는 평상시와 다름없이 온화한 표정으로 미소를 머금었다.

현관문을 열자, 눈앞은 온통 안개로 자욱했다.

그것은 평상시보다 훨씬 짙었고, 마치 숲 전체가 태동하듯 서서히 소용돌이치고 있었다.

존의 마음이 수런거렸다. 숲에서 말로 표현할 수 없는 요사스러운 기운 같은 게 느껴졌다.

존의 팔을 잡은 게이코의 손에 힘이 들어갔다. 옆을 바라보니 게이코도 뭔가 이상을 감지하고 살짝 굳어 있는 것 같았다.

"존, 뭔가 좀 이상해."

게이코가 감정을 억누른 목소리로 말했다. 그녀는 불안할 때일수록 반대 태도를 취했다.

존은 그 말에 대답하지 않고 앞으로 걸어나갔다. 안개 기류에 살갗이 짓눌리는 느낌이 들었다. 마치 수중에서 물결을 거슬러가는 듯한 착각에 빠졌고 다리가 무거워졌다. 어제까지와는 명백하게 다른 어떤 세력이 숲에 깃들어 있었다.

"왠지 기분이 안 좋아." 게이코가 말했다. "다른 길은 없나?"

"없어. 이 길뿐이야."

그때 안개 속에서 그림자가 보였다. 게이코가 팔을 잡

아당겨서 존도 그 자리에 멈춰 섰다.

그 그림자는 소리도 없이 가까이 다가왔다.

"헤이헤이, 존 나리."

키스였다.

"너 말이야, 아무래도 무지막지하게 불러들인 모양이
다."

키스가 살짝 곤혹스러운 표정을 지으며 목을 움츠렸
다.

"또 누가 와 있나?"

"아니, 이젠 누구라 할 단계가 아니야. 이 몸도 잘 모
르겠지만, 이쪽 세계를…… 이쪽이라는 건 다시 말해 이
몸이 계시는 세계를 말하는데……. 네가 그 세계를 홱 잡
아끈 것 같단 말이지."

"무슨 뜻이야?"

"설명하긴 힘들어. 아무래도 이 숲에서 이쪽 세계와 너
희 세계가 겹쳐지는 것 같아. 어제까지는 멀리서 온 것
같았는데 오늘은 확연히 다르군. 이웃사촌 느낌이라고나
할까. 흠, 어쨌든 살짝 귀띔해주는 게 좋을 것 같아서."

존이 아무 대꾸도 못하자, 키스가 눈길을 돌리고 다정
한 미소를 띠우며 말했다.

"야하, 게이코, 오랜만이야."

"어머, 키스, 정말 오랜만이에요."

게이코는 태연하게 인사를 건넸다. 부부 동반으로 자주 파티에 참석해서 낯익은 사이이긴 했지만, 게이코가 그렇게 침착한 태도로 나오는 건 뜻밖이었다.

"게이코, 놀랍지도 않아? 작년에 세상을 뜬 키스야."

"놀랍지."

"그런데 왜 소리도 안 지르고, 호들갑도 안 떨어?"

"호들갑 떨면 좋겠어?"

"아니, 꼭 그런 뜻은 아니지만……."

"머릿속에서 한참 정리 중일 때는 일일이 반응하지 않기로 했어."

"그럼, 정리 끝나면 알려줄래?"

"그럴게……." 게이코는 잠시 생각에 잠겼다. "존, 그것보다 여기로 닥터를 불러오면 어떨까?"

"아, 그거 좋은 생각이군. 직접 눈으로 보여줘야겠어."

게이코는 잔달음질을 치며 아네모네 병원으로 돌아갔다.

존은 의사에게 이래도 꿈이냐고 따지고 싶었다. 그런데 문득 자신이 지금 최면 중에 있는 건 아닐까 하는 의

혹이 동시에 떠올라 당혹스럽기도 했다.

이것이 현실일까, 최면일까? 자신이 조금 전에 정말로 최면에 걸리지 않았다고 자신할 수 있을까. 혹시 지금도 꿈속인가? 아니, 그럴 리가 없다. 그렇다면 언제부터 깨어 있었던 걸까?

그런 생각이 들자 모든 게 뒤죽박죽이 되고, 존의 사고는 천 갈래 만 갈래로 흩어졌다.

"그런데 키스, 지금 현실인 거 맞지?"

"어려운 건 묻지 말자고. 이 몸도 이렇게 존 나리를 만나는 게 불가사의하니까."

"유령 주제에 불가사의니 뭐니 하는 말은 안 어울린다."

"이봐, 노골적으로 유령이라고 불러대지 마. 왠지 나자신이 처량해지잖아."

"그럼 뭐라고 불러?"

"정령이 낫겠지."

"알았어, 노력해볼게."

그사이에도 너울거리는 안개는 기세를 더해갔고, 나무가 삐걱거리는 것 같은 소리가 허공 곳곳에서 울려 퍼졌다. 슬로모션으로 움직이는 회오리바람 한가운데 서 있는 기분이었다.

등 뒤에서 발걸음 소리가 들리고 게이코와 의사가 다가왔다. 그 뒤에는 아테나도 있었다.

"엄청난 안개로군요. 이런 건 처음입니다." 의사가 주위를 둘러보며 말했다. "게다가 어쩐지 숨도 좀 막히고."

"정말 그러네요. 공기가 희박한 것 같아요."

게이코도 의사의 의견에 동의했다.

"닥터." 존이 뒤를 돌아다보며 말했다. "내 친구를 소개해드리죠. 키스입니다."

"그렇습니까. 처음 뵙겠습니다."

"아, 네에." 키스가 중산모자를 살짝 들어올렸다.

"키스는 작년에 죽었어요."

"오오, 그것 참 안타까운 일이군요."

"다시 말해 닥터 눈앞에 있는 이 사람은 유령이란 뜻이오."

"정령"이라고 키스가 재빨리 정정했다.

그래도 의사가 동요하는 기색을 보이지 않자 존이 게이코에게 증언을 요구했다.

"맞아요. 이 사람은 분명히 작년에 세상을 떠났어요."

"그렇습니까?"

"네에. 저도 어떻게 판단해야 할지 모르겠어요…….
분명 유령이 맞긴 맞아요."

"정령이라니까."

의사가 눈썹을 찡그리며 팔짱을 끼더니 '흐음' 하고
앓는 소리를 내뱉었다.

"키스라고 하셨죠? 당신은 죽은 사람입니까?"

"아, 그렇소만."

"그런데 왜 여기 계십니까?"

"이 몸도 잘 모르겠소. 다만 존이 어떤 힘으로 정령들
을 불러들이는 것 같긴 한데."

"호오, 매우 흥미로운 얘기로군요. 괜찮으시다면……
당신도 제 카운슬링을 받아보지 않겠습니까?"

"헤이헤이, 존. 이 아저씬 뭐야?"

"키스, 닥터라고 부르세요." 게이코가 말했다.

"아무래도 닥터는 믿질 못하는 모양이군."

존이 허리에 손을 올리고 한숨을 내쉬었다.

"오케이. 자 그럼, 만나고 싶은 사람이 있으면 말해보
시오. 저세상이 가까이 와 있으니 내가 불러다 드리지."
키스가 말했다. "어떠냐, 존? 버디 홀리라도 불러다 줄
까?"

"뭐? 버디 홀리!"

"그래, 존 나리가 동경해 마지않는 히어로지."

"부, 부, 부탁해. 꼭 만나고 싶어."

"좋았어. 잠깐 기다려. ……아, 엘비스는 어때?"

"그건 됐어."

키스가 발길을 돌려 안개 속으로 들어갔다. 버디 홀리
는 1959년에 비행기 사고로 죽은 로큰롤 가수인데, 존이
10대 시절 가장 많은 영향을 받은 아이돌이었다. 사고 소
식을 들었을 때는 이루 말할 수 없는 비탄에 빠졌었다.

마른침을 삼키며 주시하고 있자, 한순간 시공이 비틀
리는 것 같은 검은 형상이 허공에 번득이더니 두 사람의
그림자가 나타났다. 그중 한 사람은 틀림없는 버디 홀리
였다. 그는 뿔테 안경을 쓰고 하얀 이를 반짝이며 맞은편
에 서 있었다.

"음, 당신이 존인가요?"

"……"

"존, 정신 차려. 어서 인사라도 해야지. 실례잖아."

게이코가 옆에서 작은 목소리로 부추겼다. 존은 감격
에 겨워 절규하고 싶은 심정이었다.

"저, 저는 존이라고 합니다. 당신의 열혈팬입니다."

"그렇군요, 고마워요."

버디 홀리의 목소리는 생각보다 부드럽고 맑았다.

"와우!" 존은 기뻐서 덩실거리더니 말을 더듬어가며 자기가 그에게 얼마나 많은 영향을 받았는지 늘어놓기 시작했다. 도저히 흥분을 감출 길이 없는 모양이었다. 버디 홀리는 살짝 겸연쩍어하면서도 그 자리를 지켜주었다.

"아, 맞다. 사인." 존은 뭔가 쓸 게 없는지 살피며 닭처럼 이리저리 고개를 두리번거리다, 의사의 가운 주머니에 펜이 꽂혀 있는 걸 발견하고 낚아채듯 빼냈다.

"잘 보시오, 닥터. 이래도 꿈이라고 우길 생각이오?"

존은 아래턱을 내밀며 내뱉듯 말하더니 티셔츠에 사인을 해달라고 졸랐다.

"……저분은 누구시죠?" 의사가 차가운 목소리로 물었다.

"버디 홀리 아닙니까. 이, 이봐요, 제발 모른다는 소린 하지 말아요."

"안타깝게도……."

존은 황급히 의사 곁으로 달려가더니 귀에 대고 위협하듯 으르렁거렸다.

"다시 한 번 말하겠는데, 실례되는 말은 입 밖에 내지 마시오."

"저분은 카운슬링이 필요하지 않나요?"

"당신 맞고 싶어?" 존이 으르렁거렸다.

존은 몹시 긴장한 와중에도 한동안 버디 홀리와 지복의 순간을 보내며 소년 시절의 추억에 빠져들었다. 버디 홀리는 모르는 남자의 부름을 받아 살짝 당혹스러운 눈치였지만, 그래도 미소를 잃지 않았고, 한차례 대화를 마친 후 인사를 나누고 숲 속으로 사라졌다.

흥분 상태인 존이 '어때, 똑똑히 봤어?' 하는 식으로 의사를 쳐다보자, 의사는 깊은 생각에 잠긴 표정으로 말 없이 턱을 어루만졌다.

"헤이헤이, 존." 키스가 불렀다. "차라리 저 닥터와 인연이 있는 사람을 부르는 게 어때?"

"그것도 가능해?"

"아까 말했잖아. 지금은 이웃사촌 간이라고. 누구든 만날 수 있어."

"그렇군. 이봐요, 닥터. 죽은 사람 중에 누구 만나고 싶은 사람이 없소? ……아 참, 다오 씨를 불러야 해! 다오 씨! 이봐, 게이코. 다오 씨에게 급히 이리로 오라고 전화 좀 해줘."

"여보, 진정해요."

"아, 글쎄, 얼른 연락부터 하라니까."

"알았어요. 오라고 할게요."

게이코는 고개를 움츠리더니 다시 아네모네 병원으로
뛰어갔다.

"저어." 아테나가 조심스럽게 입을 열었다.

"돌아가신 저희 부모님도 불러주실 수 있나요?"

모두 아테나를 쳐다봤다.

"그거 좋겠군." 키스가 대답했다. "한데, 이 몸은 당신
부모님을 모른단 말이지……. 아하, 그래그래, 마음속으
로 떠올리면서 큰 소리로 불러봐. 틀림없이 그 소릴 들을
거야."

"그건 안 돼!"

의사가 말했다. 웬일로 몹시 강경한 어조였다.

"아테나, 정체도 알 수 없는 사람들이 하는 말을 곧이
곧대로 들으면 안 돼. 넌 그만 돌아가 있어."

"헤이헤이, 형씨, 한번 해보자는 거야?" 발끈하는 키스
를 막아서며 존이 의사에게 다가갔다.

"닥터, 믿고 싶지 않은 심정은 이해하지만, 눈앞에서

벌어지는 일을 부정해서야 되겠소? 게다가 아테나는 만나고 싶어하는데 닥터가 왜 방해하는 거요?"

"안 돼. 허락할 수 없어."

처음 듣는 의사의 매몰찬 목소리였다.

"대체 무슨 권리로……."

"아테나는 지금 내 딸이오. 핏줄로 이어지진 않았지만 부모 자식 사이란 말이오."

"그렇군……. 그건 몰랐소. 그렇지만 속이 너무 좁은 거 아니오? 친부모는 만나게 해줘야지."

"그런 좁은 소견 때문에 말리는 게 아니오. 존, 당신과는 관계없는 일입니다."

이마가 벌겋게 달아오른 의사가 험악한 눈빛으로 아테나에게 돌아가라고 재촉했다.

"아빠." 아테나가 말했다.

"여기서는 선생님이라고 불러."

"선생님, 우리 엄마 아빠……. 벌써 저기 와 있는 것 같아요."

"뭐야?" 의사의 얼굴이 퍼렇게 질렸다.

"그냥 마음속으로 떠올렸을 뿐인데……."

그 순간 생나무를 비트는 것 같은 소리가 울려 퍼지더

286

니 안개 속 십여 미터 안쪽에 검은 구멍이 떠올랐다. 그것은 아메바처럼 일그러지더니 불을 쬐면 글씨가 나타나는 종이처럼 서서히 형체를 드러냈다. 존과 동년배로 보이는 부부가 서 있었다.

의사가 땅이 꺼져라 한숨을 내쉬었다. 곧바로 숨을 들이켜더니 우뚝 서 있는 아테나를 손으로 제지시키고 천천히 정령들 곁으로 다가갔다. 그리고 뭐라고 이야기를 주고받았는데, 무슨 말을 하는지 들리지는 않았다. 잠시 후 돌아온 의사가 아테나의 어깨를 가볍게 두드리며 말했다.

"너희 아버지와 어머니시다. 만나보렴."

아테나는 눈물이 글썽이는 눈으로 부모에게 다가갔다. 안개 속에서 세 그림자가 겹쳐지고, 띄엄띄엄 흐느껴 우는 소리가 들려왔다.

"아테나의 부모님과 무슨 얘길 한 거요?"

"나중에 말씀드릴 기회가 있겠죠."

다시금 냉정한 의사로 돌아가 있었다.

"어때요. 이젠 믿을 수 있겠지?"

"글쎄요……. 하룻밤 생각할 시간을 주시겠습니까?"

"닥터도 한 고집 하는군."

숲의 안개는 점점 더 짙어져 갔고, 이제는 옆 사람 얼굴도 알아보기 곤란할 정도였다. 게다가 좌우에서 불가사의한 중력이 불규칙적으로 느껴지고, 공기 파동에 흔들리는 기분이 들었다.

"사장님, 사모님, 어디 계세요?" 다오 씨 목소리가 들렸다. 다오 씨가 주니어를 안고 다가왔다.

"원, 세상에, 무슨 안개가 이리 심하담. 다들 모여 계시네요. 어머, 외국 분도 계시고. 사장님 친구 분이세요?"

"아, 그래. 소개는 생략하기로 하지. 그런데 게이코는?"

"여기 있잖아." 게이코는 바로 뒤에 서 있었다.

"다오 씨에게 설명은 했어?"

"뭘 어떻게 설명해."

"아, 알았어. 저, 다오 씨. 진정하고 잘 들어보라고……."

존이 이 숲이 영계와 통한다는 것, 여기 있는 백인 남자는 유령, 아니 정령이라는 것, 아테나라는 간호사가 돌아가신 부모를 불러서 저 앞에서 만나고 있다는 것을 영어와 일본어를 뒤섞어가며 다오 씨에게 설명했다.

"그러니까 다오 씨, 겐이치도 만날 수 있는 거야."

순간, 다오 씨의 얼굴이 어두워졌다.

"왜 그래요, 다오 씨? 겐이치 만나고 싶지 않아?"

"사장님, 아줌마를 놀리면 안 돼요." 다오 씨는 겁을 먹은 듯 고개를 저었다.

"무슨 소리야. 이건 거짓말도 농담도 아니라고. 정말로 저세상에 간 사람과 재회할 수 있다니까. 내 말이 맞지, 게이코?"

"그래요⋯⋯. 지금 상황이라면 겐이치도 만날 수 있어요."

"아니⋯⋯. 전 됐어요. 어떻게 그런 엄청난 일을."

"머뭇거릴 게 뭐가 있어. 무서워할 일이 아니잖아. 안 그래요, 다오 씨?"

"아니, 안 돼요. 사장님, 이해해주세요."

다오 씨가 당장에라도 울음이 터질 듯한 표정으로 뒷걸음질을 쳤다.

"그만 해. 다오 씨가 싫어하잖아."

게이코가 뒤에서 존의 셔츠를 잡아당겼다.

"대체 왜 그러지? 이렇게 소중한 기회가 눈앞에 있는데. 이 기회를 놓치면 틀림없이 평생 후회할 거라고."

"그거야 사람마다 다르지."

"남의 일처럼 말하지 마."

"그럼, 존. 당신은 지금 어머니를 만나고 싶어?"

불현듯 어머니와의 만남에 대한 불안이 되살아났다.

"그거야……."

"그것 봐. 다른 사람 일에 간섭하는 건 실례야."

"그렇지만 나처럼 거북한 사이는 아니었을 거 아냐. 겐이치는 세 살 때 죽었으니까 틀림없이 순수함이 그대로 남아 있을 거라고, 안 그래, 다오 씨? 자, 어서 큰 소리로 불러보라고."

"존, 그만두라니까."

"당신이나 입 다물어."

"당신 정말……."

"정말 죄송해요." 다오 씨가 갑자기 울먹이는 목소리로 말했다. "다 제 잘못이에요. 사장님, 사모님, 제발 싸우지 마세요."

다오 씨의 눈이 눈물로 글썽거려서 존과 게이코는 깜짝 놀라 입을 다물었다.

"다오 씨…… 미안해요. 존이 괜한 소릴 했어요. 널리 이해하고 용서해요. ……여보, 어서 사과해."

존이 시무룩한 표정으로 고개를 숙였다.

"다오 씨, 미안. 내가 쓸데없는 참견을 했을지도 모르겠군⋯⋯."

"아니에요, 고맙습니다. 사장님은 잘못한 게 하나도 없어요. 잘못은 저한테 있어요. 제가 거짓말을 했으니까요. 겐이치라는 아이는 애당초 없었어요."

다오 씨가 손수건으로 눈을 가리며 그 자리에 털썩 주저앉았다.

"저는 스무 살에 가스미초의 옛 무사 가문으로 시집을 갔는데 아이가 생기질 않았어요. 요즘은 어떤지 몰라도 옛날 며느리들은 후손을 낳지 못하면 자기 도리를 다하지 못하는 거였죠. 3년이 지나도 아이가 생길 기미가 보이지 않자 시어머니가 절 쫓아냈어요. 그런데 그런 제 자신이 너무 초라하게 느껴져서 마음속으로 말도 안 되는 거짓말을 꾸며댔던 거예요. 제가 낳은 겐이치라는 아들이 있는 것처럼 속여서 스스로 위안을 삼았던 거죠. 부디 못난 저를 실컷 비웃어주세요."

다오 씨는 고개를 숙이고 하염없이 흐느꼈다. 게이코도 함께 눈물을 흘렸다.

존은 생각했다.

사람들은 대체 무엇을 숨기고 살아가는 걸까. 겉으로

보이는 미소 속에 무엇을 파묻고 하루하루를 보내는 걸까. 들키고 싶지 않은 속마음. 안 보이는 체하는 진실. 행복하냐고 물으면 사람들은 거짓으로라도 행복하다고 대답한다. 그것은 마치 그렇게 되고 싶은 자기암시 같은 것이다.

그렇지만 그게 뭐가 나쁜가. 자부심과 믿음이 없으면 인생은 그저 고통뿐인데.

존도 참지 못하고 눈물을 흘렸다.

"울어도 됩니다." 의사가 옆에서 얼굴을 내밀었다. "저도 옆에서 들었습니다만……. 다오 씨라고 하셨죠? 당신이 상상의 인물을 만든 건 절대 잘못된 일이 아닙니다. 많든 적든 사람은 그렇게 스스로를 격려하면서 살아가게 마련이니까요. 지극히 자연스러운 일입니다. 양심의 가책을 느낄 필요는 전혀 없습니다. 자, 여러분, 다 함께 울어봅시다. 실컷 울어봅시다. 알고 계십니까? 눈물은 그 자체로 트라우마를 치유하는 힘을 가지고 있습니다. 한번 실컷 울어버리고 개운해지는 게 더 좋습니다."

언뜻 쳐다보니 키스의 눈에도 눈물이 반짝였다. 대체 우리가 어느 나라 말로 소통하는 건지 알 수 없었다.

"다오 씨."

게이코가 빨개진 눈으로 입술을 떨며 말했다.

"가스미초의 시어머니는 돌아가셨나요?"

"네에, 그런데요……."

"그럼, 이리 좀 불러줄래요?"

모두 게이코를 쳐다봤다.

"내가 본때를 보여줄 거야."

다오 씨는 더듬더듬 고맙다는 인사를 하고 또다시 고
개를 숙이고 흐느꼈다.

선명하지 않은 시계(視界) 속에서 각자가 인간의 운명
에 대해 생각했다.

안개는 여전히 엄청난 기세로 소용돌이쳤고, 땅울림
같은 소리까지 울려 퍼졌다. 숲 전체가 뭔가에 짓눌리는
느낌이 들었다.

"어, 그런데 주니어는 어디 있지?"

존은 주니어가 안 보이는 걸 알아챘다. 다오 씨가 안고
숲으로 온 것까진 봤는데 그 후에는 본 기억이 없었다.

"세상에, 이게 어떻게 된 일이야. 조금 전까지 내 다리
를 붙잡고 있었는데."

게이코의 낯빛이 바뀌었다. 요사스러운 숲의 기운이

불안을 가중시켰다.

"주니어!" 존이 소리쳤다.

"주니어! 엄마야, 대답해!" 게이코가 반대쪽을 향해 소리쳤다.

아무런 대답이 없었다.

아테나도 무슨 일인가 하고 다가왔고, 다 함께 주니어를 찾아나섰다. 존의 뇌리에 불길한 예감이 스쳐 지났다.

아냐, 설마 그럴 리가…….

"키스."

"응, 왜?"

"이쪽에서도 그쪽 세계로 갈 수 있나?"

"그건 나도 모르지."

"그럼, 혹시 낯선 사람은 없었어?"

"그것도 알 수 없지. 몇 번이나 말했지만 지금은 이웃 같은 상태야. 잠재적인 감정만으로도 부름을 받았다고 착각하고 왔을지도 모르지."

'혹시 어머니가?'

존의 머릿속에 어머니의 얼굴이 떠올랐고, 그에 반응하듯 주위 공기가 크게 너울거렸다.

"엄마……."

작은 목소리로 중얼거리자, 안개가 생물체처럼 존을 휘감았다.

어머니다. 틀림없었다.

존은 손으로 얼굴을 감쌌다. 가슴 가득 차오른 불안이 목으로 치밀어올랐다.

"어쩌면 좋아, 존. 주니어가 안 보여."

게이코가 금방이라도 울음을 터뜨릴 것 같은 목소리로 호소했다. 다오 씨는 자기가 데려온 탓이라며 스스로를 질책했다.

존은 굳은 결심을 하고 소리쳤다.

"엄마-!"

그 소리는 숲 속 가득 울려 퍼지고, 한순간 정적에 휩싸였다. 안개까지 귀를 쫑긋 세운 것처럼 흐름을 멈췄다.

"엄마!" 다시 한 번 소리쳤다.

그 순간 숲이 크게 흔들렸다. 대지가 맹수처럼 포효하기 시작하고, 밑에서 지면이 솟구쳐올라 왔다. 그때까지 무겁고 완만했던 공기 흐름이 돌연 거친 격류로 변하며 존 일행을 덮쳐왔다. 숲이 난폭하게 날뛰는 것 같았다.

"존! 이게 무슨 일이야. 서 있을 수가 없어." 게이코가 비명을 질렀다.

"나무를 붙잡아! 다오 씨도."

"나무아미타불, 나무아미타불." 다오 씨는 털썩 주저 앉아 염불을 외기 시작했다.

"닥터! 아테나! 모두 괜찮아요?"

어디 있는지 몰라도 대답하는 소리는 들렸다.

존은 있는 힘을 다해 목소리를 짜냈다.

"엄마! 그 애는 내가 아니야. 내 아들이야. 제발 부탁 이야, 데려가지 마. 우리 주니어를 돌려줘."

"존!" 키스가 옆으로 다가왔다. "혹시 너희 어머니가 주니어를 데려간 거야?"

"나도 잘 몰라. 그렇지만 내가 어머니를 부른 순간, 폭 풍우가 불어닥친 건 확실해."

그렇게 대답하자마자 돌풍 같은 공기 덩어리가 습격해 오더니 존과 키스를 넘어뜨렸다. 그대로 좌우로 갈라져 2, 3미터를 굴러갔다.

"이젠 틀렸어. 빨려 들어가겠군." 키스의 목소리만 들 렸다. "존 나리, 정신없을 때 이런 말 꺼내서 미안한데, 슬슬 헤어질 때가 된 것 같다."

"무슨 소리야, 키스?"

"너희 세계와 이쪽 세계가 분리되기 시작했어."

뭐야? 그럼 주니어는 어떻게 되는 거지?

"존, 잘 있어라. 만나서 반가웠다. 브라이언도 기뻐했어."

안개 속에서 검은 그림자가 눈 깜짝할 사이에 멀어지더니 떨어져 내리듯 사라졌다.

인사할 틈도 없었다. 존도 그럴 상황이 아니었다.

"엄마! 그 애는 내 아들이에요. 나랑 닮아서 착각한 거예요. 부탁이야, 돌려줘!"

"주니어! 엄마 여기 있어." 게이코도 있는 힘껏 소리를 질렀다.

이번에는 발밑이 심하게 흔들려서 존은 납작 엎드렸다. 곧이어 공기가 짓누르는 느낌이 들어서 존은 지면에 바짝 붙은 채 꼼짝도 할 수 없었다.

억울해서 눈물이 나왔다. 어머니가 왜 이렇게까지 자기에게 고통을 주는지 이해할 수 없었다.

맘대로 낳아놓고 키워주지도 않고, 변덕스럽게 귀여워하며 사랑을 요구했다.

해도 해도 너무한다는 생각이 들었다. 더는 참을 수 없었다.

눈물이 땅으로 뚝뚝 떨어졌다.

머릿속에 블랙풀 정경이 떠올랐다.

코티지에서 아버지와 욕설을 주고받으며 싸우던 어머니. 밖으로 나가는 흔들리는 어머니의 등을 보고 존은 정신적 충격에 빠져 그 뒤를 쫓아갔다. 그러나 그걸로 행복해지지는 않았다. 어머니는 아주 드물게 아들을 사랑할 뿐이었다.

어머니를 선택하지 말 걸 그랬다고 후회했다.

"엄마 너무 싫어!"

존은 아이처럼 악을 쓰며 울었다.

"약속도 안 지키고, 날 얼마나 실망시켰는지 알기나 해? 엄마는 너무 싫어!"

땅울림은 더욱 격렬해지고 숲이 흔들렸다. 그와 동시에 안개가 오로라처럼 물결치며 이동하기 시작했다. 저 앞을 보니 숲속에 거대한 어둠이 입을 벌리고 있었고, 그 속으로 안개가 빨려 들어가는 모습이 보였다. 굉음과 함께 잿빛 기류가 어둠 속으로 돌진해갔다.

그 순간 존을 내리누르던 중력이 갑자기 사라지고 몸이 해방되었다. 존은 빙그르르 구르며 무릎을 세웠다.

'움직인다!'

존은 정신없이 어둠을 향해 달려가기 시작했다. 아무

런 망설임도 없었다. 몸이 저절로 움직이는 것 같았다.

"존!"

게이코의 목소리가 뒤에서 메아리쳤다.

존은 기류에 떠밀려서 자기가 뛰는 속도보다 훨씬 빠르게 어둠으로 다가갔다.

귓전에 엄청난 굉음이 울려 퍼졌다. 존은 맹렬한 기세로 설산의 크레바스처럼 입을 뻐끔히 벌린 어둠 속으로 뛰어들어갔다.

몸이 붕 떠오르는 느낌이 들었다. 발을 디딜 곳은 하나도 없고, 손발은 허공에서 허우적거렸다. 눈앞은 캄캄하고 어둠은 끝도 없었다. 거리감조차 느낄 수 없는 암흑이었다. 머지않아 중력은 완전히 사라져버리고 온몸에서 힘이 빠져나갔다. 오른쪽으로 기울면 끝도 없이 오른쪽으로 기울어갔고, 몸이 스르르 한 바퀴를 돌았다. 근육은 물론 혈액까지 기능을 멈춘 것 같은 느낌이었다. 굉음과 함께 터널 같은 길을 통과해 어딘가로 빨려 들어가는 느낌이었고, 신비스러운 엑스터시를 느꼈다. 존은 내가 죽어가는 걸까 하고 마음 한구석으로 멍하니 생각했다.

저 앞에 물체가 보였고, 자세히 보니 그것은 거꾸로 떠 있는 키스였다. 암흑의 스크린 위로 선명하게 드러나 보였다.

키스가 놀란 얼굴로 뭐라고 아우성쳤다. 하나도 들리지 않았다.

계속해서 점점 깊은 어둠 속으로 빨려 들어갔다.

곧이어 펑 하는 커다란 소리가 들리는가 싶더니 채널을 바꾼 것처럼 모든 소리가 사라지고, 존은 정적의 세계로 내동댕이쳐졌다. 너무 고요해서 강한 귀울음이 울렸다. 솜털이 삐죽삐죽 일어났다. 갑작스러운 변화에 오감이 혼란에 휩싸였다.

쿵 하며 다리가 땅에 닿았다. 존은 두 다리로 섰다. 어둠이 옅어지며, 시각의 해상력이 되살아나는 것처럼 그러데이션의 변화가 나타났고, 다시금 그곳에는 하얀 가스가 가득 떠다녔다. 숲의 안개와는 다른 온화한 공기였다.

"헤이헤이, 존 나리."

뒤를 돌아보니 키스가 보였다. 이퀄라이저를 쓰는 것처럼 묘하게 높고 윤곽이 또렷하지 않은 목소리였다.

"어쩔 작정이야? 여긴 네가 올 곳이 아니야."

"……여기가 저세상인가?" 존의 목소리도 저음부가 빠

져 있었다.

"신한테는 이 세상이지. 아직은 출입구에 불과하지만."

"아아…… 그렇군."

"'그렇군'이라니, 꽤나 태평하시네."

"……그러게. 나도…… 신기해."

"하긴 처음이니 그럴 수밖에 없지. 이곳은 걱정이 없는 세상이니까."

"그래?"

"명계(冥界)까지 와서 걱정할 게 뭐 있겠냐."

"그건 그렇군."

조금 전까지의 동요와 공포는 거짓말 같았다. 존의 마음은 고요한 호수처럼 차분히 가라앉았다.

"……왠지 마음이 편안해지는군."

"아하, 영구조화라는 거야. 이 몸은 죽고 싶을 정도로 따분하다만."

키스가 빈정거리듯 입술을 삐죽거렸다.

"내가…… 죽은 건가?"

"낸들 아냐. 나한테 물어봐도 소용없어."

아무런 감정도 솟아나지 않았다. 설령 자신이 죽었다

고 해도 그걸 문제 삼을 마음조차 생기지 않았다.

"난 이제 어떻게 되지?"

"……그것도 알 수 없지."

왠지 모르게 길을 잃었다는 생각이 들어 앞을 바라보자 색깔이 보였다. 파란색이었다. 하늘인가 했는데 느낌이 달랐다. 그 투명함은 끝도 없어 보였다. 그 아래로는 옅은 선홍색이 펼쳐져 있었고, 자세히 살펴보니 그것은 데이지 꽃밭이었다. 화단의 둘레가 어딘지 알 수 없을 만큼 드넓었다. 가스가 떠 있는데도 그 빛깔만은 선명하게 반짝였다.

그리고 위를 올려다보니 거기에는 빛이 있었다. 선명하고 강렬한 빛이었다. 존은 넋을 잃고 그 빛을 바라보았다.

그 빛은 백만 개의 무대조명보다도 밝았지만, 어쩐 일인지 눈이 부시지 않아 똑바로 쳐다볼 수 있었다. 존은 그것이 '사랑'일 거라는 생각이 막연하게 들었다. 그 빛을 보고 있으니 자기가 깊은 사랑을 받는다는 게 피부로 느껴졌다. 그와 동시에 이제까지 한 번도 맛보지 못했던 행복감이 존의 마음에 솟구쳐오르고, 그것은 곧바로 스며들듯 온몸에 가득 차올랐다.

빛은 그것을 원하는 자는 누구도 거부하지 않았다. 존이 원하는 만큼 백 퍼센트의 사랑을 다 쏟아주었다. 존은 자신을 속일 필요가 없었다. 자기변호도 책임 전가도 과거를 회피할 필요도 없었다. 있는 그대로의 자신을 드러내면 빛은 모든 걸 용서해주었다. 입을 다물고 있는데도 모든 걸 고백한 듯한 기분이 들었다.

존은 데이지 꽃밭으로 걸어가기 시작했다.

"이봐, 정말 가는 거야?" 키스가 물었다.

존은 대답하지 않았다. 다리가 저절로 움직였다. 키스가 뒤에서 쫓아왔다.

푹신한 융단 위를 걷는 감각이었다.

한동안 걸어가자 동양인으로 보이는 사람들이 무리지어 걸어왔다. 눈이 마주치자 모두들 상냥한 미소를 지었다.

"안녕하세요?" 존이 말을 건넸다.

"네, 안녕하세요?" 모두 함께 인사를 받아주었다.

"오봉에 가시나요?"라고 존이 묻자, 부인 하나가 "네, 그래요. 외국인이 용케 그런 것까지 아시네요?"라며 하얀 이를 드러냈다.

"자식들이 마음을 써주니 번거로워도 잠깐 얼굴을 내

303

밀어야죠."

노인이 마지못해 간다는 표정을 지으며 말했다.

"어머나, 다나카 씨, 그게 무슨 소리예요. 해마다 손꼽아 기다리면서."

다른 부인이 끼어들자, 모두들 환하게 웃었다.

"그쪽 분은 무슨 일로?"

"아아, 잠깐 볼일이 좀 있어서요." 키스가 옆에서 대신 대답했다.

"그렇군요. 자, 그럼."

그들은 서로 가벼운 인사를 나누고 헤어졌다.

앞으로 더 걸어가자 이번에는 백인 노부인 한 명이 서 있었다. 허공에 뜬 것 같은 가벼운 걸음으로 다가가자, 노부인은 인도의 사리처럼 생긴 붉은 의상을 몸에 두른 채 생글생글 미소를 건넸다.

"당신은 누구십니까?"라고 존이 묻자, 노부인은 그 말에 대답하지 않고 고개만 끄덕였다.

"여기서는 그런 질문은 안 해." 키스가 말했다. "이곳에선 누구냐고 묻지 않는다고."

그 앞에는 열다섯 살쯤 되어 보이는 소년이 있었다. 소년은 꽃밭에 앉아 있었다. "뭐 하니?"라고 존이 물어보자

"기다려요"라고 명랑하게 대답했다.

"누구를?"

"부모님이요."

"곧 오시니?"

"글쎄요, 언젠가는 오시겠죠."

존은 그 이상 묻고 싶지 않아서 작별 인사를 했다. 시간 감각이 없어서 그런지 소년은 지루해하는 것 같지 않았다.

그렇게 몇몇 사람들을 만났다. 모두 천상의 빛을 받으며 행복하게 지내고 있었다.

그렇게 목적지도 없이 방황하는데 아이와 함께 있는 여자가 보였다. 작은 꼬마를 꽃밭에 재우고 잠든 아이의 얼굴을 내려다보고 있었다.

가까이 다가가보니 주니어였다.

그런데 어쩐 일인지 감정의 기복이 없었다. 주니어는 데이지 꽃에 파묻혀 고른 숨소리를 내며 기분 좋게 잠들어 있었다.

여자를 보니 화장기 없는 평범한 중년의 백인 여성이었다. 존은 그녀가 어머니라는 걸 알아차렸다. 그런데도 실감이 나지 않았다. 어릴 때, 짙은 화장을 하고 화려하게 옷을 차려입던 어머니의 모습에 익숙해진 탓일까. 아니면 20년 사이에 멋대로 이미지를 바꿔버린 탓일까, 어찌 되었든 마음의 평정은 그대로 유지되었다.

마음의 동요가 전혀 없는 어머니와의 대면이었다.

키스가 옆에 와서 섰다. 말없이 서 있는 존 대신 말을 건넸다.

"아주머니 아이인가요?"

"네, 그래요. 존이에요."

어머니가 이쪽을 쳐다보며 밝은 목소리로 대답했다. 존이 아니라고 말하려 했지만 목소리가 나오지 않았다.

"이곳에서 아이를 다시 키워볼 생각이에요."

"그게 무슨 말이죠?"라고 키스가 물었다. 키스는 존의 어머니도 주니어도 모를 텐데, 모든 걸 알고 있는 듯했다.

"난 젊었을 때 아이 키우는 게 무서웠어요. 그렇지만 여기서는 겁낼 게 아무것도 없잖아요."

어머니와 눈이 마주쳤다. 온화한 눈빛이었다. 뭐라 표현할 수 없는 만족감이 존의 마음속에 부풀어올랐다. 이제까지의 삶에서는 한 번도 맛보지 못한 고요하고 차분한 기분이었다.

왜 자기를 알아보지 못할까 하는 생각은 들지 않았다. 중년이 된 자식의 모습은 모든 어머니들에게는 상상 밖의 모습일지도 모르지만, 그런 건 아무래도 좋았다.

"아이 키우는 게 무서웠다뇨?" 키스가 묻자, 어머니는 조용히 고개를 끄덕이며 미소를 지었다.

"아이를 원해서 낳긴 했는데 막상 아이랑 둘만 남게 되자 제 자신이 두려워졌어요."

"이해가 잘 안 갑니다만⋯⋯."

"그럴 테죠. 몰라도 괜찮아요. 난 이렇게 아무 걱정 없이 아들과 지내고 싶었어요. 오늘 그 꿈이 이뤄진 거예요."

"저어⋯⋯." 키스가 말을 이었다.

"네?"

"그 아이는 당신 아들 존이 아닌 것 같은데요."

어머니는 입을 다물었다. 살짝 슬픈 표정을 지었지만, 오히려 체념이라 할 만한 상쾌함이 느껴졌고, 어딘지 모르게 숭고하기까지 했다.

어머니는 다시 한 번 조용히 미소를 지었다.

"알아요"라고 어머니가 말했다.

그 순간 어머니의 머리 위로 수정 구슬이 떠올랐다. 사람이 들어갈 만큼 커다란 수정 구슬이었다. 그 속에 다섯 살쯤 되어 보이는 소녀가 있었다. 낯선 얼굴이었지만 그 소녀는 어머니일 거라고 존은 확신했다.

소녀는 울고 있었다. 얼굴을 잔뜩 찌푸리고 사이렌처럼 요란하게 울부짖었다.

옆에서 어른의 손이 나타나 소녀를 때렸다. 머리칼을 움켜쥐고 바닥을 이리저리 끌고 다니다가 소녀를 들어서 소파에 내동댕이쳤다. 성인 여자가 나타났다. 존은 그녀가 누구인지 알았다.

소녀는 자기 어머니에게 학대를 당했다.

문득 정신을 차리자, 수정 구슬은 하나가 아니라 여러 개가 떠 있었다. 그 구슬에는 모두 어머니가 보였고, 존은 자기가 어머니의 인생을 추체험한다는 걸 깨달았다. 그리고 존은 그 구슬들을 눈이 아니라 의식으로 보고 있었다. 마음이 어머니와 하나가 되어 있었다. 어머니의 생각은 존의 생각이었다. 완벽한 커뮤니케이션이었다.

아무런 설명도 없었지만 존은 모든 걸 알 수 있었다. 어머니뿐만 아니라 모든 사람의 마음을 이해할 수 있었다.

발단은 우수한 언니에 대한 소녀의 격렬한 열등감이었

다. 늘 칭찬받는 언니를 보고 소녀는 자기가 뒤떨어진다고 생각하기 시작했다. 소녀는 유난히 감수성이 예민한 아이였다. 언니에게는 새 옷을 사주고 자기에게는 입던 옷을 물려주는 사소한 일에도 주눅이 들고 침울해졌다. 자기를 소중히 여기지 않는 증거라고 넘겨짚었다. 언니는 부드러운 웨이브의 블론드 머리칼이고, 자기는 붉은 빛이 감도는 곱슬머리라는 사실도 소녀의 마음을 어둡게 했다. 주근깨도 자기가 더 많았다.

"왜 나만 빨간 머리일까?"라고 소녀가 거울을 보며 중얼거리자, "잘 어울리잖니. 예쁜데 왜 그래"라며 어머니가 뒤에서 안아주었다. 소녀는 그럴 때만 부모의 사랑을 독차지할 수 있었다. 그러자 그것은 곧 버릇으로 굳어져 버렸다. 틈만 나면 자신을 비하하며 부모의 사랑을 갈구했다. 그러나 길게 가진 못했다. 그런 일이 자꾸 되풀이되자 어머니는 상대를 해주지 않았고, 결국은 야단을 쳤다. "대체 저 애는 왜 만날 비뚤어진 소리만 해대는지 모르겠어." 소녀는 부모의 사랑을 얻는 방법은 상실하고 그 자리엔 자기 비하하는 버릇만 남았다.

어머니가 리본을 사주었을 때도, 언니보다 안 어울리는 게 화가 나서 가위로 산산조각 내버렸다. 그때 처음으로 엄마에게 매를 맞았다. 소녀는 자기는 더 이상 사랑받지 못한다고 생각했다.

언니는 늘 승자의 표정을 지었다. 적어도 소녀에게는 그렇게 보였다. 이웃에게도 평판이 좋은 언니는 사교적이고 인사도 싹싹하게 잘했다. 처음에는 그녀도 언니 흉내를 내며 칭찬받는 쾌감을 느꼈지만, 머지않아 그것만으로는 만족할 수 없었다. 언니는 고개를 갸우뚱하는 어른들이 좋아하는 몸짓을 하고, 능청스럽게 어른 같은 말투를 써서 주위 사람들을 웃기는 게 특기라 그 차이를 극복할 수 없었다. 그래서 소녀는 언니에 대해 나쁘게 말하고 다니기로 했다. 이웃 아주머니들에게 언니가 부모님 지갑에서 몰래 돈을 훔친 일이 있다고 퍼뜨렸다. 그것은 사실이었다. 들통이 나서 부모님에게 야단맞는 모습을 소녀는 목격했었다. 그러나 아주머니들은 살짝 곤혹스러운 표정을 지으며 말했다. "자기 언니를 어떻게 그런 식으로 말할 수 있니." 난생처음 어른들이 보내는 경멸의 시선을 경험한 소녀는 당혹스러웠다. 그것은 차가운 눈빛이었다. 버림받은 기분이었다.

어느 날 소녀는 놀다 들어오는 길에 쓰레기 수거장에 자기가 아끼는 곰 인형이 버려져 있는 걸 발견했다. 어머

니가 한 일이었다. 왜 인형을 버렸냐고 항의하자 어머니
는 사과는 하면서도 방이 더러워서 쓰레기인 줄 알았다
고 변명했다. 어머니는 생리 중에 심리 상태가 불안정해
지면 이따금 그런 행동을 하곤 했다. 그걸 알 리 없는 소
녀는 자기가 어머니에게 미움을 받는다고 생각하고 깊은
슬픔에 빠졌다.

결정적인 사건은 자매가 근처 연못에 동시에 빠졌던
일이다. 연꽃을 꺾으려다 그만 둘 다 연못에 빠지고 말았
다. 둘이 큰 소리로 외치며 허우적대자 가까이 있던 아버
지가 달려왔다. 그런데 아버지는 언니를 먼저 구해냈다.
어머니뿐만이 아니었다. 아버지까지 자기를 소홀히 했
다. 소녀는 부모의 사랑을 가장 필요로 할 시기에 자기는
무시당한다고 믿게 되었다.

물속에서 허우적거리며 먼저 구출되는 언니를 바라봤
다. 어린 나이였기 때문에 그것은 공포의 체험이었다. 그
로 인해 소녀의 마음에는 어두운 그림자가 드리워졌고,
점점 더 내면으로 틀어박혔다. 그런 초조함이 부모에 대
한 반항으로 바뀌었다. 소녀는 부모에게서 멀어졌다.

한편, 부모는 자꾸 겉도는 둘째 딸 때문에 고민에 빠졌
다. 조개처럼 꽉 닫힌 마음은 쉽게 열리지 않았다. 웃지

않는 딸은 집안을 어둡게 했다. 온갖 방법으로 비위를 맞춰보려 했지만, 조금이라도 언니를 칭찬하면 곧바로 자기를 비하하는 말을 쏟아냈다. 그럴 때는 부모의 눈에도 둘째 딸이 사랑스럽지 않았다. 특히 집에 있는 어머니에게는 마음고생을 심하게 시키는 딸이었다.

어느 날, 목욕탕 거울이 깨져 있었다. 딸들에게 추궁하니 모르는 일이라고 잡아뗐지만 어머니는 둘째 딸일 거라고 생각했다. 충분히 매력적인데도 둘째 딸은 자기 용모에 콤플렉스를 가지고 있었다. 둘째 딸은 몇 시간이고 거울을 들여다볼 때가 있는가 하면, 이를 닦을 때조차 거울을 회피하는 극단적인 양면성이 있었다. 어머니는 자식들을 막다른 궁지로 몰아넣으면 안 된다고 스스로에게 타이르고 범인 수색을 멈췄다. 그런데 얼마 안 있어 갓 새로 끼운 거울이 또다시 깨져 있었다. 아무 말도 하지 않자 이번에는 침실 거울까지 깨졌다. 어머니는 어떻게 해야 좋을지 몰랐다. 남편과 상의하면 보나마나 호되게 추궁할 게 뻔했다. 어쩌면 둘째 딸이 잘못을 털어놓을지도 모른다. 그러나 침묵하며 기다리는 것으로는 문제가 해결될 것 같지 않았다. 결국은 현관 입구의 큰 거울까지 깨졌다. 어머니는 말없이 유리 파편을 청소했지만 머릿속은 혼란으로 가득했다.

그런 상태가 반년이나 계속되자 어머니의 정서는 점점 불안해졌다. 늘 부모의 낯빛을 살피는 둘째 딸에게 짜증이 집중되었다. 평소에는 사랑스러운 아이였지만, 이따금 악마처럼 느껴질 때도 있었다. 그리고 결국은 둘째 딸에게 손을 대기 시작했다. 자매에게 리본을 사주었는데 둘째 딸이 가위로 리본을 산산조각 내버린 것이다. 난생처음 경험하는 격정이었다. 매질을 할 때는 곧장 나락으로 추락하는 감정이 들었다. 제정신이 아니었다. 어찌해 볼 방법이 없었다.

일단 손을 대기 시작하면 자제력을 잃었다. 누군가 자기 손발을 묶어주길 바랄 때도 있었다. 자제력을 잃어버린 감정은 때리는 쪽까지 공포의 구렁텅이로 밀어 넣었다.

그 모든 것이 허공에 뜬 수정 구슬에 비쳤다.

매를 맞는 소녀의 공포와 슬픔. 때리는 어머니의 끝도 없는 자책감. 당황해서 어쩔 줄 몰라 하는 아버지와 언니. 깊숙이 들어서 버린 미로에서 모두가 괴로워할 뿐이었다.

존은 한 가족의 존재를 느꼈다. 그들의 기쁨, 슬픔, 초조함, 괴로움, 그 모든 것이 당사자의 입장에서 이해가 되었다. 누구의 죄도 아니었다. 죄가 있다면, 그것은 운명이라는 이름의 죄일 뿐이다.

어머니는 학대를 받으며 성장했다. 그래서 자신도 아이를 학대할지 모른다는 강박관념에 사로잡혔다. 어머니는 애정에 굶주려 있었다. 사랑받기를 간절히 원했다. 누군가에게 나눠줄 만큼 축적된 사랑이 없었던 것이다.

존의 마음에 뜨거운 에너지가 복받쳐 올랐다. 감동을 훨씬 넘어서는 영혼의 비등(沸騰)이었다. 하늘의 빛이 더욱 강렬하게 느껴졌다. 빛은 말없이 '사랑'을 내려주었다. 그것은 절대적인 사랑이었다.

존이 앞으로 걸어가 어머니를 껴안았다. 안긴 적은 몇 번 있지만, 끌어안는 것은 처음이었다. 힘껏, 힘껏 끌어안았다.

어머니는 갑작스러운 존의 행동에 놀라지 않았다. 마치 갓난아기라도 된 것처럼 무방비하게 몸을 맡겨서 존의 품 안에 따뜻하게 느껴졌다.

"존." 뒤에서 키스의 목소리가 들렸다. "이젠 정말 이별인 것 같다."

목소리가 나오지 않았다. 마음속으로 '그래, 다음에

보자' 라고 말했다.

끌어안고 있던 감각이 끌어안긴 감각으로 변했다.

"존." 이번에는 어머니의 목소리였다. 어머니의 목소리가 귓전에 울렸다.

어머니는 분명 "존"이라고 자기 이름을 불렀다.

그 순간 눈앞이 붉게 변했다. 태양이 손바닥을 뚫고 비치는 것처럼 온도가 느껴지는 핏빛이었다.

갑자기 팔의 감촉이 사라져 존은 앞으로 넘어졌다. 어머니가 사라졌다. 그뿐인가, 꽃밭도 천상의 빛도 사라져 버렸다.

세계가 변했다. 존은 어떤 좁은 공간에 있다는 걸 알아챘다. 닫힌 공간이라는 건 알았지만, 신기하게도 압박감은 느껴지지 않았다. 의식이 흐릿해졌다. 깨어 있는 상태와 잠든 상태 중간에 있는 느낌이었다. 평형감각이 사라져서 자기 몸이 어떤 상태로 있는지 알 수 없었다. 손발의 감각도 없었다. 손을 움직이면 거기 손이 있다는 게 느껴지는 정도였다. 존은 어딘지도 알 수 없는 장소에서 더할 수 없는 행복감에 젖어들었다. 존은 그곳에서도 자신이 깊은 사랑을 받는다는 걸 느꼈다. 불안이나 스트레스가 하나도 없는 흡사 천국 같은 곳이었다. 존은 행복했다.

물이 있었다. 존은 물속에서 몸을 웅크리고 있었다.

흐릿한 시력으로 자기 배를 내려다봤다. 거기에는 탯줄이 보였다.

더 이상 아무 생각도 할 수 없었다.

그때 요동이 느껴졌다. 온몸을 압박하는 감각이 느껴지고 존은 또다시 암흑의 세계로 내동댕이쳐졌다. 암흑 속에서 어딘가를 향해 나아갔다. 그러나 떨어져 내리는 게 아니라 끌어당겨지는 느낌이었다. 그리고 그 앞에는 또 하나의 '빛'이 있었다. 그 '빛'은 무조건적인 사랑은 아니었지만, 희망으로 가득 차 있었다.

존은 그 빛 속으로 뛰어들었다.

살아 있다는 것을 온몸으로 만끽했다.

응애, 하고 운 것 같은 느낌이 들었다.

"존."

게이코의 목소리가 들렸다.

"사장님."

다오 씨의 목소리가 들렸다. 의사도 이름을 불렀다.

눈을 떴다. 모두가 자기 얼굴을 들여다보고 있었다.

존은 의식을 되찾고 손발을 확인했다. 자신이 숲 속에

서 큰 대 자로 잠들어 있었다. 짙게 깔렸던 안개는 어느새 사라지고, 나무 틈새로 파란 하늘이 보였다.

"여보, 괜찮아?"

게이코가 머뭇거리며 물었다.

존은 그 말에 대답하지 않고 살며시 심호흡을 했다. 차가운 공기가 가슴속을 시원하게 적셨다.

"존, 기분은 어때요?"

의사가 물었다.

"기분? 글쎄요……." 존은 한숨을 뒤섞으며 대답했다.

"다시 태어난 기분이오."

"네? 뭐라고 하셨죠?"

"아니……. 아무것도 아닙니다."

지금 자신의 얼굴은 틀림없이 행복으로 가득할 거라고 존은 생각했다.

"얼마나 찾았는데." 게이코가 말했다. "안개 때문에 당신도 주니어도 다 잃어버렸잖아."

주니어! 맞다, 주니어를 잊었다!

존이 자리에서 벌떡 일어났다. 순식간에 굳은 표정으로 변해 주위를 둘러보니 다행히도 금방 눈에 띄었다. 주니어는 바로 뒤에 있었다. 멍한 얼굴로 존을 쳐다보더니 나름 애교를 부리려는 건지 빙그레 웃었다.

순간 존의 몸에서 힘이 다 빠져나갔다. 급격한 감정 변화 때문에 심장이 요동쳤다.

존은 무릎을 꿇고 주니어에게 다가갔다. 뒤늦게 안도감이 솟구쳐올라, 눈에 눈물이 어렸다.

"저 녀석은 부모를 놓치고도 아무렇지 않았나 봐."

게이코가 풀 위에 내려앉으며 어이없다는 듯 말했다.

"주니어, 정말 그랬니?"

"내 탓이 아니야."

주니어는 코를 한 번 훌쩍이더니 자신 있는 대사를 뱉었다.

"내가…… 어떻게 됐던 거지?"

"정신을 잃고 쓰러져 있었어. 깜짝 놀랐는데 당신이 너무나 행복한 표정으로 자는 거야."

"……그랬어?"

"그래. 꿈이라도 꾼 거야?"

"……." 존은 눈을 내리깔고 살며시 웃었다. "그래, 그럴지도 모르지."

"으이그, 정말. 어지간히 놀라게 해놓고 둘 다 천하태평이군."

게이코가 두 팔을 하늘로 뻗으며 딱히 상대도 없이 말을 이었다.

"주니어는 멋대로 사라지고, 존은 난데없이 '엄마'라고 외쳐대고, 가까스로 찾았더니 이런 데서 기절해 쓰러져 있고…… 안개는 끼었지, 유령은 나오지, 지진까지 일어나지……. 대체 이게 무슨 일이냔 말이지."

"유령?" 존이 고개를 들었다.

"그래."

"그럼…… 당신도 키스 만났던 거 맞지?"

"만났지. 당신이 동경해 마지않는 스타도 만났잖아."

툴툴거리는 말투였지만, 게이코는 왠지 유쾌해 보였다.

존은 조금은 안심이 되었다. 모든 게 꿈은 아니었다.

"존, 뭘 혼자서 웃어?"

"아, 이런 상황에 말하긴 좀 그렇지만, 기절했을 때 어머니 꿈을 꿨어."

"……으음."

"아니, 악몽이 아니야. 좋은 꿈이야. 걱정할 거 없어."

"그럼 다행이네……. 어머, 주니어, 너 손에 들고 있는 게 뭐니?"

게이코가 주니어의 손을 움켜잡았다.

존은 그것을 본 순간 숨을 삼켰다.

"어디서 주운 거야, 안 돼."

존의 몸이 부들부들 떨렸다. 소름이 돋았다.

주니어가 손에 들고 있는 것은 에든버러 록이었다. 어머니가 올 때마다 존을 기쁘게 해주기 위해 선물로 준비했던 딱딱하고 달콤한 그 사탕이었다.

어머니가 주신 것이다.

머릿속에 어머니의 얼굴이 빙글빙글 맴돌았다.

가슴이 찡하게 뜨거워져서 하늘을 보며 드러누워 버렸다.

관자놀이를 타고 내려간 눈물 한 줄기가 귀로 흘러내렸다.

하늘을 봤다.

어머니가 날 놀렸군. 저세상에 가서도 화려한 걸 좋아하고, 내키는 대로 행동하고, 날 멋대로 휘둘러대다니.

"존, 왜 그래?"

"아무것도 아니야."

목이 잠겼다.

"이상하네. 후후후."

"닥터도 좀 앉으시죠."

"그게 좋겠군요."

한동안 다 함께 숲에 있었다. 공포의 여운은 사라지고 모두 온화한 기분에 젖어들었다. 그렇게 조금 더 함께 있고 싶었다.

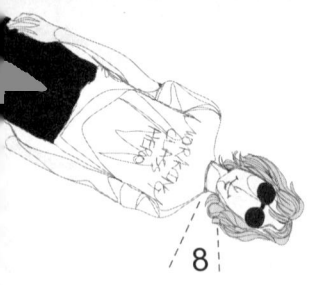

8

아네모네 병원의 의사는 그날도 긴 다리를 높이 꼬고 앉아 있었다. 진료실로 들어서는 존을 보더니 빙그레 웃으며 가볍게 눈인사를 했다.

"아하, 존, 와주셨군요. 고맙습니다."

"아내 명령이니 어쩔 수 없잖소. 그렇지만 최면 치료는 거부합니다."

"알겠습니다. 이젠 그럴 필요는 없겠지요. 당신의 마음의 상처는 다 나았을 테니까요. 특히 어제 일로 어머니와 얽힌 안 좋은 기억도 잊혔을 겁니다."

"어, 어제 일이라니……."

"벌써 잊으셨나요? 어제 당신은 어머니를 향해 어린애처럼 큰 소리로 울부짖지 않았습니까."

322

"아하, 그거요."

"그렇습니다. 그것이 효과가 있었던 겁니다."

"무슨 뜻이죠?" 존이 고개를 갸웃거렸다.

"그것은 '프라이멀 스크림(Primal Scream, 근원적 외침)'이라 불리는 정신요법인데, 울부짖음을 통해 트라우마를 치유하려는 행동입니다. 존, 당신은 정말 이치에 딱딱 들어맞아요."

"또 그런 소릴 꺼내시는군……. 아 참, 어제 하룻밤 생각할 시간을 달라고 했죠. 어떻소, 숲에서 유령을 만난 걸 인정할 마음이 생겼나요?"

의사는 기침을 하더니 의자를 앞으로 끌어당겼다.

"……아마도 어제 일은 고산병의 일종일 겁니다."

"뭐요?" 존이 얼굴을 찡그렸다.

"알고 계십니까? 티베트 같은 고산지대에서는 사람들이 신비체험을 자주 한다고 하는데, 그것은 실은 고산병의 여러 증상 중 하나라는 보고도 있습니다. 공기가 희박하면 뇌에 산소가 원활하게 전달되지 않고, 그것이 원인이 되어서 불가사의한 일들이 일어나는 겁니다. 아마도 뇌 안의 마약이 분비되는 거겠죠. 그래서 LSD*를 복용했을 때와 같은 환각체험을 하게 되죠. 어제 저 숲은 공기가 매우 희박했습니다. 당신도 느끼셨죠? 가루이자와는 고원지대라 평지보다 공기가 희박하긴 하지만, 그 이유만은 아니었습니다. 원인은 알 수 없어요. 제 전공이 아니니 그저 상상해볼 뿐이지만, 기류 이상으로 공기의 흐름에 왜곡이 일어나 어딘가에 진공 지대가 생겨버릴 수 있죠. 그곳으로 주위 공기가 빨려 들어가니 필연적으로 공기가 희박해지는 겁니다. 그런 걸 모르고 숲으로 들어간 우리는 고산병에 걸려 집단적인 신비체험을 하게 된 거죠."

"닥터." 존이 한숨을 내쉬었다. "진심으로 하는 말이오?"

"물론이죠." 의사는 침착하고 여유롭게 미소를 지어 보였다.

"난 버디 홀리에게 사인을 받았소. 집에 그게 있단 말이오. 게다가 주니어는 어머니에게 사탕까지 받았고."

"사탕?"

"아아, 어제는 말하고 싶지 않았지만, 실은 기절해 있는 사이 천국의 어머니를 만나고 왔소. 주니어도 거기 있

• lysergic acid diethylamide, 환각제.

었고. 다시 말해 주니어는 어머니가 데려갔던 거요."

"호오."

"잘 들어보시오. 난 거기서 어머니를 만났고 어머니의 성장 과정을 알게 되었소. 어머니는 부모에게 학대를 받으며 자랐소. 그래서 자식 키우기가 겁이 났던 거지. 어머니와 직접 대화를 나눈 건 아니오. 수정 구슬 몇 개가 떠올랐고, 거기에 어머니의 인생이 비쳤던 거지. 그걸 보자 신기하게도 모두의 마음을 이해할 수 있었소. 그것도 외면적인 이해가 아니라 내면적으로 말이오. 난 모든 걸 이해했소. 어머니가 사랑스럽게 느껴졌지. 그래요, 용서를 하니 못 하니 하는 문제가 아니라……." 존은 다오 씨의 말을 떠올렸다. "아 그래, 난 운명에 온화해지는 법을 알게 된 거요."

의사가 말없이 고개를 끄덕였다.

"그리고 나는 어머니의 뱃속으로 숨어들었소. 아주 기분 좋은 곳이더군. 불안이라곤 찾아볼 수 없는 세계였소. 그리고 난 얼마 후 빛 속으로 내동댕이쳐졌지. 태어난다는 건 그런 느낌일까? 마음속에 희망이 샘솟아났소. 그리고 난 알았소. 주니어도 천국에서 돌아와 있다는 걸. 어머니가 선물로 준 사탕을 손에 들고."

의사는 차분한 표정으로 팔짱을 끼고 있었다.

"어때요? 놀랍지 않소?"

"……당신이 어머니의 뱃속에서 다시 태어났다고 한 말은 매우 흥미롭군요. 그건 '산도(産道) 체험'이라고 하는데 보통은 죽음을 눈앞에 둔 사람들이 경험하는 환각이니까요."

"환각이 아니라니까요. 그럼 사탕은 어떻게 설명하겠소?"

의사는 손으로 턱을 어루만졌다. 그리곤 굳게 다문 입술을 내밀었다.

"……뭐, 그런 일도 있을 수야 있겠죠. 신비체험이라고 부를 정도니까."

존은 손으로 뒷목을 주무르며 두 다리를 앞으로 뻗었다.

"안 믿어도 상관없습니다."

"아니, 그런 뜻은 아닙니다."

의사가 고개를 저었다.

"이것도 논문으로 써서 학회에 제출할 생각이오?"

잠시 뜸을 들인 후 의사가 말했다.

"아뇨……. 일기에 써두는 정도로 하죠. 학회에서 이

상한 사람 취급받고 싶진 않으니까요."

둘이서 어깨를 흔들며 웃었다.

"……그건 그렇고, 어제 아테나의 부모님과는 무슨 얘기를 나눈 거요? 닥터는 아테나에게 부모를 만나게 해주는 걸 꺼리는 것 같던데."

"존." 의사가 진지한 표정으로 돌아가더니 목소리를 낮췄다. "우리끼리 하는 얘기로 끝내줄 수 있습니까?"

"물론이오. 입은 무거운 편이니까." 존이 몸을 앞으로 내밀었다.

"아테나는 아주 딱한 아이입니다. 여섯 살 때 부모가 일가족 동반 자살을 기도했는데 그때 혼자만 살아남았죠. 아테나는 그때 충격으로 부분적인 기억상실과 실어증을 앓았죠. 당시 치료를 맡았던 사람이 접니다. 저는 그 아이가 사실을 받아들이는 건 무리라고 판단하고 기억이 끊긴 부분에 다른 기억을 심어줬습니다. 최면 치료를 이용했죠. 아테나는 자기 부모가 교통사고로 죽었다고 믿고 있습니다. 교통사고도 쇼크겠지만, 일가족 동반 자살보다야 훨씬 낫죠."

"그렇군요……. 닥터의 판단이 옳다고 생각합니다."

"고맙습니다."

"그럼 어제 아테나의 부모에게는 뭐라고 했소?"

"사정을 설명했지요. 여차여차하니……. 사실을 밝히면 죽여버리겠다고 했습니다."

존은 의사를 말끄러미 올려다봤다.

"전 진실이 최고라고 믿진 않습니다. 거짓이 사람을 편안하게 한다면 얼마든지 거짓말을 할 용의가 있습니다."

"아아, 동의합니다."

의사는 아테나에게 보리차를 가져다 달라고 부탁했고, 얼음이 동동 뜬 물컵이 도착했다. 목 안이 기분 좋게 젖어들었다.

"닥터, 그건 그렇고, 난 왜 다시 악몽을 꾸게 된 걸까요? 생활이 평탄치 않을 때라면 몰라도 평온한 삶을 4년 넘게 유지해왔고, 정신 상태도 어느 때보다 양호한데 말입니다."

"창작 활동을 하지 않기 때문입니다." 의사는 한 치의 망설임도 없이 대답했다. "당신은 창작 활동을 통해 각종 콤플렉스나 공허감을 채워온 것 같습니다. 저는 당신의 노래를 알고 있습니다만, 당신에게 노래는 정신적 밸런스를 유지하는 데 필요한 대상물이었습니다. 정기적으로 배출시켜야 할 고름이었죠. 천박한 예를 들자면, 노래는 당신의 배설물이었습니다. 그런데 최근 4년간, 그게 없었으니까요."

"하하. 변비의 원인까지 알 것 같군."

존이 아래를 내려다보며 웃었다.

"아니, 이건 단순한 예이니 신경 쓸 건 없습니다."

"노래를 만들면 변비도 나을까요?"

"뜻밖에 나을지도 모르죠. ……그건 그렇고 처음에 갔던 병원에서는 어떤 치료를 해줬을까요? 엑스레이도 혈액검사도 이상이 없다고 들어서 저는 그것을 전제로 과민성대장증후군일 거라 판단했습니다만."

"과민성대장증후군?"

"심인성 장 부조(不調) 현상입니다. 심각하게 받아들일 문제는 아닙니다."

"그러고 보니…… 주사를 맞았죠, 처음 병원에서."

"주사를 맞아요? 무슨 주사였죠?"

"그거야 모르죠. 아무튼 몹시 아픈 주사였소. 굉장히 오래 걸리고……. 아, 그렇지. 도중에 내 컨디션이 나빠져서 중지했지."

"혹시 눈이 따끔따끔하지 않았나요?"

"아, 맞아요. 눈앞에 별이 오락가락했죠. 닥터가 그걸 어떻게 알죠?"

"주사에 대한 설명은 못 들으셨나요?"

"아니, 그럴 상황이 아니었소. 배가 아파서 정신이 없었으니까."

"확실히는 모르지만 항생물질 같은데."

"아, 맞다, 항생물질. 의사가 그렇게 말했소."

의사가 이마에 손을 짚더니 고개를 절레절레 흔들었다.

"닥터, 왜 그러십니까?"

"존, 제가 추측하건대 아무래도 당신의 대장 활동을 정지시켜둔 것 같습니다."

"활동을 정지시키다니? 아, 맞다." 존은 퍼뜩 생각이 떠올랐다. "그러고 보니 전에 의사도 그런 소릴 했었지."

"그런 말을 왜 이제야……." 의사가 땅이 꺼져라 한숨을 내쉬었다.

"어쩔 수 없잖소. 아픈 사람은 세세한 데까진 신경을 못 쓰는 거 아니오."

"그 의사는 휴가 중이라고 했죠?"

"으음, 성묘."

"보나마나 자기가 없을 때 증상이 급변하는 걸 대비해

서 안전하게 대장 활동을 정지시켜두려 했겠죠."

"그게 변비의 원인이오?"

"그럴 가능성이 높습니다."

"형편없는 의사로군!"

"글쎄요, 제가 그 자리에 없었으니 뭐라고 할 수는……."

"그럼 내 대장은 언제까지 멈춰 있는 거요?"

"병원 휴가가 언제까지죠?"

"……16일까지였으니 오늘이 마지막이오."

"그럼, 거의 끝났을 겁니다. 물론 이건 가설일 뿐입니다만……."

존은 힘을 빼고 소파에 몸을 기댔다. 지금까지 우왕좌왕한 게 화가 났지만, 누구에게 화풀이를 해야 할지 몰랐다.

"아, 참." 존이 니테 다리를 떠올리고, 몸을 다시 내밀었다. 존에게는 풀리지 않는 수수께끼가 하나 더 있었다.

"실은 마음에 걸리는 게 또 있습니다."

"뭡니까?"

"또 바보 같은 소릴 한다고 생각할지 모르겠소만, 열흘 전인가, 구가루이자와긴자에서 어머니랑 목소리가 똑같은 부인을 우연히 만나 뒤를 따라간 적이 있어요."

"오호." 의사가 맞장구를 쳤다.

"그런데 그 부인의 아들 이름이 나와 똑같은 '존'이었
소. 갑자기 내 이름이 불린 순간, 몹시 동요되었죠. 떠올
리고 싶지 않은 과거가 갑자기 파헤쳐진 것 같은 기분이
들더군요. 그래서 두근거리는 마음으로 니테 다리 언저
리까지 쫓아가서 얼굴을 봤죠. 그런데 그 순간 갑자기 현
기증이 나는 겁니다. 게다가 다리가 깔깔 웃기까지 했죠.
나를 향해서."

"아, 그러고 보니 전에도 그런 얘기를 하셨죠. 농담인
줄 알았는데……."

"이제 와 생각하면 그때부터였어요."

"네?"

"악몽과 변비가 시작된 게……."

"으음." 의사가 신음했다. "어머니와 비슷한 목소리를
들은 쇼크가 발단이 되어 마음과 대장에 이상이 생겼을
것이다? 물론 그렇게 생각하는 것은 부자연스러운 일은
아닙니다. ……그렇지만 악몽은 그렇다 치더라도 변비의
원인은 주사 같습니다만."

"다리가 웃는 건?"

"기분 탓이겠죠."

"그럴까요……."

"자, 존. 이제 그런 일은 신경 쓰지 마세요. 나을 것도 안 낫습니다."

"아, 그렇겠죠. 이제 잊겠습니다."

아테나가 경단을 담은 쟁반을 들고 들어왔다.

"야하, '지모토'●의 메밀 경단이군요." 존이 좋아하는 음식이었다. 게걸스럽게 경단을 먹었다.

"식욕은 있으시네요"라고 의사가 말했다.

"하하, 단 음식을 너무 좋아해서."

"아주 좋습니다. 먹으면 나오게 마련이죠."

"그런데……." 존이 생각이 떠오른 듯 어깨를 흔들며 웃었다. "배변 같은 건 없어도 된다니 닥터도 억지가 대단합니다."

"아니, 제 생각은 여전히 변함이 없습니다."

의사가 짐짓 진지한 표정을 지어 보여서 존은 소리 높여 껄껄 웃었다.

"그건 그렇고, 닥터."

● 가루이자와의 유명한 경단 가게.

"네."

"오늘 저녁 초대를 하고 싶습니다. 아테나도 함께."

"물론 기꺼이 가겠습니다."

의사가 젠틀하게 미소를 지었다.

해질 녘에 다오 씨가 현관 옆에서 밀짚을 태웠다. 그것은 '오쿠리비(送り火)'라는 오봉 풍습의 하나로 명계로 돌아가는 조상들을 배웅하기 위한 의식이라고 했다. 존이 주니어와 함께 바라보고 있으니 다오 씨가 피어오르는 연기를 향해 합장을 하고, "올 오봉도 경사스러운 명절이었습니다"라고 혼잣말처럼 중얼거렸다. 다오 씨는 씌었던 귀신이라도 떨쳐낸 것 같은 개운한 표정이었다. 의사의 말처럼 한번 울고 나면 마음이 후련해지는지도 모른다. 어제 일은 아무도 언급하지 않았다. 앞으로도 절대 언급하지 않을 것이다.

6시가 지나자 의사와 아테나가 왔다. 아테나는 아리따운 유카타 차림이었다.

모두 함께 식탁에 둘러앉았다. 다오 씨와 게이코가 준비한 치라시즈시*와 고기 경단을 넣은 어묵탕 등이 거하게 차려져 있었다. 의사는 맥주 안주로 준비한 무청 멸치

볶음이 아주 반가웠는지 눈을 가늘게 뜨며 젓가락질을 했다. "야아, 이건 할머니 밥상이군요." 의사의 말은 할머니가 만들어줄 만한 반찬이 늘어선 밥상이라는 뜻인 것 같았다.

주니어는 아까부터 치라시즈시 위에 올려놓은 연어알이 신경 쓰여서 어쩔 줄을 모르는 것 같았다.

"이게 뭐야?"

"연어알."

"연어?"

"물고기 이름이야."

주니어는 조심스럽게 한 알을 입에 넣더니 "우웩" 하고 뱉어버렸다.

아테나가 큭큭 웃었다. 주니어는 예쁜 누나가 웃어준 게 기뻤는지 일어서서 아테나의 무릎 위로 파고들었다.

"그러면 안 돼, 주니어."

"괜찮아요. 전 애들을 좋아해요."

라디오에서는 귀성하는 차들로 고속도로가 심한 체증을 겪고 있다는 뉴스를 전했다.

• 생선·달걀부침이나 양념한 채소 등 고명을 얹은 초밥.

"쯧쯧, 힘들겠네." 다오 씨가 혼잣말을 중얼거렸다.

"천국으로 가는 길도 붐비겠는걸." 존이 말했다.

"후후, 그렇겠지." 게이코가 웃었다.

"이렇게 명절다운 오봉은 참 오랜만입니다."

어느새 이마가 붉어진 의사가 말했다.

"그러게 말이에요."

"오봉은 좋은 풍습인 것 같군요." 존이 중얼거리자, 모두들 조용히 고개를 끄덕였다.

"제가 어릴 때는 우란분이라고 불렀어요"라고 다오 씨가 말했다.

"흐음."

"정식 명칭은 우란분재죠." 의사가 젓가락을 지휘봉처럼 휘저으며 말했다. "본래 어원은 산스크리트어인데 고통을 의미하는 '울람바나'에서 온 말입니다. 석가의 제자 중 목련이라는 승려가 어느 날 지옥에 떨어져 고생하는 어머니를 발견하고 어떻게든 천국으로 구제해 드려야겠다고 생각합니다. 그래서 목련은 석가의 지혜를 빌려 갖가지 기도와 공양을 올린 끝에 음력 7월 15일에 어머니를 구해낼 수 있었습니다. 그것을 기념해서 석가가 그 날을 '울람바나'의 날로 정한 거죠."

그 말을 듣자, 존은 가슴이 뜨거워지는 동시에 조금 복잡한 심경에 휩싸였다.

"와, 닥터는 아는 게 많으시네요." 게이코가 어묵탕에 든 고기 경단을 먹으며 감탄했다.

"아니, 어쩌다 얻어들은 지식일 뿐입니다."

"울람바나라……."

게이코는 그 단어의 울림이 마음에 드는 모양이었다.

"닥터." 존이 고개를 들었다. "확실히 말해두지만, 우리 어머니는 처음부터 천국에 있었어요."

"그야 당연하죠, 존. 이건 신화일 뿐입니다. 당신 어머니 얘기가 아니에요. ……게다가 당신 어머니는 이 세상에서 큰 위업을 달성한 분이니 신께서 소홀히 대할 리가 없죠."

"위업?"

"아무렴요. 세기의 팝스타를 세상에 탄생시켰잖습니까. 그 아들이 세상 사람들을 따뜻하게 해주고 용기를 줬습니다. 그보다 더 큰 공적이 어디 있겠습니까."

그 말을 들으니 존도 싫지는 않았다. 그렇다, 어머니는 키워주진 않았지만, 날 낳아주었다.

"고기 경단이 정말 맛있어요." 아테나가 놀랍다는 듯

손으로 입을 가리며 말했다.

"그렇죠?" 게이코가 눈빛을 반짝였다. "두부를 으깨어 넣었어요."

아테나는 연신 고개를 끄덕이며 감탄했다.

"두부가 뭐야?"

"콩이 변신한 거야, 주니어."

"콩?"

"으음, 그러니까…… 늘 먹는 된장국에 하얀 주사위 같은 게 들어 있었지? 그게 두부야, 주니어."

"주사위라니?"

그날 밤 주니어는 유난히 끈질기게 물고 늘어졌다.

식사를 마친 사람들은 툇마루로 자리를 옮겨, 디저트로 얼음물에 담가둔 수박을 먹었다. 의사가 선물로 들고 온 수박이었다. 존은 소금을 살짝 뿌렸다. 식욕이 완전히 되살아났다. 주니어는 아테나에게 착 달라붙어 있었고, 아무래도 두 사람은 친구가 된 모양이었다. 아테나가 종이접기를 해주자 주니어는 금세 흥미를 내보였다. 단오절도 아닌데 신문지 투구를 접어달라고 하고는 좋아서 어쩔 줄을 몰랐다.

"오봉 행사는 이걸로 끝인가?"

"그렇죠. 이젠 오봉 도구를 정리해서 강물에 띄우는 일만 남았어요." 다오 씨가 대답했다. "그건 나중에 제가 할게요."

"그게 '쇼료나가시' *라는 거죠?" 게이코가 들뜬 목소리로 말했다. "우리 다 함께 야가사키 강으로 나가요. 니테 다리 쪽으로."

"응, 그거 좋겠군."

"운치도 있고 좋겠군요."

거실로 돌아와 다오 씨의 지휘 아래 다 함께 정령 배를 만들었다. 줄풀을 다발로 묶어서 양쪽 끝을 끈으로 붙들어 맨 후, 가운데를 펼쳐서 거기에 가느다란 대나무 두 개를 세우고 오봉 도구를 집어넣었다. 그것은 조그만 범선처럼 보였다.

제등을 들겠다고 떼를 쓰는 주니어를 맨 앞에 세우고, 다 함께 니테 다리까지 어슬렁어슬렁 걸어갔다. 분위기를 맞춰주듯 풀숲 여기저기에서 귀뚜라미 우는 소리가

• 精霊流し, 우란분의 끝인 15일 저녁이나 16일 새벽에 조상의 영혼을 배웅하기 위해 제물이나 등을 짚으로 만든 배에 실어 강이나 바다에 띄워 보내는 행사.

들렸다. 존은 맨 뒤에서 사람들의 뒷모습을 바라봤다. 주니어는 꽤 마음에 들었는지 신문지 투구를 쓰고 걸어갔다. 다오 씨는 아가씨처럼 머리에 빨간 장식품을 꽂고 있었다. 머리를 묶어 올린 게이코의 목덜미가 은근히 요염해 보였다. 최근 몇 년 동안 보아온 풍경 중에 마음이 가장 편안해지는 광경이었다. 푸른 달빛에 떠오른 아테나의 뒷모습을 보며 그러고 보니 그녀의 이름이 그리스신화의 여신과 같다는 걸 새삼스레 떠올렸다. 신화 분위기가 물씬 풍기는 여름이라는 생각이 들었다.

니테 다리에 도착해 다리 옆을 지나 강가로 내려갔다. 물결은 부드러웠고 강 수면은 나지막한 물결을 일으키며 반짝거렸다. 다오 씨가 다리 아래에서 향을 피우고, 존은 무심히 그 모습을 바라보고 있었다. 이번에도 주니어가 자기가 하겠다고 고집을 부려서 존이 정령 배를 건네주었다.

"떠내려 보낼 때 소원을 비는 거야."

"뭐라고?"

"아무 거나 괜찮아."

"Give peace a chance(우리에게 평화를)."

그런 말을 어디서 배웠냐며 모두가 눈을 휘둥그레 뜨

자, 주니어가 대디의 레코드에서 봤다며 자랑스러운 듯 가슴을 폈다. 게이코가 웃음을 터뜨리더니 요즘 당신 몰래 들려주고 있다며 고개를 움츠렸다.

배는 침몰하지 않고 흔들흔들 떠내려갔다.

다 함께 한숨 같은 숨을 내쉬었다.

"다오 씨." 심호흡을 한 번 하고 나서 존이 물었다. "저 분향은 무슨 의미가 있지?"

"네? 아아, 저거요." 다오 씨가 손가락으로 다리 아래를 가리켰다. "다리에는 온갖 정령들이 깃들어 있으니까 그냥 인사드리는 거예요."

"그게 무슨 뜻이야? 좀더 자세히 설명해주면 좋겠는데."

다오 씨가 먼 허공을 쳐다보더니 별이 반짝이는 하늘에 들려주듯 말했다. 가만히 들어보니 다오 씨의 목소리는 그리운 옛 멜로디처럼 부드럽게 어둠 속에 울려 퍼졌다. 정확하게 알고 싶어서 게이코에게 통역을 부탁했다.

"……아하, 그렇구나. 존, 들어봐. 일본어 다리 '교(橋)'라는 어휘에는 가장자리 혹은 끄트머리를 뜻하는 '단(端)'이라는 의미가 있어. 다시 말해 그것은 이 세상의 끝이면서 저세상의 끝이기도 한 거지. 말하자면 포크로

어(folklore) 종류인데, 다리는 옛날부터 영계와 연결되는 장소라고 여겨졌던 거야. 그래서 유령이나 요괴가 자주 나온대.

그런데 실제 다리 이름에도 그런 뜻이 나타나 있다는 거지. 이 얘긴 나도 처음이야……. 도쿄에 '오모카게(추억)' 다리가 있는데, 다리 위에서 죽은 가족이나 지인들을 우연히 만난다고 해서 붙여진 이름이래. 아사쿠사 근처에 있는 '고토토이(질문)' 다리도 그런 모양이야. 그 다리 위에서 뭔가를 물어보면 어디선가 조상님의 대답이 들려온다네. '사사야키(속삭임)' 다리, '스가타미즈'* 다리 등등 그 밖에도 많은 것 같아. 후후, 다리도 참 신기하네."

그 순간, 다리가 웃는 것 같은 느낌이 들었다. 그와 동시에 존의 머릿속에 찌릿찌릿 예리한 마비 감각이 스쳐 지났다.

"그런데 다리에 나타나는 유령이나 요괴는 원한을 품은 악령이 아니고, 단지 장난을 좋아할 뿐이래."

• 姿不見, 모습이 안 보인다는 뜻. 무로마치시대에 이 다리를 건너가 보물을 묻은 하인들이 보물 은폐 장소를 안다는 이유로 모두 살해당해 돌아오지 않았다는 일화에서 붙여진 이름.

마비 감각은 후두부를 지나 뇌로 파고들었고, 통증도 가려움도 아닌 감각으로 가득 찼다. 또다시 다리가 낄낄 웃었다.

"다오 씨 얘기로는 조상님에게 공양을 대신 해주는 대가로 사람 몸에 장난을 친다는 거야. 일시적으로 귀가 안 들리게 한다거나 뺨을 부어오르게 한다거나. 물론 그건 다 미신이지."

왔군, 존은 몸을 뻣뻣이 긴장시켰다. 곧이어 몸에서 쏴 하는 소리가 울리며 핏기가 가시는 게 느껴졌다.

"으윽, 게이코." 존이 쥐어짜 내는 목소리로 말했다.

"응, 왜?"

"니테 다리가 한자로 무슨 뜻이지?"

"니테(二手) 다리? 양쪽이라는 뜻이지. 여기서 양쪽으로 갈라진다는 의미야."

뭐라고? 그렇다면 이곳이 바로 이 세상과 저세상의 임계점(臨界點)이란 소리 아닌가! 나는 매일 이곳을 넘어 영계와 통했다는 말인가?

"자, 그만 돌아갈까요."

등에 오한이 스치고 지나갔다. 어깨에서 팔까지 경련이 일었고, 그것은 손가락 끝까지 뻗어나갔다. 이윽고 다리는 우스워서 못 견디겠다는 듯 요란한 소리를 내며 웃어대기 시작했다.

"아, 올해는 정말 행복한 오봉이었어."

옆으로 고개를 돌린 게이코는 그제야 존의 얼굴이 시퍼렇게 질려 있는 걸 알아챘다.

"여보……."

존은 뭔가를 힘겹게 참아내듯 입술을 깨물고 뚫어져라 앞만 쳐다봤다.

"왜 그래? 몸이 또 안 좋아?"

게이코가 허겁지겁 근심스러운 목소리로 물어보며 존의 얼굴을 들여다봤다.

"닥터, 도와주세요. 존이 또 이상해요."

"존, 무슨 일입니까?"

닥터가 가까이 다가왔다.

"존, 대답 좀 해봐."

"설마…… 리바운드는 아니겠지."

"리바운드가 뭐죠?"

"스트레스 장애가 치유되는 과정에서 간혹 증상이 다시 악화될 때가 있습니다."

"아, 어쩌면 좋아. 존, 괜찮아?"

"그게 아니야……."

존이 식은땀을 흘리며 가까스로 대답을 했다.

"어쨌든 빨리 돌아가자."

"더는 못 참아……." 존의 목소리는 완전히 갈라져 있었다. "그게 왔어."

"어?"

"빌어먹을, 사람을 바보로 만들다니. 조상님 공양을 대신 해주는 대가로 사람 몸에 이렇게 심한 장난을 친다는 게 말이나 돼?"

"무슨 소리야. 진정해."

그것은 갑자기 외부에서 뭔가가 뱃속으로 대량으로 들어오는 감촉이었다.

존은 이를 악다문 채 한 손으로 엉덩이를 움켜쥐었다. 그 모습을 본 게이코가 미간을 잔뜩 찌푸렸다. 그리고 모든 걸 알아채고 정색을 했다.

"잠깐, 안 돼. 이런 데서 어쩌려고."

"그거야 알지만……."

존은 시퍼런 얼굴로 주위를 둘러보다가 주니어 머리에 씌웠던 신문지 투구를 낚아챘다. 주니어가 항의하며 소리쳤지만, 등을 앞으로 젖힌 기묘한 자세로 정신없이 둑

위로 뛰어올라가 전차처럼 잡목 숲 속으로 돌진했다.

"사장님, 무슨 일 있으세요?"

뒤에서 걱정하는 다오 씨의 목소리가 들렸다.

"엄마, 대디가 내 투구 뺏어갔어."

주니어가 금방이라도 울음을 터뜨릴 듯이 말했다.

"용서해주자. 지금 대디는…… 긴급사태야."

바람이 한차례 스쳐 지나며 잡목 숲을 흔들었다. 비지
땀을 흘리며 웅크려 앉은 존을 놀리기라도 하듯 나무들
이 요란한 소리를 냈다. 다리는 이제 조용해졌다. 아니,
어쩌면 애써 웃음을 참고 있을지도 모른다. 존은 손가락
을 꼽아보았다. 십이 일 만의 대변은 엄청난 양이었다.

마음속으로 울부짖었다.

WHAT A SUMMER-!

존은 기분이 상한 주니어에게 사과하는 뜻으로 잠들
때가지 옆에 있어주기로 했다.

"대디."

"응?"

"나, 도라에몽 새 인형 사줘."

"그래, 사줄게."

"내 투구 훔쳐갔으니까."

"훔쳤다니, 그런 말 하면 안 돼."

"대디, 옷에다 쉬했어?"

"아냐. 잠깐 숲에서 볼일이 있었을 뿐이야. 그런 말 하면 못쓴다니까 그러네."

"헤헤, 대디, 밖에서 응가 했지."

"요 녀석."

존이 옆구리에 간지럼을 태우자 주니어는 몸을 비틀며 깔깔거렸다.

"대디……."

"응?"

"대디는 노래 부르는 사람이야?"

"음, 그래. 꽤 유명했단다."

"으음."

"노래 불러줄까?"

"응."

존은 주니어의 방에 있는 장난감 우쿨렐레*를 들고, 티딩티딩 줄을 퉁기며 즉흥 자장가를 불러주기로 했다.

---

* 기타 비슷한 네 줄의 현악기.

나지막이 기침을 하며 머릿속으로 멜로디를 떠올리려 하자 그보다 앞서 손가락이 움직이며 음악이 저절로 흘러나왔다. 그리고 가사는 마치 하늘에서 떨어져 내리듯 존의 입에서 새어나왔다.

　　코는 실룩실룩 입은 빼끔빼끔
　　눈은 깜빡깜빡 귀 쫑긋 세우고
　　오늘은 무엇을 느꼈니
　　아빠에게 들려주렴

　　뷰티풀 뷰티풀
　　뷰티풀 뷰티풀 선

　　걸어간 저 앞에 무엇이 있었니
　　뛰어오른 저 너머에 무엇이 보였니
　　오늘은 무엇을 배웠니
　　아빠에게 들려주렴

　　뷰티풀 뷰티풀
　　뷰티풀 뷰티풀 선

네가 어른이 되면

같이 배에 오르자

하늘을 가로지르자 노래도 부르자

그때까진 착한 아이로 있으렴

엄마에게 잊지 말고 키스하고

등이 가려울 땐

아빠가 긁어줄게

도깨비가 나타나면

아빠가 물리쳐줄게

두려워할 건 아무것도 없단다

엄마도 네 편이니까

가슴에 손을 얹고 눈을 감고

주문을 외워보자

오늘 밤도 멋진 꿈 꿀 수 있게

아빠가 자장가를 불러줄게

뷰티풀 뷰티풀

뷰티풀 뷰티풀 선

'잘 자라, 주니어. 오늘은 즐거웠니?
내일도 너에게 멋진 하루가 찾아오길!'

작가 후기

해설

'그'의 인생에 관해 간단히 적고자 한다. 그리고 내가
이 이야기를 쓰고자 한 동기에 관해서도.

그는 1940년, 영국 북부의 항구도시 리버풀에서 사생
아로 태어났다. 아버지는 오랫동안 누구인지 모른 채 지
냈고, 어머니는 일찍부터 양육을 포기해서 이모 밑에서
성장했다. 중산계층이었던 이모 부부는 그를 친자식처럼
귀여워해서 아무런 어려움 없이 어린 시절을 보낼 수 있
었다.

그러나 그는 간혹 혼란스러웠다. 이따금 나타난 어머
니가 일방적으로 애정을 요구하며 그의 마음에 풍파를
일으켰기 때문이다. 어머니는 몇 번씩이나 결혼을 했고,

그때마다 아버지가 다른 아이를 낳는 여자였다. 그는 자기 어머니를 어떻게 받아들여야 좋을지 몰랐다.

그런 성장 과정 탓이었을까, 사춘기를 맞은 그는 차츰 거칠어지기 시작했다. 나쁜 일에는 거의 다 손을 뻗어 어른들의 눈살을 찌푸리게 했다. 특히 그는 대인관계 문제에 있어서 매몰찼으며 친구를 괴롭히는 짓궂은 아이였다.

다만 주위의 두려움을 사면서도 숭배자가 끊어지지 않았던 걸 보면 일찍부터 보스로서의 자질은 있었던 듯하다. 그는 엉뚱한 짓을 저지르고 사람들의 반응을 즐기는 복잡한 성향까지 겸비하고 있었다.

그의 위안은 음악이었다. 미국의 새로운 팝에 관심을 가졌고, 자기도 직접 기타를 들고 노래를 불렀다. 그 재능은 누구나 인정했고 마을에 이름을 떨치는 데도 오랜 시간이 걸리지 않았다. 열네 살 때, 커다란 눈에 감미로운 목소리를 가진 소년을 만나 밴드를 만들었다. 그 소년 역시 대단한 재능의 소유자였고, 서로 자극을 주고받으며 그는 점점 더 재능을 꽃피워나갔다. 그는 음악의 길을 걸어가기로 결심했다.

그가 스무 살 때, 그를 리더로 한 4인조 밴드는 레코드

데뷔를 했다. 우수한 송라이터가 둘이나 있는 밴드는 곧바로 인기를 얻었고, 재치 있고 수완 좋은 매니저의 등장으로 그의 밴드는 세계적인 성공을 거두게 된다.

이 밴드의 성공 스토리에 관해서는 거론할 필요가 없을 것이다.

히트곡을 연발했고, 그 후에도 몇몇 곡들은 영원한 스탠더드넘버가 되었다. 대중음악 분야뿐만 아니라 20세기의 가장 중요한 인물로 역사에 남은 것은 틀림없는 사실이다. 그는 세계 젊은이들을 열광시키고, 세계 어른들을 분노하게 만들었다. 그가 물의를 일으킨 발언대로 그리스도보다도 파퓰러한 존재였다.

밴드는 1970년에 해산할 때까지 13장의 공식 앨범을 발표했고, 그 앨범들은 오늘날까지 팔리고 있다.

밴드 해산을 전후해 그는 일본 여성과 두 번째 결혼을 했다. 그와 동시에 솔로 활동을 시작했다. 아내의 영향이 있었는지 밴드 시대와는 작풍이 크게 변모했고, 그의 노래는 메시지 색을 강하게 띠었다. 그 노래들은 적나라한 자전적 고백이었으며, 통렬한 사회 비판이었고, 때로는 철학적이기도 했다.

또한 그는 이 시기에 급진적인 활동가이기도 했다.

FBI의 감시를 받았으며 체제 입장에서는 달갑지 않은 인물이었다. 술과 마약에도 탐닉했다.

그런 그가 1975년을 경계로 급작스럽게 변한다. 아들이 태어난 것이다. '주부(主夫)'의 삶을 선택한 그는 모든 일을 그만두고, 사람도 안 만나고 육아에 전념했다.

이후 4년간은 그의 은둔 생활 기간이었다. 가족과 함께 지내며 세계를 여행했다. 특히 그는 아내의 조국인 일본을 좋아해서 1976년부터 1979년까지 매년 여름은 가루이자와에서 보냈다.

그리고 그는 4년간의 공백 기간을 거친 후, 1980년에 활동을 재개한다. 5년 만에 새 앨범을 발표해 팬들을 기쁘게 했다.

그러나 그 무렵 그의 인생은 어처구니없이 막을 내린다. 뉴욕 자택 앞에서 마음의 병을 앓고 있던 스물다섯 살 남자에게 총격을 받은 것이다. 40년 2개월이라는 너무도 짧은 생애였다.

세계의 팬들이 깊은 비탄에 빠진 것은 말할 필요도 없었다. 그의 죽음은 그해의 최대 뉴스였다.

그의 인생은 많은 작가들에 의해 기술되었다. 그에 관

해 쓴 책은 호의적인 것은 물론 악의가 담긴 것까지 셀수 없이 많으며, 이제 와서 새삼스레 파헤쳐낼 사실도 없다. 이미 나올 만큼 나왔다고 봐야 할 것이다.

그러나 나는 오래전부터 한 가지 의문을 품고 있었다. 불만이라고도 할 수 있다. 그것은 1976년에서 1979년에 걸친 그의 은둔 생활에 관한 언급이 너무도 적다는 것이다.

활동을 멈췄던 기간이므로 작가들이 그다지 흥미를 품지 않은 것은 당연한 일인지도 모른다. 대부분의 전기에서는 '아내와 아들과 조용한 시간을 보냈다'는 정도로 기술하고 어물어물 넘어간다.

그러나 그의 앨범을 찬찬히 들어보면, 팬이라면 누구나 알아차릴 것이다. 그것은 4년간의 공백 기간을 거친 후 발표한 마지막 앨범이 주로 가족애를 노래한 실로 온화한 작품이라는 것이다. 그때까지는 자극적이고 첨예했던 그의 곡이 어떤 심경의 변화가 있었는지 온화하고 부드럽게 변화된 모습이었다.

30대 중반까지 그는 분명 고슴도치 같은 인물이었다. 늘 뭔가에 조바심을 내며 가시를 세웠고, 스치는 것마다 상처를 냈다. 그런데 마흔이 되자 그 가시를 가라앉히고 싸움을 그친 것이다.

4년간의 공백 기간에 무슨 일이 있었을까. 그의 마음을 치유해주는 사건 같은 게 있지 않았을까.

이 작품은 나의 그런 흥미에서 시작되었다.

요컨대 나는 픽션으로 그의 전기의 공백 부분을 메워보고 싶었던 것이다.

물론 나는 그를 모르고, 이것이 주제넘은 행위라는 건 충분히 알고 있다. 진실은 본인밖에 모르며, 천국에 있는 그에게 폐가 될지도 모른다.

그래서 최소한의 매너로 이 이야기에는 그를 특정하는 고유명사는 일절 쓰지 않았다. 그는 단순한 '존'이며 주변 인물들은 모두 가공의 존재이다.

이 책을 마음에 상처를 가진 어느 중년 남성이 재생의 길을 찾은 이야기로 읽어주면 고맙겠다.

그에 관해 아무 지식이 없는 사람도 즐길 수 있도록 나름 다양한 소설적 궁리도 짜내보았다.

올해(2000년)는 그의 탄생 60주년이다. 살아 있으면 그도 환갑이라 생각하니 다소 감개가 무량하다.

그리고 나는 어느새 그가 죽은 나이가 되어버렸다.

1977년, 존이 있었던 여름

― 음악평론가 오타카 도시카즈(大鷹俊一)

"존이 지금 일본에 있다며? K가 시부야에서 봤다던데."

친구에게 그런 말을 들은 것이 1977년 여름이었다. 연락을 받고 곧바로 달려나간 녀석이 있는가 하면, 긴자에서 봤다느니 호텔 오크라에 묵고 있다느니 온갖 소문이 퍼졌다.

미국 정부와의 비자 문제, 전 매니저와의 끝없는 소송 분규 등, 존의 주위에 음악 이외의 어수선한 화제들이 끊이지 않게 된 것은 언제부터였을까. 거기에는 더 이상 눈부신 팝스타나 시대의 영웅은 없었다. 적어도 나에겐 그랬다.

20대 중반, 인연이 있어 입사한 음악잡지 출판사 일은 좋아하는 분야를 소재로 하는 업무인 만큼 즐거운 하루하루였다. 그러나 그것은 편한 일은 아니었다. 당연히 가혹한 조건도 있었고, 게다가 익숙하지 않은 업계에서 당혹스러운 일도 많았다. 간단히 말하자면 머리와 마음은 즐거워서 어쩔 줄 몰랐지만, 육체는 힘겨운 나날을 견뎌내는 상황이었다. 그런데도 압도적으로 즐거웠다.

그랬기 때문에 존의 일이 신경이 쓰이지 않았는지도 모른다.

그가 주부, 즉 양육에 전념하는 것 같다는 뉴스도 별거리낌 없이 받아들였고, 언젠가는 반드시 기타를 다시잡을 거라고 확신했지만, 그것을 일일여삼추로 애타게기다리는 마음은 전혀 없었다. 아티스트로서의 존의 생명력이나 매력이 내 안에서 끝나버린 건 아니지만, 그가그런 계절을 보낸다는 게 지극히 자연스럽게 받아들여졌던 것 같다.

나의 음악 취향도 요란하게 흔들리며 변화했다. 1970년대에 들어서서, 록이 표면적으로는 사회 속에 점점 시장을 넓혀가는 건 자명해 보였고, 소용돌이 한가운데 있었던 만큼 절실하게 실감하기도 했다. 그러나 예전처럼판도라의 상자가 잇달아 열리며 놀랄 만한 아티스트가

줄지어 등장하는 상황과는 달라서 정신을 차려보니 왠지 빤한 멜로디만 흘러넘치고 있었다. 음악도 포함해, 거대한 물결이 된 1960년대 후반의 혼돈과 전쟁에 병폐한 마음을 치유하고자 하는 풍조가 하드록의 거대한 음량이나 글램록으로 상징되는 극단까지 대중적 유행을 반영하고 있었는지도 모른다.

그리고 나 자신도 어쩐지 록과 거리를 두게 되었다. 자연히 레게, 살사, 브라질 음악이 턴테이블의 대부분을 차지하는 일이 많아졌다.

1977년은 한창 그런 기분에 젖어 있을 때였다. 뭔가 아닌 것 같다고 생각하면서도, 하루미(晴海) 체육관 회장 바닥에 앉아 '고래 보호'를 호소하는 이벤트를 보곤 했다. 어떤 종류의 록과는 거리가 점점 멀어진다는 걸 실감했지만, 유일하게 뉴욕에서 등장한 패티 스미스(Patti Smith)의 새로운 움직임은 느낌이 달랐다. 예전의 그립고 두근거리는 감각을 되살려주었고, 뭔가 스릴 넘치는 예감도 느껴졌다. 패티가 남자처럼 흰 와이셔츠를 아무렇게나 걸친 첫 앨범 재킷에서는 뭔가를 정리하고 새로이 맞는 아침 같은 청결함이 감돌았다.

존이 있는 뉴욕. 유별나게 그렇게 의식하진 않았지만,

그가 그 거리에서 리버풀과 통하는 뭔가를 감지했다는
것은 늘 마음속 어딘가에 남아 있었다.

존은 1976년부터 매년 휴가를 일본에서 보냈다. 비즈
니스를 맡은 요코의 휴가를 위해 귀향하는 의미도 컸겠
지만, 그 이상으로 두 사람 사이에 태어난 션에게 그의
DNA 속에 새겨진 일본문화를 알려주고 싶은 마음이 절
실했을 것 같다.

생각하면 할수록 존과 요코는 시대에 선택받은 커플이
었다. 노예무역과 신대륙의 팽대한 무역으로 영국의 현
사회 구조를 쌓는 데 큰 역할을 한 도시 리버풀에서 태어
나 로큰롤 세례를 받고, 결국은 20세기 음악사에 남은
그룹을 성공으로 이끈 존. 예술적인 예리한 직감과 탐욕
스러울 만큼 왕성한 호기심이 그의 행동 원리였다. 젊었
을 때 엄청난 야유꾼이었기 때문에 나중에 세계를 향해
정면으로 평화를 호소할 수 있는 사람이 되었던 것이다.
그리고 욕망을 실현시킨 자신만만한 사람이었기 때문에
자신의 온갖 체험을 가지고도 이해 불가능한 존재였던
요코에게 강렬하게 매료되었던 것이다.

그녀는 옛 재벌의 딸로 태어나 당시로서는 상상도 할

수 없을 만큼 혜택받은 환경 속에서 자라났다. 그런데 지나친 특정 계층이라는 환경이 오히려 역효과를 가져왔는지, 전위예술과 현대음악에 깊이 경도되어 자신만의 예술 활동을 전개해나갔다. 비틀즈의 존재를 모르진 않았겠지만, 그녀가 지향하는 예술 활동과의 접점이 없었던 것은 분명하다. 그렇기 때문에 그녀에게도 존과의 만남이 흥미로운 일이었을 것이다. 서로 알게 된 후 어느 날 밤, 존이 요코에게 그동안 취미로 만들어본 실험적 사운드 콜라주 테이프를 들려주었다. 세계에서 가장 유명한 팝스타가 혼자 고민하며 제작한 소리는 뜻밖에도 오소독스한 현대음악—조금 이상한 표현이긴 하지만—같았고, 세계 제일의 인기 그룹의 음악이라기보다는 요코 주위에 산란해 있는 음악과 통하는 것이었다. 그 일을 계기로 두 사람 사이는 급격하게 가까워졌다.

그 후 태풍의 계절. 두 사람이 얼마나 응축된 시간을 보냈고, 엄청난 에너지를 소모하는 활동을 펼쳤는지는 다양한 원고를 쓰며 조사할 때마다 거듭 실감하지만, 진정으로 그 가치와 무게를 이해하게 된 것은 나 자신도 어느 정도 경험을 쌓고 당시 영국과 미국의 상황도 나름대로 파악하게 된 후의 일인 것 같다.

모든 정력을 다 바친 평화운동, 미국 정부의 공격을 이겨낸 격동의 세월을 보내고, 유산까지 경험한 끝에 얻은 아이는 두 사람의 생활을 완전히 바꿔놓았다. 그렇기 때문에 1970년대 후반의 일본 방문과 체재는 두 사람에게 특별한 의미를 가진다. 그러나 설마 20년 후에 이렇게 재미있는 소설의 테마가 될 거라고는 두 사람 다 꿈에도 생각하지 못했을 것이다.

　처음 이 소설을 읽었을 때, 기상천외한 존의 고민을 축으로 빈틈없이 쌓아가는 에피소드의 정교함과 치밀함에 매료되었다. 웬만한 비틀즈 팬이라면 누구나 아는 에피소드가 능수능란한 솜씨로 각색되어 잇달아 등장한다. 그러나 좋아하는 소설이 영화화되었을 때 누구나 경험해본 일일 테지만, 표현이 지나치거나 원작이 실제와 가까울수록 인식 차이나 위화감만 느껴질 뿐, 단번에 흥이 깨져 영화에 몰입하기 어려워진다. 전체적으로 아무리 잘 만들어졌다 해도 그 거리감을 메우기는 힘들다.

　그러나 『팝스타 존의 수상한 휴가』는 그런 종류의 위화감을 전혀 느끼지 않고 읽어갈 수 있었다. 그뿐인가, 가본 적도 없는 블랙풀 거리의 풍경이 영화 장면처럼 생생하게 떠오르고, 연인을 대하는 것 같은 브라이언 엡스

타인의 수줍은 몸짓, 록계에 탄생한 최고의 드러머, 그룹 '더 후'의 키스 문의 리드미컬한 말투는 도저히 창작의 산물이라 믿기지 않을 정도였다. 그만큼 저자가 음악과 그 주변의 이야기에 깊은 애정을 가지고 있었기 때문일 것이다.

생각해보면 존은 숲과 인연이 깊은 사람이었다.

스트로베리 필즈의 정원은 자연스럽게 가루이자와의 숲과 이어지는 느낌이 들고, 꿈에서 본 광경을 노래한 듯한 〈노르웨이의 숲〉도 가만히 살펴보면 초현실 세계로 향하는 입구에 대한 존 나름의 생각이었을지도 모른다.

1970년경 존과 요코가 지낸 아스코트(Ascot)의 통칭 화이트하우스 주변에서 촬영한 필름에는 검은 망토를 입고 숲을 달리는 존과 요코의 모습이 남아 있는데, 그것은 창작 의욕으로 휘황찬란하게 빛나던 무렵의 두 사람의 모습이다. 그리고 두 사람에게 가장 중요한 거처가 된 뉴욕, 센트럴파크 옆에 우뚝 솟은 다코타 아파트에서 내려다보이는, 존이 사랑했던 숲은 두 사람의 평온한 시대의 상징이었다. 얄궂게도 우리는 그 광경을 그의 피가 물든 안경이 놓인 재킷을 통해서 보지만…….

지금도 존은 아직은 우리에게 보이지 않는 숲길을 지

나 다양한 공간과 시간을 넘나들고 있을 게 틀림없다. 앤
솔러지니, 리믹스니 하며 마치 오봉 행사처럼 매년 되풀
이하는 소란을 씁쓸한 미소로 즐기고 있을지도 모른다.
아니, 그 사람이니 과거 일에는 무관심할지도 모르겠다.

그것보다는 자신의 또 다른 모습을 소설이라는 형태로
이렇게 훌륭하게 형상화해낸 것을 기쁘게 여길 게 틀림
없다. 이제 존의 신작을 더 이상 들을 수 없다는 사실은
완전히 익숙해졌지만, 이런 형태로도 그를 가까이 느낄
수 있다는 사실을 새삼 실감했다.

부디 후편이 나오길.

팝스타 존의 수상한 휴가 (원제:ウランバーナの森)

1판 1쇄 2008년 5월 15일
　　　12쇄 2013년 3월 20일

지 은 이 오쿠다 히데오
옮 긴 이 이영미
발 행 인 주정관
발 행 처 북스토리

주　　　소 경기도 부천시 원미구 상3동 529-2 한국만화영상진흥원 311호
대표전화 032-325-5281
팩시밀리 032-323-5283
출판등록 1999년 8월 18일 (제22-1610호)

홈페이지 www.ebookstory.co.kr
이 메 일 bookstory@naver.com

ISBN   978-89-89675-96-9   03830

※잘못된 책은 바꾸어드립니다.